三島事件
その心的基層

Yasuoka Makoto

安岡 真

石風社

装幀：毛利一枝
カバー写真撮影：安岡真
ウエヌス・ゲニトリクス（母のヴィーナス）
ローマ国立博物館（マッシモ宮）所蔵

三島事件その心的基層◉目次

序章 「仮面」の告白

第二章 「太陽に乾杯」三島由紀夫の生の「欲動」

第三章 ローマへ――「聖セバスチャン」のアイコノグラフィー

第四章　『金閣寺』の構造分析

最終章　『豊饒の海』について

エピローグ

三島事件その心的基層

序章　「仮面」の告白

発端（一九七〇年十一月二十五日）

あの日、もしかしたら「事件」が失敗に終わるかもしれないことを、三島由紀夫は十分に考え抜いていた。

自衛隊市ヶ谷駐屯地に乱入し、居合わせた総監を縛り上げ、志を同じくする自衛官らにクーデターを呼びかけることは、すでにこの年の三月の時点で胸中深く決意していたが、いざ当日になっても「いかなる邪魔が入るか、成否不明」[1]という懸念は、なおその心中にくすぶっていた。

もし事がならなかったら、三島は、「一切を中止して」彼の私兵、楯の会のメンバーたちが待つ「市ヶ谷会館へ帰って」――もっとも、その場合でも警察の取り調べは免れなかったろうが――みずからの意図をまた別の形で遂げる方策を練ることに吝かではなかった。傍目には「狂気の沙汰」[2]と映るこの事件、いま「三島事件」と語られるこの作家三島由紀夫らによる陸上自衛隊市ヶ谷駐屯地乱入事件は、失敗に終わった右翼作家の直接行動として、例えば大阪万国博覧会の残り火に埋もれ、後は、戦後大衆の口の端に上ることも稀なある蹉跌として忘れ去られてしまったことだろう。世間とは、要するに、そういうものだ。

そのことを三島は誰よりも恐れていた。あくまで「事件」が「小事件にすぎ」ず、「あくまで小生（三島）らの個人プレイにすぎない」[3]にせよ、自身の全人格を救済するために不可避であったこの事件が、意味のない歴史の綾として葬り去られることだけは何があっても避けたかった。だからこそ半蔵門の東條写真館に赴くやドゴール風の制服姿で遺影を撮り、（上作とは言い難い）辞世の歌二首[4]を詠み、NHKやサンデー毎日の記者に手紙を書いてまで、みずからの最期を演出する用意周到ぶりを見せたのだ。日本浪漫派の影響下にある中核的作家であった三島を思うと、その最期は、まさに散るという言葉がふさわしかった。作家が自決した十一月二十五日は、三島が敬愛する思想家、吉田松陰の命日（安政六年十一月二十一日）から四日目にあたる。果たして松陰の死を自らのこととする想いがあったのかどうか。ともあれ、この時期に合わせて行動に出たのは、三島がみずからの死をどう捉えていたか、そのことをいまに伝える手がかりと言えるかも知れない。

「三島さんに早い老年がきた」、「老年といってあたらなければ一種の病気でしょう」と江藤淳はそんな冷めたことを言ったが、「あなた、病気というけどな、日本の歴史を病気というか……、それなら吉田松陰は病気か」[5]と嗜めたのは小林秀雄である。果たして、あの日、三島由紀夫は「病んで」いたのか。時の首相だった佐藤栄作をして「常軌を逸している」と言わせ、防衛庁長官だった中曽根康弘に「三島由紀夫という高名な作家が法秩序を乱して幻想にとりつかれたように人を殺傷したり、自衛隊に強要するのは迷惑千万」[6]とまで言わせたあの「事件」におよんだ際、三島の胸中を占めていたのは果たしてどのような思いだったのか。ひとは、なんらかの行動におよぶ瞬間には、そこにいたった動因など忘れてしまうものだ。その「心的機序」などはもうどうでもよくなって、ただひたすら結果のみを追い求める。だが、激情に駆られておこなわれた激発的な犯罪でもない限り、ついにはその結果を導き出すにいたった原因をさぐり当てることは、おそらく不可能ではない。そこに文学の存在理由があるとも言える。三島を書く者としての私は、いくつかの事実をもって、三島由紀夫をあの「事件」に走らせたものは、ぬぐい去りがたい青年期の恥辱であったと考えている。向後の三島の生とは、すなわちそのぬぐい去りがたい恥辱との闘いであり、それがある沸点を超えたとき、それが世間の言う「右翼思想」に形を変えたのだ、と。本書はそのことを論じたてようとするものである。

その証明を始める前に、いまとなってはもう五十年も彼方の出来事、ちょうどその時命を落とした作家の実年齢を上回る年月を経た彼方の出来事となった、いわゆる「三島事件」について、ざっと振り返っておくことにしよう。当時の新聞記事を読み、「識者」や「友人」の説を読むと、いかに三島が世間に一面的な形でしか理解されていなかったかということが分かる。いまそのことに触れておくのは、彼の精神の運動を知るためにも、おそらく有意義な作業であるだろう。

作家、三島由紀夫（本名、平岡公威）が彼の私兵部隊、楯の会の会員四名とともに新宿区市ヶ谷本村町一番地にある陸上自衛隊市ヶ谷駐屯地を訪れたのは、一九七〇年十一月二十五日のことである。東京地方検察庁が東京地方裁判所に提起した公訴事実には、その時間までは示されていない。が、高名な作家で、しかも前日の二十四日に総監の益田《ました》兼利陸将との面談連絡を入れていたこともあり、三島らは、いくつかの資料によると、午前十時四十五分頃、受付で入場を許可された。その際、腰に差した軍刀を見とがめられたが、「指揮刀だ」と言って通り抜けている。渋谷大盛堂書店の社長から贈られた「兼元関孫六三本杉」を軍刀に拵えなおしたものであった。[7] 次いで、三等陸佐の案内で総監部のある一号館二階中央にある総監室に通された三島は、やおらソファに座るなり、こう口を切った。

「実は、今日このものたちを連れてきたのは、十一月の体験入隊の際、山で負傷したものを犠牲的に下まで背負って降りてくれたので、今日は市ヶ谷会館の例会で表彰しようと思い、一目総監にお目にかけたいと考えて連れて参りました。今日は例会があるので正装で参りました」と付け加えた。[8] これが午前十一時頃のこと。将来は幕僚長に上り詰めるとされながら、この事件のおかげで程なく退官することになる益田兼利総監（当時五十七歳）は、つとさっきから気になっていたことを問うて見る気になった。「そのような軍刀をさげて警察に咎められませんか」[9]

それを受けて三島は、「この軍刀は、関の孫六を軍刀づくりに直したものです」と言い、「鑑定書をごらんになりますか」と言うなり刀を抜いて、「ハンカチ」と、そばに立っていたもう一人の楯の会会員に要求した。十一時五分頃のことで、これがいざ総監めがけて殺到する合図となっていた符牒であった。

この時のことを、公判廷で、益田陸将はこう証言している。相対するのは、東京地方検察庁公判部の石井和男検事。

益田証人　三島さんは学生に「ハンカチを持ってこい」と言った。学生の一人が私のうしろを通って三島さんのほうへ行った。三島さんが刀をぬぐったあと、私は三島さんの横、バルコニーを背にした位置に座り直して刀を受け取った。「関孫六」は刃紋が三本杉と知っているので、よく見たが、油がついていて見えなかった。私は「いい刀ですね。やはり三本杉ですね」と言って返した。

石井検事　この間、執務室のほうに行ったことがあるか。

益田証人　三島さんが「ハンカチを……」と言ったとき、ハンカチでふくよりちり紙のほうがいいのではないかと思って机のほうへ数歩歩いた。しかし私は刀の手入用のものなどは持ち合わせていないし、「ちり紙ではどうかなあ」とつぶやきながら元の席へ戻った。三島さんはすでに刀をふいていた。

石井検事　そのあと何が起きたか。

益田証人　学生のうちだれかが私をつかまえ、首を絞め、口をふさぎ、両手を押さえられた。
石井検事　学生のうち残る三人はどうしたのか。
益田証人　うち二人が私のうしろに来て、細引で手足を縛り、日本手ぬぐいでさるぐつわをかまされた。「さるぐつわは、呼吸が止まるようにはしません」とことわって、少しは口が動く加減だった。手はうしろに回され、両手首を縛られた。足首、ヒザも縛られた。
石井検事　抵抗しなかったか。
益田証人　何をするのかと思った。レンジャー部隊の訓練か何かで「こんなに強くなりました」と、あとで笑い話にでもするのかと思っていた。「三島さん、冗談はよしなさい」と言ったが、三島さんが刀を抜いたまま私をにらんでいたので、ただごとではないと思った。[10]

三島が関孫六の鍔を「パチン」と鳴らせて鞘に納めると同時の出来事だった。読売新聞十一月二十六日付朝刊掲載の「『11・25』ドキュメント」によると、三島は、「冗談はやめろ」と言う総監に「自衛隊員みんなに語りかけたいんだ。心配しなさんな」と言ったという。

抜き身の刀を握りしめて総監を睨みつける三島の横では、楯の会の三人があっという間にバリケードを構築した。

外に待機してお茶を出すタイミングを待っていた陸自三佐がこの異変に気づいたのは、これとほぼ同時。すぐさま一佐がやって来て正面ドアに体当たりするが、中から「来るな、来るな」の叫び声が聞こえ、ドア下から要求書がするりと差し出された。一佐はすぐに幕僚らに非常呼集をかけ、直後、部下が警務隊と警視庁に通報。事件は急激に展開した。

警視庁機動隊一個中隊が総監室に着いたのはそれから十二分後とされる。総監室両側にある幕僚長室からは幕僚ら五名がバリケードを壊して突入してきたが、これに対し三島は剣で応戦。さらに七名の幕僚らが突入し、楯の会隊員と大乱闘になった。

一瞬、守勢に立たされた三島らだったが、関孫六を幕僚二人に切りつけて、怪我を負わす。いつからか、総監は「横腹に短刀を突きつけられ」ていた。

益田証人の話

益田証人　かけつけた部下が三島さんに「総監を釈放しろ」と迫り、逆に刀で切りつけられたりしてけが人が出た。私は横腹に短刀を突きつけられながら複雑な気持だった。これ以上犠牲者を出したくない、私も切られるかもしれないなど……。[11]

三島は「きょうは自衛隊に最大の刺激を与えて奮起を促すために来た」などと言っていた。この時三島が自衛隊に突きつけた要求書は、次の通り。

一、省略

二、要求項目は左の通りである。
（一）十一時三十分までに全市ヶ谷駐屯地の自衛官を本館前に集合せしめること。
（二）左記次第の演説を静聴すること。
（イ）三島の演説（檄の撒布）
（ロ）参加学生の名乗り
（ハ）楯の会残余会員に対する三島の訓示
（三）楯の会残余会員（本事件とは無関係）を急遽市ヶ谷会館より召集、参列せしむること。
（四）十一時十分より十三時十分にいたる二時間の間、一切の攻撃妨害を行はざること。一切の攻撃妨害が行はれざる限り、当方よりは一切攻撃せず。
（五）右条件が完全に遵守せられて二時間を経過したるときは、総監の身柄は安全に引渡す。その形式は、二名以上の護衛を当方より附し、拘束状態のまま（自決防止のため）、本館正面に於て引渡す。
（六）右条件が守られず、あるひは守られざる惧れあるときは、三島は直ちに総監を殺害して自決する。
三、省略
四、省略

三島は、関係当局が「引延しその他を策したる場合、又は、（原文改行）改変要求・質問・事項外要求に応ずることを逆条件として提示」するなど、自らの意に沿わない挙に出た場合は「直ちに要求項目（六）の行動に移る」とし、その意思がなまなかでないことを強い調子で言明した。あたかも、剣にものを言わせて奸賊を払うといった、並々ならぬ決意のほどが窺われる。一九三五年八月十二日、陸軍皇道派の相沢三郎中佐が、陸軍部内における路線の違いから統制派の永田鉄山軍務局長を斬殺した相沢事件。その時の心境を、右派精神史の類似の事案からひとつ挙げるとするなら、この事件を指摘することができるだろう。暗殺を前にして、伊勢神宮と明治神宮に参拝した相沢が、まさに永田局長に向かって軍刀を振り下ろす瞬間に感じた想念、「尊皇絶対」は、三島事件とも通底する強烈な精神の傾きであった。

檄

「もう待てぬ」三島は、檄の中でそう言っている。

われわれは戦後の日本が経済的繁栄にうつつを抜かし、国の大本を忘れ、国民精神を失ひ、本を正さずして末に走り、その場しのぎと偽善に陥り、自ら魂の空白状態へ落ち込んでゆくのを見た。政治は矛盾の糊塗、自己の保身、権力慾、偽善にのみ捧げられ、国家百年の大計は外国に委ね、敗戦の汚辱は払拭されずにただごまかされ、日本人自ら日本の歴史と伝統を潰してゆくのを、歯噛みをしながら見てゐなければならなかった。われわれは今や自衛隊にのみ、真の日本、真の日本人、真の武士の魂が残されてゐるのを夢みた。（中略）

楯の会の根本理念は、ひとへに自衛隊が目ざめる時、自衛隊を国軍、名誉ある国軍とするために、命を捨てようといふ決心にあった。憲法改正がもはや議会制度下ではむづかしければ、治安出動こそその唯一の好機であり、われわれは治安出動の前衛となって命を捨て、国軍の礎石たらんとした。国体を守るのは軍隊であり、政体を守るのは警察である。政体を警察力を以て守りきれない段階に来て、はじめて軍隊の出動によって国体が明らかになり、軍は建軍の本義を回復するであらう。日本の軍隊の建軍の本義とは、「天皇を中心とする日本の歴史・文化・伝統を守る」ことにしか存在しないのである。

我慢に我慢を重ねても、守るべき最後の一線をこえれば、決然起ち上がるのが男であり武士である。（中略）（原文改行）われわれは四年待った。最後の一年は熱烈に待った。もう待てぬ。自ら冒涜する者を待つわけには行かぬ。しかしあと三十分、最後の三十分待たう。共に起って義のために共に死ぬのだ。

そして、

今こそわれわれは生命尊重以上の価値の所在を諸君の目にみせてやる。（中略）日本だ。われわれの愛する歴史と伝統の国、日本だ。これを骨抜きにしてしまつた憲法に体をぶつけて死ぬ奴はゐないのか。もしゐれば、今からでも共に起ち、共に死なう。われわれは至純の魂を持つ諸君が、一個の男子、真の武士として蘇へることを熱望するあまり、この挙に出たのである。[12]

強い焦燥に駆られている三島の姿がここにある。

ここで三島は、彼の言う「日本」の本義を「国体」という観念でとらえ、その「国体」が日本国憲法によって実体を欠く曖昧なものと化しているという、つまり「大本を忘れ、国民精神を失」った現実がそこに醸成されている――といった認識を大きく示した上で、その現状を打破できるのは「名誉ある国軍」となった自衛隊なのだと言うレトリックを展開している。となると、自衛隊の存立基盤が日本国憲法（以下、憲法）にある以上、「国体」によって表象されるべき「日本」を「守る」ためには憲法によって存在を否定された自衛隊に期待せざるを得ない、といったロジックが生まれる。すなわち、矛盾である。三島がたどり着いた焦燥それ自体がここにある。三島の憲法改正論の原点も同様で、だから「国体を明らかに」し「日本」の本義を確たるものとするために自衛隊を「名誉ある国軍」にするという檄文の主張となるわけだ。三島はそれを実現する前衛として、「至純の魂を持つ」「男であり武士である」若い隊員に訴えかけて決起を呼びかけた。そして若い隊員らの冷ややかな反応、嘲笑、罵声を浴びたのは、彼の予想を超えて日本がいまどのような現状に陥っているか痛感させられたことであったろう。

同時代の作家で、国家観においてはおそらく三島と正反対の立場に立つと思われる司馬遼太郎は、事件に寄せて、こう言っている。

「文学論的なその死」と。「大衆には無力だった」と。

「思想というものは、本来、大虚構であることをわれわれは知るべきである」と司馬は言う。

「思想は思想自体として存在し、思想自体にして高度の論理的結晶化を遂げるところに思想の栄光があり、現実とはなんのかかわりもなく、現実とかかわりがないというところに繰り返しいう思想の栄光がある」

「ところが、思想は現実と結合すべきだというふしぎな考え方がつねにあり、とくに政治思想においてそれが濃厚であり、たとえば吉田松陰がそれであった。

松陰は日本人がもった思想家のなかで、もっとも純度の高い人物であろう。松陰は「知行一致」という、中国人が書斎で考えた考え方（朱子学・陽明学）を、日本ふうに純粋にうけとり、自分の思想を現実世界のものにしようという、たとえば神のみがかろうじてできる大作業をやろうとした。虚構を現実化する方法はただひとつしかない。狂気を発すること」である。

そして、「狂気を触媒とする以外にない。要するに大狂気を発して、本来天にあるべきものを現実という大地にたたきつけるばかりか、大地を天に変化させようとする作業をした」[13]

司馬は、ひとつの観念の技としてそれが放つ光と影について言うのだが、そこにはおそらく当時三島が布置していた思想上の立ち位置がある。だからこそ三島は、別のところでこう言うのだ、「結局、太虚をテコにして認識から行動へ跳躍するその段階」に「陽明学の行動的な側面があらわになる」と。[14] 現実から遠いところにこそ思想の栄光があると述べる司馬に対し、三島はその現状からの「跳躍」を試みた。

「二・二六事件を……私は躊躇なく肯定する立場に立つ」[15] と公言する三島の、その行動の基層には、これまで多くの論者が指摘してきたように、知行合一を教える陽明学がある。だが、三島を書く私は、そうした説明を聞かされても「果たして、どうか」という立場に立つ者だ。むしろ、檄文全体の中に三島の強い思い込み（コンプレックス）が読み取れないだろうかと考えている。檄文全体を見渡してあるきわめて特徴的な観念、すなわち「武士」という観念に三島が異様なまでに寄り添ったことが、一連の事件を理解する鍵ではないかと思うものだ。「男であり武士」という言葉だけが浮いている。そこに三島という一個の人格を理解する手がかりがあるのではないか。

三島は自衛隊を「父」と言い「兄」と言う、「真の日本」「男の涙」「男の矜り」と言い、「去勢された」た自衛隊、「より深い自己欺瞞と自己冒瀆の道を歩もうとする自衛隊」に向かって、「武士の魂はどこへ行ったのだ」と憤激する。「自ら冒瀆する者を待つわけには行かぬ」と激する三島の言葉の、その憤激の向かう先に、事の本質が顔をのぞかせているのではないか。ここに、自衛隊を自身のアナロジーと見た三島の観念の所在がある。ここで言う自衛隊の再生は三島の再生そのものである。

「事件」の第一回公判が開かれたのは一九七一年三月二十三日のこと。場所は東京地方裁判所（七〇一号法廷）。そこで明かされたところによると、三島が最初に一連の事件（以下、単に事件と記す）の行動計画を構想したのは、事件のあった一九七〇年三月頃のことだった。その時点ではまだあの形を取ってはおらず、単に、自衛隊と協力してクーデターを起こす、もって「日本の現状を打破する」といった曖昧なものだった。三島において、葬り去るべき仇敵は憲法だった。同年九月頃、クーデター論はさらに過剰さを増し、国会を占拠して憲法改正の発議をする、そのための方策として「自衛隊の第三十二連隊長を拘束して隊長室を占拠し、自衛隊を動かすという構想」[16]を周辺に明かすようになった。十一月二十五日を決行の日と決めたのは、やはり吉田松陰の絡みであったろうか、共に自刃することになる楯の会隊員が、「第三十二連隊長は二十五日には不在」という報告を上げても、「盛り上がっているのだから、決行の日は変えられない」[17]と取り合わなかったという。

事件前日、三島はじめ決行に加わる五人が丸の内のパレスホテル五一九号室に集まり、第三十二連隊長に代わって人質とされた総監をどう処置するか、リハーサルを行った。

これを司馬のごとく「大狂気を発し」たと見るか、「三島の行動こそ右翼の行くべき道」と見るか。事件直後アメリカ政府は「ネオナショナリズムの象徴的出来事」「日本軍国主義復活の恐れ」[12]と懸念し、またソ連政府は、当時三島作品の翻訳がなかったこともあり、「芸術家としてではなく、右翼思想のピエロ」[19]といった受け止めを示した。

そもそも三島由紀夫はいったい何をきっかけにして「日本主義」に「回帰」したのだろうか。その謎を解くことが本書の目的なのだが、少なくとも檄を読む限りは、どこか取って付けたような「借り物」の、と言って悪ければ悪い夢にでも浮かされて、力尽くで憤激の気魄をそこに塗り込めたような無理が感じ取れる。それがその時点での三島の本意であったことは疑いないが、何か「反転した自我」のような捻れた作為を感じるのだ。

私にそう感じさせるのは、すでに指摘したように、檄文において過剰に顔をのぞかせる「男であり武士」なる口吻である。このことは、おいおい、じっくりと検討することになるだろう。ともかく、公判記録で明かされた事件の外形的事実からは、この一連の行動が自衛隊を焚きつけて国会を動かし憲法改正を発議させる「クーデター」計画に基づいていたことは確かである。

楯の会

楯の会が結成されたのは、公判で証言した元一期生によると、一九六八年九月のこと。が三島は、すでに前年の四月には陸上自衛隊にみずから体験入隊し、結成半年前（同年三月）には将来の楯の会隊員二十三名を引き連れて自衛隊富士学校滝ヶ原駐屯地に体験入隊している。同年七月にはさらに三十名をやはり体験入隊させている。

楯の会という名称の由来は、万葉集四三七三「今日よりは顧みなくて大君の醜の御楯と出で立つわれは」から取ったもの。その理論的ベースは一九六八年四月発表の「文化防衛論」と、そこから派生した祖国防衛構想にあった。これは天皇の存在を「日本文化の一般意志」、「日本文化の窮極の価値自体」と捉え、その「伝統のエッセンス」の中に日本文化全体の「美」を見渡した上で、「言論の自由」という戦後的価値に「耐えて存立している天皇」こそが現下の「(日本)文化の空間的連続性」を規定している、とする言説のことである。そして三島は、こうした「フレキシビリティー」の中に「言論の自由の至りつく文化的無秩序と、美的テロリズムの内包するアナーキズムと」その二つをつなぎ合わせる接点を、「天皇において」見る。これは天皇制の内包する「おそらくもっとも危険な性質」であって、例えばその脆弱さゆえ「容共政権の成立」と同時に瓦解しかねない。

いっぽう三島は日本文化の本質を「菊と刀」(ルース・ベネディクト)の両方にあるとし、菊の危機には刀がそれを救けるべきであると考えた。こうして「いわゆるシヴィリアン・コントロールとは政府が軍事に対して財布のひもを締めるというだけの本旨にすぎないが、私(三島、筆者注)は日本本来の姿は、文化(天皇)を以て軍事に栄誉を与えつつこれをコントロールすることであると考えます」、「天皇と軍隊を栄誉の絆でつないでおくことが急務」という、評論家橋川文三への回答となるのである。[20]

天皇に栄誉大権を与えること、それが「文化概念としての天皇の復活を促す」最善の方途である。そのための前衛が楯の会であるという理論付けを三島は行った。

ここにあるのは若い日の三島が傾倒し最後までそこから離れることのなかった日本浪漫派の理想、いわば芸術至上主義の理想の一九六八年的表現、と見てよいだろう。「菊」と「刀」はこのようにして合一し、その最後的表れとして三島において、自衛隊を動かして憲法を改正するというクーデター計画となって結晶したのである。

「菊は菊であるからこそ菊」[21]、三島と行動を共にした楯の会隊員は自らの天皇観をこう述べたが、これは、おそらく、何度も謀議を重ねるたびごとに事件の当事者たちによって確認された共通の観念であり、その意味では、おそらく、三島自身の言葉と言ってよいだろう。菊はどうあっても解きほぐすことが出来ない日本文化の本質であって、「選挙やそれに類いするもので否定することはできない」。事件の当事者たる別の隊員は、「天皇への恋心」と述べた。おそらく、このあたりに、「仕方がなかったんだ」という言葉を残して自ら果てた三島の、事件へとつながる思想の核があると見てよいだろう。

ごく大きく言って、ひとには自らの信ずるものを「美」と捉える傾向がある。この美が剣という表現を得て市ヶ谷の駐屯地で大爆発したのが三島事件の「物語的表層」であった。

しかし、まだ謎は残る。檄の中でことさらに、それこそ自衛隊員をみずからの同志ととらえながらも、両者をつなぐ言葉として「武士」と言い「男」を連発した、三島の深層の心理である。このメカニズムの内奥に、事件の真相はいまだ深々と眠っているように見える。

三島が改正しようとした憲法は、三島らによってどのように認識されていたのだろうか。「占領憲法」という言葉があるように、それはまず「占領基本法」として時限立法のごときものとしてとらえられていた。

憲法

現行憲法は米軍占領期間中のみ効力を有する占領基本法であって、サンフランシスコ平和条約締結と同時に失効したものです。それが現在通用しているのは、慣習的に通用しているだけなので、本来無効なのであります。[22]

公判は、現行憲法の制定の経過についても、突っこんだ検討をしている。それによると、マッカーサーが時の首相だった幣原喜重郎に憲法制定について最初に話を持ちかけたのは、幣原内閣成立の翌日、一九四五年十月十一日のことだった。憲法の自由主義化が必要と述べるマッカーサーの言葉を受けて、幣原は、閣内に憲法問題調査会を発足させる。委員長に任命されたのは戦前に齋藤實内閣で商工大臣を務めた松本烝治。元東京帝国大学教授で関西大学学長を務めた人物だが、憲法ではなく商法の専門家である。松本委員長はいわゆる松本四原則——

一、天皇が統治権を総覧するという大日本帝国憲法の基本原則は変更しない、
一、議会の権限を拡大し、その反射として天皇大権に関わる事項をある程度制限する、
一、国務大臣の責任を国政全体に及ぼし、国務大臣は議会に対して責任を負う、
一、人民の自由および権利の保護を拡大し、十分な救済の方法を講じる」を基本方針として掲げた。[23]

公判廷では、弁護側証人の佐藤巧上智大学法学部長が、このあたりの事情について証言している。

佐藤証人　……この委員会は最初から改正の方向をとったわけではないが、その後、状況が変わって改正が避けられなくなり、民間でも改正案が発表されるようになった。（昭和）二十一年一月初旬、改正範囲が少ない「甲案」と改正点の多い「乙案」ができ、二月（八日）にマッカーサー司令部に「甲案」を提出した。日本政府はこれによってGHQの意向を知ろうとしたもので、一応の試案だった。[24]

憲法改正要綱（「松本試案」）と呼ばれるものだが、しかし、その直前の二月一日、憲法問題調査委員だった宮沢俊義東京帝国大学教授作成の、いわゆる「宮沢甲案」が毎日新聞にすっぱ抜かれて、その内容が世間の知るところとなった。メディアは「保守的・現状維持的」と松本試案を批判。こうした世論の動向を分析したGHQは、日本政府による自主憲法制定に「見切りをつけ」独自の草案作成に踏み切ったのである。今まさに、極東委員会が活動を開始しようとしている時機でもあった。極東委員会が同年二月二十六日に活動開始すれば、GHQの権限は大幅に縮小される。[25]思い描く日本占領政策が、自らの主導で実現しないことを嫌ったマッカーサーが先手を打ったと言ってよい。

公判廷で、佐藤証人はこう述べている。

「GHQはこれを全面的に受諾できないとして、マ元帥はGHQの政治局に命じて草案を起草させ、二月十三日、この草案を日本政府に交付、これを改正の目標にするよう勧告するという形だった。松本委員会は重ねて「甲案」の説明書を提出したが、GHQは「新たなものを……」という意向で、マ元帥は、天皇を象徴とすること、戦争を放棄することの基本原則は変更できないとした」[26]

この頃、三島は、短編小説「煙草」の原稿を雑誌「人間」編集長の木村徳三に送っている。二月十五日付川端康成「鎌倉文庫業務日誌」は、これについて、「三島由紀夫君　煙草　木村君読了可」と記し、「煙草」は雑誌「人間」六月号に掲載されることになった。[27]作中で若い三島が「同性愛」への親和について匂わせた本作は、「成長してゆく」「悲劇」を友達との関係の中に濃密に塗りこめて、少年のエロスを漂わせた好短編である。

ここで作家の「愛」の対象は「運動部」の「上級生」だった。「成長」が「悲劇」であること、および、この「同性」への「愛」の持つ意味については、後段で検討したい。ともあれ「自由」と「民主化」が急激に広がる戦後にあって、「エロス」と「文学」の時代を揚々と船出しつつあった三島である。

結局のところ、GHQ草案が新憲法には反映されることになった。先の佐藤証言によると「三月二日これ（GHQ草案）をもとにしたものができ、同四日GHQに持って行き、同六日政府とGHQが共同作業で改正案草稿をつくり、日本政府がみずから作成したという形で発表。これがもとになって帝国議会に改正案が提出され、（昭和）二十一年十月十日両院を通過、十一月三日公布、翌二十二年五月三日施行となった」[28]のは周知の通り。

いわゆる「押しつけ憲法」論について、佐藤証人は「事実の評価」という言い方をしている。これは七〇年代初頭にあっては、精一杯の憲法評であったろう。が、先の松本試案の他、「近衛公案」や諸政党案、各団体案などいろいろな案が作成、発表され（中略）これらの中には現憲法に表れているような制度、思想を内容としたものもあった。GHQがこれらを見ながら起草したということは、公けの報告書でも明らかになっている」[29] そして佐藤証人は「必ずしも（GHQが）完全に日本国民の意思を無視して（新憲法を）強制したということはない」[30] との意見を附したのである。

ただ、GHQ草案は初めから第九条（戦争放棄）を含んでいた。その意味で、象徴天皇制と再軍備不可がGHQの憲法草案の絶対の条件であった。楯の会隊長として、三島によってどうあっても黙過できない日本伝統の破壊とされた、事件の根本をなす蹉跌がここにある。新たに起草された憲法にあっては、天皇の権限が及ぶべき〝軍〟が存在しないのである。

三島の憲法改正論の枠は、先に見た「文化防衛論」にある。三島にとって天皇は、国家や政治を超越した、「日本文化の価値の根源」であった。日本に歴史があり、その歴史のよってくる伝統があるなら、それに血を注ぎ、背骨となってその伝統を支えているのは、他ならぬ天皇である。三島は「天皇は日本の歴史的伝統、文化を代表し、代表せらるべきもので、文化の保持者としての天皇の地位を明確にすべきだ」[31] という意見を持っていた。しかし敗戦という現実を前にして、憲法改正を進める当事者らの胸の裡にあったのは、「大方の改正意見は、国家の機関としての権限を拡大強化せよ」というものであり、「『象徴』は不明確だから権限の強化に伴い『元首』にすべきだ」（佐藤証人）という意見、大きく言って、いわゆる「天皇機関説」に立っていた。しかし三島はかえって天皇を「文化概念」として見、「軍事に栄誉を与えつつこれをコントロールする」その主体と見た。こうして、三島の改憲論は「天皇は文化の中心という改正論」であり、その下地にあったのは国軍に誉れを注ぐ「栄誉大権」の具現者としての天皇であった。

「軍事」に「栄誉」を与えそれを「コントロール」する主体であるところの天皇。この三島の天皇へ寄せる「恋」は、その底流（私流に言うなら、E・M・フォースターの言う〝永遠の瞬間〟）を、一九四四年九月九日のある瞬間に結びつけてもよいだろう。この日、三島は、学習院高等科を主席で卒業し、文科総代として父母を伴い宮中に参内、昭和天皇より恩賜の銀時計を拝受したのである。

こうして三島は栄誉なことに天皇に謁を賜り、この上ない名誉をじかに天皇から戴く「銀時計組」となった。しかし目を太平洋戦争へと転じると、陸海軍の劣勢は明らかで、沖縄では神風特別攻撃隊による体当たり攻撃があと一歩のところに迫っていた。人間魚雷「回天」も訓練を開始するなど、将兵の命はまさに風前の灯火であった。

十九歳の三島（平岡公威）はこの状況をどのような思いで眺めていたのか。先にも引用した日録によると、三島は、その前日も、天皇より恩賜の銀時計を賜ったその当日も、新宿や新橋の演舞場で歌舞伎を観劇している。

十月一日には推薦で東京帝国大学法学部法律学科に入学した。天皇については、学友に、「でも天皇は自分の財産をたくさん持っていらっしゃいますよ」と語る三島であった。

官吏の長男として戦時下の自由を満喫する三島には、まだ後年の武人の影は見られない。天皇制という官僚機構の末端にぶら下がるノンポリの、あるいは「文弱の」、姿がそこにはあった。

結審
　三島事件の公判は、事件の主謀者たる三島の人物の検討を経て、審理のすべてを終了した。ここで私事を差し挟むと、私は、三島事件の発生した一九七〇年当時、十四歳というそれなりにおさまりの悪い時期を過ごしていた。通っていた中学校では大して目立つこともなく、勉強でも家庭でも、これと言って真剣に取り組むこともなかった。文学に親しんでいたわけでもなく、むしろ、この年に迫っていた大阪万博の方に私の気持ちは惹かれていた。三島についてはその名前だけは知っていたが、その作品に手を伸ばすには、いまだ私は十分に幼かった。外に目を転じると、若者らの真夏の季節を迎えていた。世間でどのような状況が進行中であったのか、佐藤訪米阻止や新宿騒乱やエンタープライズ寄港反対が自分にとって、自分の明日にとって、なにを意味しているのか、うまくつかめなかった。暴れ回る若者の姿に私は何か遠いものを感じていた。
　だが、三島の名前は知っていたといま書いたが、その意味するところは決して好意的なものではない。当時三島は、ピエロだった。軍服然とした制服を身にまとい、旧軍の兵士さながらの、というよりはナポレオン顔負けの英雄然とした空気をあたりに向けて発散させている三島は、十四歳のおさまりの悪さに包まれていた私にさえ、物書きや軍人という以前に――彼のライヴァルとされる作家の用語を借りれば――「遅れてきた青年」といった趣を感じさせた。そう、三島は遅れてきた青年だった。大江健三郎の小説のように、赴くはずだった戦争に間に合わなかった己の弁解を、その人生を通して四方八方に向けてわめき散らす、逃げたわけではないのだろうが（このことについては後述する）、そう取られても仕方のない自分を抱えて、呻吟する、遅れてきた青年だった。おそらく、同時代を体験した人の多くが、そうした私の三島観に共感されるのではないか。

あのころ私たちは、軍服を着たピエロ、行きそびれた青年将校といった印象で三島を見ていた。作家のお遊び、当時よく言われた言説の意味するものは、要するにそういうことだ。だから、作家の死を聞かされたとき私たちは、ピエロがその内面では傍から推し量ることが出来ないほど巨大な思いにうちひしがれていたのだということを目の前に突きつけられた観客の驚きを、今更のように、驚くことになった。おさまりの悪い生活、万博というハレの日の後にやって来た、溶暗の生。十四歳だった私にとって、あの日の夕刊に躍る活字は、まさにその日の記憶として永遠に私の中に定着している。

事件当時、防衛庁長官をつとめて生前の三島とも面識のあった中曽根康弘自民党代議士（当時）は、三島の人物について、こう証言している。「非常な愛国者」、「日本文学を世界的に高めた天才」、そして「人をいたわる愛情のある人」だと。[32] 三島は事件三週間前の十一月三日、六本木のアマンドで同時に決起することになる楯の会隊員たちに「死ぬことはやさしく、生きることはむずかしい。これに堪えなければならない」と言ったと[33]伝えられる。

「遅れてきた青年」としておそらくは戦後を生きた作家にとって、その心情が込められた言葉であった。私は、本書の後半でこの言葉の持つ意味をさまざまに解釈していくつもりである。三島は「むずかしい生」を生きざるを得なかったがゆえに「死」へと誘引されていった。その三島の「むずかしい生」の中に事件の基層をなす彼の心理の綾がある。そう考えるからだが、その「死」への誘因は作家が本来持っていた死への衝動（タナトス）であるというよりはむしろ、「むずかしい生」を生きざるを得なかった彼の「心の綾」がもたらした「宿命」だったと言ってよい。

公判は、倫理家で、物事を理詰めにとらえる論理家でありながら情愛の深い、家族に重きを置く家庭人といった三島の人となりを殊更に強調している。複雑というよりかえって多面体であった三島の印象もまた、このようなプリズムから投影されるひとりの人間の像である。とりわけ楯の会を結成して以来の作家の奇矯とも言える政治回帰を、あるいは（こう言ってよければ）メディアの好奇の目にあえて身をさらすピエロぶりの、その内側には、人気作家の気まぐれといった目で見ることの出来ない彼という人間の苦悶があった。天皇への恋闕《れんけつ》はその結果である。

ともあれ、東京地方裁判所での論告求刑は、担当検事が、「憂国の至情に出た一見壮烈な義挙」として「若い世代に対しては大きな影響を与えずにはおかないであろう」と事件の影響を指摘し、こう結んだ。

「以上諸般の情状を勘案のうえ相当法条を適用し被告人ら三名を各懲役五年に処するのを相当とする」[34]

判決

三島事件は判決までに十八回の公判が開かれた。事件は、被告人三名、および同時に自刃した楯の会隊員を「法律的には共同正犯」とし、あくまで「三島が主謀者的地位にあった」と認めた。一九七二年三月二十二日に開かれた第十七回公判で、弁護側は次のような最終弁論を展開した。

「経済の繁栄とともに日本人の大半は商人になった。三島は憂国の情やみがたく、行動に移った。死をもって国民を、政治家をいさめたのだ。尽忠の至情を見るべきだ」（野村佐太男弁護人）。

「本件は道義心が退廃した現代社会に対する危機感から非常手段に訴えたもので、国家に対する緊急救助の法理が適用されるべきだ。従って違法性が阻却されて無罪になるか、軽減されるべきだ。いまの自衛隊は軍隊であり、憲法九条に違反している。自衛隊が違憲であれば、被告らが益田総監を監禁して自衛隊員を集合させたのは、自衛隊員が公務員でないのだから、職務強要には当たらない」（大越譲弁護人）。

もう一人の酒井亨弁護人は「三島氏は軍国主義者ではなく、民主主義者である。被告らの行動を〝独断と自己陶酔〟ときめつけ、責めるのはナンセンスだ。評価は公正の史家に任せるべきだ」[35]と述べた。

草鹿浅之介主任弁護人はこう主張した。「事件直後、（時の）佐藤首相らは〝狂気の沙汰〟と酷評したが、一方では事件の底流をとらえようとする冷静な論調もあった。犯罪の外形だけみても意味がない。日本人の精神を失い、日本そのものが滅亡していこうとするのを、死をもって防ごうとしたのである。被告たちの情状には同情すべき点がある」[36]。

判決公判は同年四月二十七日に開かれた。東京地方裁判所刑事十三部の櫛淵理裁判長によって、「主文、被告人ら三名を懲役四年に処する」という判決が言い渡されると、三被告は「直立不動」で「顔色も変えずにじっと聞入っていた。傍聴席も静まり返ったままだった」と、本書でもたびたび引用した『裁判記録「三島由紀夫事件」』は伝えている。同書によると、三被告は「現憲法をささえる裁判所があのような判決を下すのは当然だと思う。刑が重いか軽いかははじめから考えていないし、今後のことはすべて弁護士にお任せしてある。最終的な判断は歴史が下すと思う」[37]とコメントした。

詩を書く少年

少年の頃の三島由紀夫には、いつの頃からか、「死への欲動」が兆していた。少年の夢をすっぽりのみ込んでしまったような「森」のイメージ、うつらうつらする幼い生の内部からひっそりと顔を覗かせる「蝉」や「毛虫」や「蟋蟀《こおろぎ》」や「小鳥」の表情。十二歳の、まだ三島由紀夫になる前の平岡公威の書く詩には、自然を観照しつつそこに心地よくも包まれた幼い子供の初発の姿が認められる。

が、いまここで、

猫の喰べ残した鼠は、
湿った枯葉の山にある。

其の上に、
枯葉の落ち合ふ音は、
——灰いろの挽歌のやうだ。

という詩編を見てみよう。「寂秋」と題された十二歳の詩編からは幼い公威のまた別の精神が、その心の裡が、豊かな語彙と暗いイメージをともなって、はっきりと伝わってくる。十二歳にしてはおどろおどろしいこの詩は幼い公威の詩心が、必ずしも心地よい少年の日の讃歌ではなく、むしろある種の残酷をたなごころにしていたことを思わせて、奇妙な思いを読むものに伝えてくる。

その全編を引くと、

不思議な淋しさの立ちこめる
谷間から、
炭焼く煙が昇つて来る。
煙どもは、
広大な孤空の片隅に、
葬り去られるのを知らず、
碧い絵絹を慕つて這い昇つてくる。

足に怪我した犬が
びつこを引きく〱径を歩いて行く。
猫の喰べ残した鼠は、
湿つた枯葉の山にある。
其の上に、
枯葉の落ち合ふ音は、
——灰いろの挽歌のやうだ。
嵐の兆《しらせ》か、
山の間《はざま》から、
黒い、巨人の様な雲が立ち上がる。[38]

谷間から立ち上ってくる煙は、その後の「びつこを引く犬」「猫の喰べ残した鼠」のイメージと呼応して、容易に葬儀を連想させるだろう。公威は「森」をよく詩に書いたが、ここに見えるのは

「湿つた枯葉の山」という、不安定なとらえ難さであり、それを「不思議な淋しさの立ちこめる」「——灰いろの挽歌」という前後のトニックがまとめている。さらに「立ち上がる」「黒い、巨人の様な雲」という不吉な結句。これを「稚拙」と評するむきもあるが、むしろ私は、その豊かな語彙と明快なイメージ、そして何より言葉扱いの巧みさで、十二歳としては飛び抜けた感受性の持ち主であったと感じずにはおれない。ましてや十二歳だった頃の我が身を振りかえってみて、「淋しさの立ちこめる秋」などといった想念が、チラとも心中を掠めたことがあったろうか。そう思うと、幼い公威＝三島の感性はすでに抜きんでて深い省察の地平に降りていると思わざるを得ないのである。

目の前の自然をながめ、そこから詩（物語）を取りあげる才能は、早くも第一級の表れを見せている。そのことに驚くばかりだが、もっと驚くべきは、その感受性が、肝心要の瞬間に機能していなかったかに見える、この若い詩人のその後である。三島由紀夫という筆名を使い始め、自らも周囲もいっぱしの「作家」を意識するようになった頃、時代の趨勢はかならずしもこの初発の書き手を祝福するものではなかった。

時代はいわゆる悪時代を迎えていた。三島の口述よりなる自叙伝『わが思春期』はその時代について、こう記している。「自分の思春期のことを話し出すと、今さらに時代の差というものを感じます。私は大正十四年生れですから、昭和十年代からあとが私の思春期といえるでしょうが、二・二六事件を初めとして、だんだん軍国主義の風潮が強まっていき、それとともにわれわれの前には戦争の固い壁が立ちふさがって、享楽は悪だと見なされ、性の問題も、国家目的とはまったく相反した暗い、しいたげられたものでしかありませんでした」[39]

代表作となる『金閣寺』を出版した直後のことで、その成功をもとに、自らの精神の来歴について語っておきたいという思いに駆られたのか。発表媒体が婦人雑誌の「明星」だったこともあって、恋の話、性の話、女性にまつわるエピソードなど、もっぱら身近な話題がリラックスした口話体で語られる。このとき三島は三十二歳の少壮作家。明らかに大衆作家としての顔を前面に出して、気負わずに速記者を前にして自分語りを楽しんでいる——そうした雰囲気が伝わってくる。それだけに、少々の思い違いによる事実誤認は指摘するまでもないのかも知れないが、しかし、本書は他の三島の文章と同じように、この作家ならではの思い込み、おそらく知った上でのことではなかろうが、事実を折り曲げた認識の誤りがそこここに読み取れるのだ。

自身の思春期を振り返って、気負わずに語った話の内容は、おそらく本人にとっての「真実」と言ってよいだろう。

例えば、三島はこう言っている。「……急に玄関のベルが鳴って、赤紙の電報がやってきました。かねて覚悟していたことですから、さほど驚きもしませんでしたが、その赤紙の電報は、たちまち家中をシーンとさせました」[40]。この先の描写は本書の主題に関わる重要な箇所なので、長いが、全文を引いておく。

「もう二日のうちに、私は兵庫の本籍地の軍隊へ入らなければなりませんでした。ところが、何が幸いになるか分かりません。私はその晩から、どうもかぜ気味であったのが、だんだん熱が上がってきて、いよいよ入隊という日には、大変な高熱になってしまいました。入隊の前の日に、本籍地の親戚の家で、胸に湿布を当て、色々と手当を受けた後、ふらふらしながら、けれども、立ち上がって、みなに送られて隊へ急ぎました。

　今でも覚えていますが、そこは実に山の中の、荒涼とした、非常に寒々とした聯隊でした。そこで、私は立っているうちに、また寒けがし、せきが出て、目まいがしてきました。ところが、私の症状が、新米の軍医によって誤診されてしまいました。彼は、私のことを肺湿潤だと言うのです。いわゆる軍隊用語の胸膜炎です。私はラッセルが聞こえると言い出されて、ぎょっとしましたが、そのときの正直な気持は、軍隊へ入るよりも、病気になった方がいいという、助かったような気持でした。あとで聞くと、その隊は、みなフィリッピンへ連れていかれて、数多くの戦死者を出したそうであります。私はその誤診の胸膜炎のおかげで、また東京へ帰ってきましたが、帰りの夜汽車の中の寒さと高熱にあえいでいるつらさとは、今でも忘れることができません。ところが、東京へ帰って精密検査の後にも、私は何ら結核の症状は発見されませんでした。それでいて、私の徴兵は、もう来年延ばしにされていたのです」[41]

　以上の文章は三島にとって、少なくとも語ったその時点においては、「真実」である。

検査
　次に『仮面の告白』から右の記述に相当する箇所を引いてみる。
「たまたま休日にかえった自宅で、私は夜の十一時に召集令状をうけとった。二月十五日に入隊せよという電文だった。
　私のようなひよわな体格は都会ではめずらしくないところから、本籍地の田舎の隊で検査をうけた方がひよわさが目立って採られないですむかもしれないという父の入知恵で、私は近畿地方の本籍地のH県で検査をうけていた。（中略）結果は第二乙種合格で、今令状をうけて田舎の粗暴な軍隊へ入隊せねばならないのであった。（中略）ところが工場で引きかけていた風邪が行きの汽車の中で募って来、祖父の倒産以来一坪の土地もない郷里の、昵懇な知人の家に到着すると、はげしい熱で立っていることも叶わなかった。しかしそこの家の手厚い看護と、なかんずく多量に嚥んだ解熱剤が利目をあらわしたので、私は一応威勢よく人に送られて営門をくぐった」[42]
　そして、
「薬で抑えられていた熱がまた頭をもたげた。入隊検査で獣のように丸裸にされてうろうろしているうちに、私は何度もくしゃみをした。青二才の軍医が私の気管支のゼイゼイいう音をラッセルとまちがえ、あまつさえこの誤診が私の出たらめの病状報告で確認されたので、血沈がはかられた。風邪の高熱が高い血沈を示した。私は肺湿潤の名で即日帰郷を命ぜられた」[43]

この瞬間であった。公威＝三島を、微笑と羞恥、という二つの感情が捉えて放さなかったのは。若い軍医を前に、三島は懸命に嘘をついた。――もう半年も微熱が続いているんです、肩が凝ってどうしようもないのです、血痰が出ます、ゆうべだって寝汗がビッショリ出たのです……。[44]「この中で肺の既往症がある者は手を挙げろ」と軍医に言われて、サッと手を挙げた三島の[45]、生と死を賭けた演技だった。「ラッセルがひどく、結核の三期と思う」[46]。若い軍医はそう判断し、公威＝三島に入隊検査「不合格」の診断を与えたのである。その刹那「隠すのに骨がおれるほど頬をおして来る微笑の圧力を感じた」と三島は『仮面の告白』に書いている。

三島の父、平岡梓はこの時の様子をはるかに文飾の少ない、それだけに情味の伝わる表現で、こう書いた。

「それから別室で軍曹から、「諸君は不幸にして不合格となり、さぞ残念であろう。決して気を落さず今後は銃後にあって常に第一線に在る気魄をもって尽忠報国の誠を忘れてはならない」云々と長々とした訓示を受けました。

訓示がすむのを今やおそしと待ちかまえていた僕（梓、筆者註）は、すんだ途端に出口の兵隊さんのところに走り寄り、「もうこれで今すぐまっすぐ東京の家に帰っていいのですか」と馬鹿念を押して外に飛び出しました。そのときの空の高さ、空の明るさはまるで目がくらむようでした。（中略）門を一歩踏み出るや倅（公威＝三島、同）の手を取るようにして一目散に駈け出しました。早いこと早いこと、実によく駈けました」[47]

三島はこの頃、「一度だって死にたいなどと思ったことはなかった」[48]と書いている。入隊検査不合格と聞かされて、わき起ころうとする微笑をやっとの思いで押し殺していた三島は、そのことを内心羞恥したが、突然ひらめいた「死にたいと思ったことはなかった」という言葉が「羞恥の縄目をほどいてみせた」

そして次のような理解が襲いかかるのである。「私が軍隊に希ったものが死だけだというのは偽りだと。私は軍隊生活に何か官能的な期待を抱いていたのだと」[49]

三島の男色は、その真偽のほどは分からないが、この描写に限っては終戦直後の混迷を生きる読者への、目を引くためのサーヴィスだったと私は理解している。

軍医

ここで三島の入隊検査を担当した「軍医」について一言しておくことにしよう。

この軍医は誰か。私が調べたところによると、この軍医は、本籍大阪、大正十一年（一九二二）三月四日生まれというから、三島の入隊検査のさいには若干二十二歳の若者だった別府彰という名前の医師である。私が東京・恵比寿の防衛省防衛研究所で調べたところ、別府彰医師は昭和十九年七月九日に歩兵第百九十九聯隊（兵庫県姫路市編成）附になっている。その後、聯隊に伴って各地へ移動、昭和二十年六月時点では第百九十九聯隊の第一大隊本部附として軍医少尉の地位にあった。別府彰軍医の名前は、昭和十九年九月一日付「軍事行政停年名簿115　陸軍将校實役定年名簿第一巻」と、昭和二十年六月に発行された「歩兵第百九十九聯隊将校職員表」に見ることが出来る。

公威がもし入隊検査に合格していたら入隊するはずだったのは、兵庫県姫路市で編成された、第八十四師団第百九十九聯隊であった。いっぽう別府彰軍医は三島＝公威が入隊検査を受けた昭和二十年二月十日の時点で、おなじ部隊に所属していた。

もう少し詳しくこの辺の事情を見てみよう。

いま述べた通り、三島は昭和二十年二月十日に入隊検査を受けている。その四ヶ月後の昭和二十年六月に発行された「歩兵第百九十九聯隊将校職員表」には三名の軍医の名前が見える。――すなわち第一大隊附の別府医師、第二大隊附の新海敬之医師、第三大隊附の松永清医師である。うち、新海医師は調べてはみたもののその前年、昭和十九年発行の「陸軍将校實役定年名簿」のどこにも名前がなかった。これは恐らく新海医師の入隊が昭和二十年に入って後のことだったからであろう。かつ右の「将校職員表」は新海医師の地位が「衛見士」（衛生見習士官）とされていることから、この新海医師は、三島を検査した軍医候補として条件を満たしていない。このことから新海医師は『仮面の告白』における「青二才の軍医」候補からは除外してよいだろう。

もうひとり、本籍徳島、大正八年三月二十八日生まれの松永清医師は将校職員表によると、三島入隊検査のときはすれすれで満二十五歳である。とすると年齢的には「仮面の告白」に登場する「青二才の軍医」と条件が符号するかに見える。が、以下に示す理由から、私は松永医師説は採らない。その理由は「即日帰郷」を命じられた際公威に手交された「帰郷証明書」にある。

少々の説明が必要だろう。

安藤武が編んだ「三島由紀夫「日録」」によると、公威のもとに入営通知（赤紙）が届いたのは昭和二十年二月四日のことである。この日は日曜日だったので、公威は翌五日の月曜日には入隊検査を受けるため本籍地の兵庫県富合村へ出立している。この時すでに重い風邪の症状が出ていたのは何度も書いた通り。翌六日、父梓の知人である好田光伊宅に泊まり、家人の手厚い看護や大量に嚥んだ解熱剤のおかげで持ち直し、二月十日には、富合村高岡廠舎（今、陸上自衛隊青野ヶ原駐屯地がある辺り）で入隊検査を受ける。これは奇しくも紀元節の前日であった。『仮面の告白』にある通り、「青二才の軍医」に「肺の既往症がある者は手を挙げろ」と言われて「サッと手を挙げた」入隊検査である。

結果は不合格だった。もし合格した時に公威が所属することになったのは、突第一〇一三三部隊というもので、先にも書いたが、これが姫路で編成された第八十四師団第百九十九聯隊のことである。部隊長は、本籍兵庫、明治二十七年十月六日生の、栗栖晋大佐。

帰郷証明書

実は、この時公威が受け取った「帰郷証明書《きごうしょうめいしょ》」は、山梨県山中湖村にある「三島由紀夫文学館」が、遺族の委嘱を受けて、収蔵している。この「帰郷証明書」には二つあって、公威に手交された和文タイプのオリジナル版と、オリジナル版を作るに当たって下書きとした手書き版であるが、ここで問題となるのは手書き版の方である。この手書き版には、昭和二十年二月十日／突第一〇一三三部隊長　栗栖　晋　と書かれたその左横に、「前田」なる朱印が押されてあるのだ。この「前田」印については新潮社版三島由紀夫全集の年譜にも記載されている。

当初私は、この「前田」こそ公威を入隊検査で「不合格」とした「青二才の軍医」ではないかと疑った。その人物を洗ってやろうとした。首尾良く正体が知れれば、それをきっかけに「三島事件」の心的メカニズム――本書の主題――に迫れるのではないかと考えたからだが、結果は空振りだった。防研で調べたところ、先述の「陸軍将校實役定年名簿」には「前田」名の軍医が四人いるが、三島の入隊検査にあたったと見られる「前田」軍医は、年齢や所属から推して、ひとりもいなかったのだ。

では、この「前田」とは誰なのか。部隊長の栗栖晋大佐の横に判をつくわけだから低い階級ではあるまい。この「前田」氏の正体がつかめれば『仮面の告白』に登場する「青二才の軍医」の正体もおのずとはっきりするのではないか。

その正体は、郷土史家で静岡県の熱海市立第一小学校校長をしておられる井上弘氏から戴いた、先述の「第百九十聯隊将校職員表」を見たとき明らかになった。――見ると別府彰軍医が所属している第一大隊の第一歩兵砲小隊には、副官として前田實なる大尉が所属している。副官とは、防研の研究員の話によると、隊長に直属してその任務を補佐する役目の将校であるという。そこで、こういう推理が成り立つ。このお世話係の前田大尉が、当日何らかの理由で入隊検査に欠席した栗栖晋大佐に代わって、公威の「帰郷証明書」下書きに自身の印を押したのだ、と。それでこの書類は部隊内で効力を発し、正式の、公威に手交された「帰郷証明書」の発行となったのだ、と。——以上は推測であるに過ぎないが、別府彰医師が『仮面の告白』に登場する「青二才の軍医」とすると、それと所属を同じくする前田實大尉こそ、「帰郷証明書」に判を付いた「前田」その人に他ならない、と推定してよいだろう。これを逆から言えば、このことから、別府彰軍医が『仮面の告白』に出てくる「青二才の軍医」に違いないという推断が、かなり高い確率で、言いうるだろう。

が、もうひとつ、この「前田」印を確定するに当たって問題があった。つまり、松永清軍医（入隊検査時点で満二十五歳）の所属する第三大隊にも、前田太一郎という名前の将校が存在するのである。この人が件の「前田」印の主だということは言えないだろうか。その場合には、「青二才の軍医」はすなわち松永医師という可能性がぐっと高くなる。だが——である。

職員表をつぶさに見ると、この「前田太一郎」は先の前田實大尉より二つ階級の落ちる少尉である。だからであろう、「副官」という職名も付いていない。となると、以上の事実からして、「前田太一郎」が「前田」印の主であるという可能性は、かなり低いか、あるいは「ない」と言ってよいのではないかと思われる。

となると、やはり公威に手交された「帰郷証明書」の下書きにハンコを付いた「前田」は、第一大隊附の副官であった前田實大尉であると言ってよい。そしてここから、若い三島由紀夫＝平岡公威の入隊検査を担当したのは、同じ第一大隊に所属する別府彰軍医であった、と考えるのが最も合理的であるという結論が導き出せるのである。

こうして、三島由紀夫『仮面の告白』に記された「青二才の軍医」は、第八十四師団第百九十九聯隊に所属していた、本籍が大阪の、大阪帝国大学医学専門部卒、当時二十二歳だった別府彰軍医であると断定してよいだろう。

公威＝三島はこの時満二十歳だった。ただの二十歳ではない。詩を書き、小説を書く二十歳である。公威は大正十四年一月十四日に生まれているから、大正十一年三月四日生まれの別府彰軍医との歳の差はわずかに三歳。ひ弱な、美しい面立ちの少年であったが、すでに前年の十月十五日には小石川にあった七丈書院（筑摩書房の前身）より処女小説集『花ざかりの森』（初版四千部）を刊行している。新進作家として多忙の日々を過ごしていた。これは後年の三島の絢爛な著作の数々、高名な人士らとの人目を引く華麗な交際から推し量って言うのだが、若い三島の、ひとを見る目は鋭いものがあっただろう。

入隊検査のさい風邪に苦しんでいた公威は、若い二十二歳の別府彰軍医を前にして懸命の演技をしている。

「何だって私はあのようにむきになって軍医に嘘をついたのか？　何だって私は微熱がここ半年つ

づいていると言ったり、肩が凝って仕方がないと言ったり、血痰が出ると言ったり、現にゆうべも寝汗がびっしょり出た（当り前だ。アスピリンを嚥んだのだもの）と言ったりしたのか？」[50]

別府軍医から即日帰郷を言い渡されて公威は「隠すのに骨が折れるほど頬を押して来る微笑の圧力を感じていた」[51]。歳を経て、作家として大成した三島由紀夫は、この時感じた「微笑の圧力」を、それが自らの人生にどんな意味を持つに至ったかを、繰り返し反芻したに違いない。ヤレヤレ兵隊に採られなくて済んだ、という思いを。

神聖喜劇

新進作家としてこれからも小説を書き続ける自由を手にすることが出来た……それはまさに胸をなで下ろすような感覚であったろう。同時代の小説家、大西巨人に『神聖喜劇』という大作がある。その第一巻には、入隊直後の身体検査のさいに旧知の顔を見つけ出して、明らかに好意から「「後輩」の私を即日帰郷処分にしようとした」軍医が登場する。これが事実に基づくエピソードかどうかはともかく、当時の入隊検査の実情を描いて公威の「即日帰郷」と響き合う描写であるため、以下引用しておく。

「一月十一日午前、入隊直後の身体検査を担当した軍医中尉は、「入隊兵名簿」における私の氏名の下方の「九大法卒」という四文字を読み、私の高等学校をたずね、さらに私の中学校をたずねた。それらに私が答えると、私より七、八歳年長かの軍医は、彼自身もおなじ中学・高校・大学の出身であると告げた上、「三塁手《サード》をやってただろう？　F校の。香椎球場の大学高専リーグ戦や何かで何度かお前を見たようだ。それにおれもF校では野球部だった。お前より四、五年は先輩かな。大学では、止したがね」とその場にあるまじく私に感ぜられたような私的な親しみを見せて言った。そう言われてみれば、私も、なんだか相手に見覚えがあるような気もした。しかし私は、その「先輩」との偶然の出会いに別段感動しなかったので、ただ御座なりの肯定だけを返した。それでも軍医は、私の呼吸器になんらかの異常を認めたと称して、明らかに好意的に「後輩」の私を即日帰郷処分にしようとした」[52]

　みずからの従軍経験から旧陸軍に対してきわめて辛辣な反軍感情を持っていた大西は、この小説でも、軍隊内部の上下関係や上官から与えられる意味不明の命令の数々を、嗤い、貶めているが、同書の冒頭で披露されるこのエピソードは、旧軍内部にも、要所を担当する将校のなかにある種のいい加減さというか、自由裁量があったことを印象づけて、小説全体の主題と響き合っているように見える。

『神聖喜劇』では即日帰郷を言い渡された「私」は自分がじゅうぶん軍務に堪えられるだけ健康であると言い募って、結局、即日帰郷（除隊）をまぬかれる。

「私は、私の健康が軍務に耐え得るという「自信」を、おだやかに、しかし熱心に主張し、即日帰郷をまぬがれようと努めた。私よりも早く検査を受けた人人から、すでに十名ばかりが即日帰郷を決定せられたらしかった。中の一人が、その決定を日本男子の恥辱とし、泣いていたずらに取り消しを訴えた、といううわさを、私は聞いていた。この「軍国美談」の主と私とは、異質無縁の心情をもって、おなじような行為に出たのであろう。ふとその「軍国美談」を連想した私の身内に、一瞬苦い自嘲が動いた」[53]

『仮面の告白』の中で三島が描いた平岡公威の心情とこれはあまりにかけ離れた精神の動きではないか。大西は「私の入隊は、最後的に確定せられた。いまやそれは、私がみずから希望し選択した運命であった。」と書いている。[54]

もしこの『神聖喜劇』の一シーンを三島が読んだら、どう反応しただろうか。三島がこの小説を読んだかどうか、知る術がない以上、推し量るしか方法がないのだが、同書は一九六〇年から七〇年にかけて、つまり三島が日本回帰した時機と期を一にして、左翼系の「新日本文学」誌に連載されていた。評判くらいは耳に入っていただろう。即日帰郷について、三島は三十二歳のとき発表した『わが思春期』の中でこう書いている。「……ぎょっとしましたが、そのときの正直な気持は、軍隊へ入るよりも、病気になった方がいいという、助かったような気持でした。あとで聞くと、その隊は、みなフィリッピンへ連れていかれて、数多くの戦死者を出したそうであります。私はその誤診の胸膜炎のおかげで、また東京へ帰ってきましたが……」[55]

同情

以下、私の主題と関わるおそらくは異論も少なからずあるであろう推論なのだが、三島＝公威の「即日帰郷」とは実は別府彰軍医による「手ごころ」だったのではないか。そう私は疑っている。人のこころに敏い別府軍医は、風邪をさも重病そうに言い募る、このいかにもひ弱そうな東京帝国大学法学部生を前にして、内々こう思ったのではなかったか。この青年をお国のために役立てる方策があるとすれば、それは兵隊に採ることではなくて、法律の勉強を続けさせることではないか、と。

沖縄では、今まさに陸軍による神風特別攻撃隊の決死行が迫っていた。グラフ誌などは「大東亜戦局の焦點」「敵も苦しんでゐる」（アサヒグラフ昭和十九年十二月二十七日　昭和二十年一月三日合併号）などと煽り立てて、戦意の最後のひとしずくを絞り取ることに血道を上げていた。

いっぽう、詳細は調査中のため後日に譲りたいのだが、別府彰軍医は悪時代を生き延びて、復員後は軍籍を離れ、長く精神科の医師として関西の病院に勤務したことが、私の調査の結果、分かっている。

するどい感性に恵まれた、詩を書く少年としての三島＝公威は、おそらく、みずからに寄せられたこの「手ごころ」を、その刹那であったか、それとも後日ゆっくりとであったか、ともあれ正確に、理解した。アア自分は同情されたのだと、心中深く得心した。この「同情」をみずから深く「羞じた」からこそ、ここをきっかけにして、何らかの精神の運動が作家の裡に芽生えたのではなかったか。そう推測されるのである。

いっぽう別府彰医師は戦後、労災についての論文を同僚の医師と何本か発表する傍ら、とある関西の病院の精神科に担当医として勤務することになる。[56]なぜ別府彰医師は「希望者が少ない」と言われる精神科を自身の専門にしたのだろうか。なぜ、数ある領域のなかでも特に労働災害に関心を持ったのか。死地へと赴く大勢の将兵と共に生活するうち兵士らの心の裡に何か探究すべき主題を見つけたのか。あるいは兵隊を奴隷の如く使役する旧軍の所業から組織の悪行としての労災に目を転じるに至ったのか。別府医師は、復員して後、医学会で活発に労働災害の論文を発表し講演を行っている。

こうして、あたかも同じ根っ子から方々に枝が分かれ、そこここに色鮮やかな花を付けるようにして、それぞれ相応の果実を戦後は軍医と作家の双方にもたらしたのである。

太平洋戦争が二人の精神に影を落としたことは間違いあるまい。いっぽうは組織の悪行としての労働災害への関心へと、いっぽうは菊を救ける刀たらんとする私兵組織の結成へと。だが、ここで問うべきは軍医と作家の戦後だけではない。要するに、あの聯隊はどうなったのか。三島が属するはずだった、あの姫路編成の第八十四師団第百九十九聯隊は果たしてどのような最後を迎えたのか。三島は『わが思春期』の中で、自分が所属するはずだった「その隊は、みなフィリッピンへ連れていかれて、数多くの戦死者を出した」と語っている。この当時、フィリッピンと言うと、日本軍はレイテ沖海戦（一九四四年十月二十三日〜二十五日）、レイテ決戦（一九四四年十月二十日〜敗戦）に続けて敗北し、今は首都マニラを巡る戦いが頂点を迎えていた。しかしここでも後退を続け、にわかに「本土決戦」の声が大になっていた。大本営はこれを「決号作戦」と称し、一億玉砕を叫び、日本各地に築城陣地を構築、残り少なくなった兵力を本土防衛に備えつつあったのである。

全員生還

防衛省防衛研究所戦史室による『戦史叢書　本土決戦準備　関東防衛』によると、昭和二十年「三月下旬（日時不詳）、第八十四師団（第十五方面軍、姫路）が第十二方面軍司令官の指揮下に入れられた。第十二方面軍司令官は第八十四師団に対し、酒匂川以西の防衛担任を命じた」とある。[57] 酒匂川とは富士山麓から小田原市へと注ぐ川である。また別の資料でも、昭和十九年十二月二十八日、第八十四師団は「沖縄からフィリピン方面への戦力投入として臺灣へ転身した第九師団（原守中将、金沢）の充当として沖縄への派遣が決定されますが、本土防衛強化、また海上輸送が困難なことから昭和二十（一九四五）年一月二十三日、第八十四師団の沖縄派遣は中止され」、「四月八日、第八十四師団は（中略）神奈川県小田原市に移動します。（原文改行）（第百九十九）聯隊は小田原に配置され、敵上陸部隊迎撃のため陣地構築中に停戦を迎えます」そして「八月三十日、姫路に帰還、復員完結します」[58]

この間の本土の戦況は先の『戦史叢書　本土決戦準備　関東防衛』によると、こうだ。

「米軍の比島上陸によって南方との海上交通はほとんど途絶」し、この結果「大本営は二十年二月十六日、朝鮮海峡方面船舶地帯設定要領を指示」、「交通確保の特別処置を」取る。

三島の入隊検査の六日後である。

「米軍の硫黄島作戦に関連し、二十年二月十六、十七日の両日、米艦載機が関東方面に来襲」する。

「二月十九日午後、B－29約一〇〇機が関東地方に来襲」し「主として東京市街地を無差別に爆撃」、「葛飾区および江戸川区に相当の被害」[59]をもたらす。


大本営は迫り来る本土決戦を前に手持ちの兵力を慌ただしく編成し直す必要に迫られ、昭和二十年二月六日、第八十四師団を第十五方面軍の戦闘序列に編入することを決定。さらに三月下旬には、相模湾・駿河湾の沿岸防備を任された第十二方面軍の指揮下へこれを収め、四月八日には第五十三軍の戦闘序列に編入すると発令、「相模湾及び駿河湾方面の確保と滅敵」（『戦史叢書』）を期して小田原市へと進出させた。

こうして築城陣地の構築に当たっていた最中に停戦を迎えた第百九十九聯隊は小田原で全員生還したのである。

すでに明らかだろう。三島は、「その隊は、みなフィリッピンへ連れていかれて、数多くの戦死者を出した」と書くが、その話はまったく作家の思い違いか、夢でも見た如くの、根拠のない幻想なのである。

入隊検査で「即日帰郷」を言い渡された三島はそれを「青二才の軍医」による「誤診」と書いた。この記述に生涯こだわりいっさい修正しようとしなかった。『仮面の告白』に書かれたこの「虚偽」が、作家の出世作となった書物の評判も手伝って、一人歩きを始め、三島をめぐる言説のある面を規定したのは事実だろう。

「仮面」の告白

三島の精神の奥には、何か旧軍に対する暗い幻想が潜んでいた。あるいは、旧軍から「拒絶された」自身への歪んだ思い、それこそ「羞恥」とでも呼ぶほかない暗い観念が横たわっていた。こうして事実を検証していくと、作家のずたずたにされた自我の亀裂を、いま三島を書く者としての私は、感じざるを得ないのである。

「即日帰郷」を言い渡されて、三島が心の底から安堵したことは事実であろう。紙のない時代に出版した『花ざかりの森』初版四千部が「一週間で売り切れ」(『私の遍歴時代』)、「早熟の天才」ともてはやされた。作家としては、彼の属する国家とは裏腹に、前途は洋々だった。書くべき小説、書きたい主題は、それこそ山ほどあっただろう。

だが、これは私の想像に過ぎないが、そしてだからこそ捨てがたい想念として私の裡にあるのだが、三島の心中には、ひとつ、引っかかりがあった。つまり、「銀時計組」として昭和天皇手ずから、美しい贈り物を賜ったことから来る「負い目」が。

『英霊の聲』で三島は「などてすめろぎは人間《ひと》となりたまひし」と書いた。これは、言うまでもなく二・二六事件の青年将校にみずからをなぞらえた三島自身の叫びである。二十歳の平岡公威を「救済」するために三島は兵士になることを——こう言ってよければ——痛切なまでに、夢見た。そして兵士となり、「百人隊長」となって、階段を上っていくにつれ、昭和天皇への恋闕の思いが嵩じてきたのは、彼の中で肥大していった自己のしからしむるところ、自我肥大と指摘するほかあるまい。なぜなら彼は、あの日、「即日帰郷」を言い渡されて「安堵」したのだから。そもそも三島の思想とは「あの日」をきっかけに肥大していったと言ってよい。根っこにある原体験がいつか熟成して、それが芽を吹き、肥大して、あのような形を取ったのだ。

今一度、『仮面の告白』から引用しておく。

私のようなひよわな体格は都会ではめずらしくないところから、本籍地の田舎の隊で検査をうけた方がひよわさが目立って採られないですむかもしれないという父の入知恵で、私は近畿地方の本籍地のH県で検査をうけていた。農村青年たちがかるがると十回ももちあげる米俵を、私は胸までもちあげられずに、検査官の失笑を買ったにもかかわらず、結果は第二乙種合格で、今令状をうけて田舎の粗暴な軍隊へ入隊せねばならないのであった。（中略）令状が来てみるとさすがに私も気が進まなかったが、一方景気のよい死に方の期待があるので、あれもよしこれもよしという気持になった。ところが工場で引きかけていた風邪が行きの汽車の中で募って来、祖父の倒産以来一坪の土地もない郷里の、昵懇な知人の家に到着すると、はげしい熱で立っていることも叶わなかった。しかしそこの家の手厚い看護と、なかんずく多量に嚥んだ解熱剤が利目をあらわしたので、私は一応威勢よく人に送られて営門をくぐった。
　薬で抑えられていた熱がまた頭をもたげた。入隊検査で獣のように丸裸にされてうろうろしているうちに、私は何度もくしゃみをした。青二才の軍医が私の気管支のゼイゼイいう音をラッセルとまちがえ、あまつさえこの誤診が私の出たらめの病状報告で確認されたので、血沈がはかられた。風邪の高熱が高い血沈を示した。私は肺湿潤の名で即日帰郷を命ぜられた。営門をあとにすると私は駈け出した。……[60]

『わが思春期』では、それが次のように記される。

　……ところが、私の症状が、新米の軍医によって誤診されてしまいました。彼は、私のことを肺湿潤だと言うのです。いわゆる軍隊用語の胸膜炎です。私はラッセルが聞こえると言い出されて、ぎょっとしましたが、そのときの正直な気持は、軍隊へ入るよりも、病気になった方がいいという、助かったような気持でした。あとで聞くと、その隊は、みなフィリッピンへ連れていかれて、数多くの戦死者を出したそうであります。私はその誤診の胸膜炎のおかげで、また東京へ

帰ってきました。……[61]

これらはいずれも虚偽である。三島の思想、と言うより「想念」が「生」＝「即日帰郷」と「死」＝「フィリッピン」と響き合い、自身の戦後を引き裂いていく契機をなした、作家の実存にそのまま繋がる虚偽である。この引き裂かれた実存が「肺湿潤」と「誤診」された自分、「フィリッピン」へ連れていかれて「数多くの戦死者」を出した第百九十九聯隊という、作家の戦後を形なす重要な偽りの原イメージをなしたと言ってよい。

が、しかし――。

三島を読む者としての私が、三島の言説に検証の手を加える必要を感じるのは、こうした明らかな「虚偽」が自身の「生」の再解釈を生み落とし、結果彼の実存が歪んでいくと思われるその心的機序を思う時である。例えば、即日帰郷前後の三島の様子が、『わが思春期』にはこう描かれているのだ。「戦争の最後の年、昭和二十年の春、それは奇妙にのんびりした春でした。というのは、大学が、それまでいた飛行機工場の幹部と意見の相違を来たし、学生が他の勤労動員先へ転ずる間を、しばらく大学へ戻るようにしてくれたからであります」[62]

三島はこの時、群馬県前橋市近郊、新田郡太田町の中島飛行機工場に学徒動員されていた――昭和二十年一月から三月のことである。そして東京帝国大学は昭和二十年「三月一ト月は講義を再開し、四月はじめから又別の工場へ動員されるというスケジュールを組んだ」[63]

「学生が他の勤労動員先へ転ずる間」、「四月はじめから又別の工場へ動員される」と言う右の記述は、三島事件の心的機序を考えるに当たって、ことのほか重要である。なぜなら「別の工場」、「他の勤労動員先」とは、今の江ノ島線大和駅の北西にあたる、神奈川県高座郡大和高座工廠のことだからだ。この場所は、昭和二十年三月下旬、第百九十九聯隊が「相模湾・駿河湾の沿岸防備を任された第十二方面軍の指揮下へ」入り、その後、四月八日に「相模湾及び駿河湾方面の確保と滅敵」を期して小田原市へと進出した、ほぼその膝下にあたる場所、十五キロほど南に太平洋を臨む、まさに相模湾の目と鼻の先に他ならない。

三島＝平岡公威と、彼が所属するはずだった第八十四師団第百九十九聯隊は、昭和二十年三月から、三島が学徒動員先から家族の待つ世田谷区豪徳寺へ帰宅する同八月七日（「広島」の翌日）まで、[64]同じ神奈川県の近傍で本土防衛の任務に当たっていた。

神奈川県高座郡の相武台に陸軍士官学校があった。この間の事情に詳しい香川芳文著『小田原地方の本土決戦』によると、第八十四師団がその麾下に入った第五十三軍は、司令部をここに置き、終戦間際にはそこからほど近い七沢温泉近くの、玉川国民学校（今の厚木市立玉川小学校）に司令部を移している。[65]いずれも三島の動員されていた大和高座工廠からほど近い。

三島は「肺湿潤」で「即日帰郷」を生涯、深く羞じていた。だが、第百九十九聯隊に仮に入隊したとしても、他の隊員らや「青二才の軍医」別府彰医師と共に小田原市で停戦を迎え、命永らえて、無事家族の元に復員していたのである。

フィリッピンで多数の死傷者？　三島の想念が生んだこれは妄想、虚偽に他ならない。

いま私は、三島について書く者として、別府彰医師の下した「即日帰郷」は「手ごころ」であったと考えている。こうして検証してきたすべての事実がそのことを証たてているからだ。

一九七〇年十一月二十五日のあの日、かねて用意の短刀を我が身に突き立てる三島の、決死の想念の奥まった暗闇に、果たしてそのことはどう過《よ》ぎっただろうか。

註

1　伊達宗克『裁判記録「三島事件」』(講談社) 14頁。三島の翻訳者であり、詳細な伝記を著したジョン・ネイスンは三島の自決をこう解釈している。「三島の切腹死は少年時代から身近に感じ、かつ断続的に脅かされていた死への切望に駆られたものであり生涯最後の十年間に公言した「愛国心」は憧れてやまぬ殉死への道筋を整えるものだったと私はなお確信している」。(『新版・三島由紀夫――ある評伝――』新版への序文より) また「ただ三島の一生の物語から感知するかぎりでは、それが基本的に死へのエロティックな陶酔にかかわっているように見えるということだけである。私が言いたいのは、三島は生涯かけて情熱的に死を欲し、「愛国心」を、あらかじめ処方された一生の幻想たる苦痛に満ちた「英雄的な」死の手段として意識的に選択したように見えるということだ。(中略) 私には、どうしても三島の自殺がその本質において社会的でなく私的であり、愛国主義的でなくエロティックであったように思われるのだ。

私の解釈が真実のすべてだというつもりはない。ただそれが真実だろうと信じているまでのことである。」(同342―343)思うに三島の死を「エロティック」と見る見方は、福島次郎『剣と寒紅』でも示された通り一つの見方ではある。が、その自決をこの「エロス」という視点だけで割り切ることが出来ないのもまた確かなことである。むしろ本書の著者が主張する通り、「作家のコンプレックスの窮極の昇華、自己救済」と見る方が、軍医による「誤診」との言説とも相まって、より真実に近いと思われる。

2　同書、15頁

3　同

4　三島由紀夫の辞世は次の二首である。

益荒男が たばさむ太刀の 鞘鳴りに 幾とせ耐へて 今日の初霜

散るをいとふ 世にも人にも さきがけて 散るこそ花と 吹く小夜嵐

これに関連して、三島と親交のあった評論家の佐伯彰一は、自著「評伝三島由紀夫」の中で、三島文学と死の親和についてこう述べている。「なるほど三島文学を思い返してみれば、ほとんど一切の針が、死という極北を目ざしている。『岬にての物語』も『獣の戯れ』も『憂国』も『春の雪』も、ことごとくが、死に向かって収斂している。あの見事な少年小説『午後の曳航』までが、少年の偶像たる雄々しい海員の毒殺によって、円環が閉じられていた」。そして三島はある時、氏にむかってこう言ったという。「ぼく（三島、筆者註）は興味ないね、生きのびるなんて。不潔だね」と。

5　宮崎正弘『三島由紀夫はいかにして日本回帰したのか』(清流出版、二〇〇〇年)88頁。一説によると三島は、幕末の志士では思索家の吉田松陰より行動家の高杉晋作を評価していたという。ちなみに村松剛『三島由紀夫――その生と死』には「氏は諫死の決行の日に、吉田松陰の獄死の日を選んだ。十一月二十五日は、陰暦になおすとちょうどその日にあたる」との記述があるが、松陰の命日を新暦（太陽暦）になおすと、一八五九年十一月二十一日となるのであって、これは氏の思い違いである。
6　「毎日新聞夕刊」一九七〇年十一月二十五日
7　「朝日新聞夕刊」一九七〇年十一月二十八日
8　伊達宗克、前掲書、75頁
9　同
10　同書、87－88頁
11　同書、89頁
12　同書、90頁。村松の前掲書によると「小学校時代の三島氏は、「白っ子」とか「青びょうたん」とかいわれていたという」との記述がある。続けて村松は「あれは子供に、世の中は不条理だと考えさせる病気だねえと、氏（三島、筆者註）が述懐したことがある。病気というのは、自家中毒のことである」と書いている。（63）
13　「毎日新聞朝刊」一九七〇年十一月二十六日
14　三島由紀夫『行動学入門』（文藝春秋）、２４０頁
15　同『蘭陵王』（新潮社）１００頁
16　伊達宗克、前掲書、50頁
17　同書、１２０頁
18　「毎日新聞朝刊」一九七〇年十一月二十六日
19　同紙
20　三島由紀夫『文化防衛論』（筑摩書房81－86。21）伊達宗克、前掲書、１２８頁
22　同書、１２９頁

23　https://ja.wikipediaorg/wiki/ 松本試案
24　伊達宗克、前掲書、２２３頁
25　Wikipedia、前掲
26　伊達宗克、前掲書、２２３頁
27　安藤 武『三島由紀夫「日録」』（未知谷）87頁
28　伊達宗克、前掲書、２２３頁
29　同書、２２４頁
30　同書、２２４頁
31　同書、２２５頁
32　同書、２２９頁
33　同書、１２０頁。村松剛によると、「戦争中の「死の領域」から生へと、この小説によって跳躍したと、氏（三島、筆者註）はいっている」という。この小説とは『仮面の告白』のことである。死と生の往還が三島の裡にくすぶっていたことが、以上二つの言説からもうかがえる。
34　同書、２７０頁
35　同書、２７３頁
36　同書、２７４頁
37　同書、３０７頁
38　小川和佑『三島由紀夫少年詩』（潮出版社）15頁
39　三島由紀夫『わが思春期』（集英社）5頁
40　同書、77頁

41　同書、77－79頁。
42　三島由紀夫『仮面の告白』（新潮文庫）１１２頁
43　同書、１１３頁
44　同書、１１５頁
45　安藤、前掲書、73頁
46　同書、73頁。三島の実弟で元外交官の平岡千之は、この「誤診」について、前出のジョン・ネイスンの取材を受けてこう述べている。「千之の意見では、その軍医は症候を意図的に誤診したのだろうという。「軍医さんはたぶん兄をひとめ見て、こんな弱々しい身体では、兵営に入ったら二、三日しか生命がもたないと考えたんだと思いますよ。気の毒に思って放してくれたんでしょう。兄はその頃、死人みたいに蒼い顔をして痩せていましたからね。だれが兵隊になんか取るもんですか」」。（前掲書、77）弟千之はやはりこの「誤診」を軍医の「手ごころ」と見ていた。兄と弟との間で兄の入隊検査の顛末について何らの会話もなかったとは考えにくい。
47　平岡梓『倅三島由紀夫』（文藝春秋、昭和四十七年）69頁
48　三島由紀夫『仮面の告白』１１５頁
49　同書、１１５頁
50　同書、１１４頁
51　同
52　大西巨人『神聖喜劇』（光文社）19－20頁
53　同書、20頁
54　同

55　三島『わが思春期』78頁

56　関西労災病院勤務医として、別府彰医師の名前が確認できる。

57　防衛省防衛研究所編「戦史叢書　本土決戦準備　関東防衛」２７５頁

58）http://shinkokunippon.blog122.fc2.com/blog-entry-882.html?sp

59）「戦史叢書」２７５頁

60）三島『仮面の告白』１１２－１１３頁
あくまで「誤診」と言い募る三島であるが、佐伯彰一は前掲書で三島について「あれほど俊敏明晰に一切を見ぬく人、見えすぎる眼の持ち主」(22)と観察している。そしてこうも書く、「あるいは、あまりに強い落差の意識、見えすぎる眼そのものが、三島さんを逆にかり立て、追いつめることになったのだろうか」。(23)その三島が軍医の「真意」に果たして無頓着でいられただろうか。

61　三島『わが思春期』77－79頁。また佐伯は別の箇所で「一つは、三島のあのひたと直視している眼の存在」について指摘する。「明晰に見ぬく眼、見ぬくことに憑かれた眼、いや正確には、見ぬこうという意思に憑かれた眼というべきかもしれない……」「まったく先くぐりすること、相手を出し抜いて一歩でも先を見ぬくことが大好きな人物だった……。無意識や不透明は一切我慢がならぬらしかった。とにかく先くぐりして、自分流に見ぬいて、見ぬくことで対象にしかときまりをつけるまでは落ち着けぬらしかった」。(１９４－１９５)いっぽう、やはり三島と親交のあった評論家、村松剛も同様の観察をしている。「頭脳の回転の速さにおいて、三島氏に匹敵する人物をぼくは知らない。氏の会話はテンポがはやくてじつにたのしかったし、批評家としての氏は、明らかに一流だったろう」。(『三島由紀夫――その生と死』14)またジョン・ネイスンによると「三島は文字どおり、だれの眼にも明らかな頭脳の冴えと機知、そして茶目っ気すらもまじえた活力を放散する電力源だった」と映っていた。

62　同書、99－100頁。生前の三島とも親交を結び、信頼に足る評伝作者でもある佐伯彰一の前掲書付録の「写真と年譜」（作成 山口基）を見ても、昭和二十年の記述には、「本籍地での入隊検査に際し軍医の誤診により即日帰郷を命じられる」（252）とある。こうした年譜が一人歩きしていることが三島の伝記的事実の追求をある意味でややこしくしている。ジョン・ネイスン前掲書によると「昭和二十年五月、三島のクラスは、東京から四十キロほど西南にある神奈川県高座郡の海軍高座工廠に移動した。法科の学生たちは工廠の寮に寝泊りし、整備工としてはたらいた。しかし三島は、健康不良という口実で、それはすべて嘘ではなかったのだが、再び肉体労働から免除されるようにし、「図書館」の管理を任された」。（81）そして「三島は師清水文雄に『和泉式部日記』、『古事記』、『室町時代小説集』などの古典、それに泉鏡花を読んでいると報告している」という。

63　三島『仮面の告白』116頁。もっとも佐伯は「『仮面の告白』を伝記の材料として読むのは、じつの所、危なっかしい作業である」と述べている。「断るまでもないことながら、これは小説であって、自伝ではなかった。次いで『仮面の告白』は「『私』の総体的な神話化にあったといっていいだろう」とも述べた。（108－109）が、その同じ筆で佐伯はこうも書く。「そこで、『仮面の告白』をそのまま作者の自伝、「告白」と受けとるのは、神話をそのまま事実的な歴史と取り違えるようなものであろう。（中略）その反面、『仮面の告白』は、基本的な枠組においては、これまた奇妙なほど事実そのままなのだ」（110）

64　安藤、前掲書、80頁

65　香川芳文『小田原地方の本土決戦』（夢工房、二〇〇八年）27頁

第二章

「太陽に乾杯」三島由紀夫の生の「欲動」

旅

陽の光をいっぱいに浴びようと念じたわけではない。太陽とは、ふいに出会ったのである。義務としての旅だった。世界周遊旅行がまだ船舶による時代、三島が、その生涯で初めて祖国日本の地を離れ、外遊を我がこととしたこの当時、横浜港からサンフランシスコ港までは優に二週間の長さを要するものだった。それでも、たっぷり二週間かかったとは言え、まだ三島は幸運だった。なぜなら、三島の一行をその船腹にのみ込んだ客船プレジデント・ウィルソン号はそもそも戦時標準船アドミラル・W・S・ベンソン級輸送艦を貨客用に改装した船であって、洋上を二十一ノットの速力で突っ走る能力を備えていたからである。いざ航海が緒についた初日のこと——一九五一年十二月二十六日——三島は微笑ましくも次のような感想を書き残している。「千夜一夜物語の筆法によると、この船の生活は一行に尽きる筈である。「それから私たちは、十四日の航海を経て、バグダッドに着きました」」[1]。そして、三島は当たり前のようにこう付け加えた。「それはバグダッドでも、われわれのように桑港（サンフランシスコ）でも、変わりはない」[2]
初めての洋行を前にして、いかにも三島らしい冷めた口吻であるだろう。

私は、その著作を通して三島との対話を続けているうちに、三島を読む行為とはさながら皮を剥がして肉を穿つようなものであると思うに至った。その髄液を顕微鏡にでもさらすに等しい手さばきで精密に観察する必要があると。そう思ってわが「読み」を納得するようになっている。私は永年文芸の翻訳家として活動してきた。みずからの生業として常に作家を探す側に立ってきた。作家の視点と文章（エクリチュール）との距離、これを正確にかつ真っ当に測ることが私の読みの出発点である、そういった分析家としての態度を常にみずからに課してきた私の経験からすると、多くの三島の文章は実に「微笑ましい」のである。三島は「行為が欠けているから、書く価値がない」と、プレジデント・ウィルソン号の船客としての退屈な日常について、三島の言葉を借りれば「抽象的な船客の生活」について、あくびでもかみ殺すように書いている。デッキ・チェアに寝転んで、甲板の上で腕を組んで三島は「衛兵のように規則正しく行ったり来たり」する初老の夫妻の「単調な動物の運動を見物し」、「少なくとも四カ月、私は仕事をしないでもいい。仕事をしていない時のこういう完全な休息には、太陽の下に真裸で出てゆくような、或る充実した羞恥がある」と嘯いて、あたかもお気に入りの詩人ランボーさながら、ヴォワイアン（見者）を決め込んでいる。
が、しかしこの「太陽の下に真裸で出て」いって獲た「充実した羞恥」こそが二十七歳の三島を再生させたこともまた事実なのだ。

三島には生に対する強烈な欲動があった。そしてその欲動を「羞恥」と韜晦する精神の傾きがあった。生命讃歌を承認することから遠ざかりそれを「恥」と思い込むうす暗い心の襞を持っていた。

だが今、その「恥」を自覚しつつも圧倒的な陽の光を浴びながらみずからの心の底から湧き起こるおらび声を聞き届けることが出来た。これこそがこの洋行の大いなる成果であっただろう。『仮面の告白』の成功で人気作家の地位をすでに手にしていた三島は、朝日新聞社の計らいで特別通信員の資格を得て、アメリカ合衆国から南米へ、さらにはヨーロッパへといたる船旅に出たのである。出帆は一九五一年十二月二十五日のこと。横浜港に浮かぶ船内でクリスマス・パーティーを祝い、翌年五月十日ローマから日本に帰国するという半年弱にわたる長旅であった。ホノルル、サンフランシスコ、ロサンジェルス、ニューヨーク、マイアミ、サンパウロ、リオデジャネイロ、再びサンパウロに戻ってからは、ルアー・アイモレス（ブラジル）、リンス（ブラジル）と周り、三月二日にはジュネーブ（スイス）に、翌三日にはパリ（フランス）にたどり着いた。「太陽！　太陽！　完全な太陽！」興奮のおもむくままに三島は書いている。

「太陽！　太陽！　完全な太陽！　私たちは夜中に仕事をする習慣をもっているので、太陽に対してほとんど飢渇と云っていい欲望をもっている。終日、日光を浴びていることの自由、仕事や来客に煩わされずに一日を日光の中にいる自由、自分のくっきりした影を終日わが傍らに侍らせる自由」[3]。

横浜を出港してまだ三日目、エメラルド色をしたホノルルの港すらその目に写す前から三島はこのような興奮を身の内に感じていた。ここで三島の言う「太陽」とはあたり一面を海に囲まれて水と光に包まれる中で彼の心に湧き起こった「生きる」喜びそのものであったと言ってまず間違いないだろう。およそ比喩としての「太陽」が「生命」以外の何ものかを指し示すとは考えにくいからだ。このとき三島の膚を突きぬけて、その神経の尖端まで陽の光が降りそそいだ。

「今日の快晴と平穏とは、昨夜おそく甲板に出て、かすかにゆれている檣上《しょうじょう》の灯や、頭上のオリオンを仰いだとき、すでに予期されたものである。陸の影も、船の影も、雲の影ももたない巨大なフラスコの内部のような海。このすばらしさは、これから見るどんな未知の国のすばらしさをも凌駕しているように思われる」[4]。そう書きながら三島はまるで母親からもらったおもちゃ箱を開いてみせる幼児にも似た純白の興奮につつまれていた。もっとも、この興奮excitementの中にすら一条の罅《ひび》を感ぜさせずにはおかないところに、三島の生の所在もあるのだが。「私は今日、日没を見なかった。一日、太陽の面差に見惚れていたので、その老いの化粧を見ようとは思わなかった」[5]。その三島の眼前に、おもむろに「北米」が姿を現すのである。ここで三島の気を惹いたのは、この時点でいまなお占領下にあった日本の小説家だからだろうか、プレジデント・ウィルソン号に乗り合わせた一人の日系の婦人であった。「お納戸いろの洋服を着て、金ぶちの眼鏡をして、首にレイをかけて、プロムネイド・デッキの窓から、遠ざかりゆくホノルルの灯をみつめている」「六十近い小柄な痩せた女」。「同郷の老いた友人たちとここで別れ、一人でロサンゼルスへかえる」日系のこの婦人を三島はまじまじと観察する。太平洋戦争が始まるや即日抑留され、監房に入ることを余儀なくされた。日本海軍が真珠湾を攻撃するばかりで「米本土に攻め上がってこないことを残念がって」、「もしまた、自刃の羽目に陥ったら、みんなで首を括って死のうと相談した」この日本婦人が故国への里帰りを果たし、いまプレジデント・ウィルソン号の船客となってテレヴィジョンのある米本土の自宅へ帰るのである。彼女の口から聞かされたこの事実に、占領下にあった戦後日本のありようを見、宙に浮かんだような我と我が身の足場の脆さを思ったのであろう。三島は、この日系の婦人に冷え冷えとした観察者の視線をそそいだのである。その「冷えた」視線という一点で、三島はまだ「開かれて」はいなかった。

昭和二十年二月十日、旧日本軍への入隊検査を拒絶された三島には、戦勝国アメリカを前にして意識するとも無く首をもたげてきた自然な気負いがあった。確かに初めての海外、しかも日本とアメリカが戦端を開くきっかけとなったハワイの土地を前にして、三島の精神が「閉じて」いるのはそのせいだろう。その気負いは例えば次のような描写からも明らかである。「ホノルルは何か用意周到な野趣というようなものを持っている（と、三島は書いている）。あらゆる観光地には、「売られた花嫁」のような野趣、いわば野趣の売笑化があるものだが、ホノルルのはそれとも幾分ちがっている。それは文明のもたらす生活的利便の、さらに先廻りをしている自信をもった、熱帯のあの偉大な自然の怠惰の威力なのである」[6]。今ここを引用している私が学生時代に初めて訪れた外国の街はホノルルなのだが、なるほどハワイには「管理された野趣」といったものがあるかもしれない。それを「売笑化」という言葉で呼ぶことも出来るだろう。その光景を前にして「偉大な自然の怠惰の威力」と書き、「生活的利便の」先廻りした「自信」と捉えるあたりに、三島がその裡に抱え込んだ、鋳割れた苦しい自意識が窺えると、反転した自意識が言わせたセリフであったとは言えないだろうか。ともあれ「私の船の属する会社で発行したパンフレットの……天然色写真の図柄」と同じものを現実のホノルルの街に見た三島の姿は、後年世界じゅうを歩いて異国の風を我が身に感じた私というエトランジェの目からすると、どこか「閉ざされた」、作家にも似合わぬ精神のこわばりと映るのである。

アメリカの土

三島由起夫が戦後作家としての自意識を高め「即日帰郷」の屈辱を払って世界へと目を転じたのは、この『アポロの杯』に結実した米欧への旅行がそのきっかけであった。『アポロの杯』はいまなお日本を占領しているアメリカ合衆国の文明を、若い三島がどう観察したかというあたりが最初の読ませどころなのだが、アメリカを前に若い三島が少々「構えた」せいか、その言葉のきわどいところで彼がアメリカにそっぽを向いていることが端々から窺えて少々鼻白む思いを読む者に感じさせずにはおれない。先の日系婦人へ寄せた冷淡な描写からも明らかなように観察者の鎧をいまだ脱いでいないように映るのだ。それを私はむしろ微笑ましく思う者だが、この「閉じた人」から「開かれた人」への変身――ギリシアでアクロポリスを前にして覚醒した彼の精神の変革――こそが三島を再生させた初の外国体験の効用であり『アポロの杯』の本当の読ませどころであるだろう。

年が変わって五十二年一月に一行はサンフランシスコの土を踏む。ここで三島がたまたま口にした日本料理屋の味噌汁の不味さ、「がさつな給仕と、一膳飯屋の雰囲気」「顔いろのわるい刺身」の描写は有名である。三島はこう書いた。「身をかがめて不味い味噌汁を啜っていると、私は身をかがめて日本のうす汚れた陋習を犬のように啜っている自分を感じた」[7]。このやや硬直気味の罅割れた自意識（自己愛の傷つきと言ってもよい）こそ三島と日本とアメリカ合衆国との三角関係を絵的に伝える、戦後作家三島がこの時点で立っていた立ち位置であった。

三島の味噌汁はこうして「一国民、一民族の風習」となり、「黄いろく変色した記念写真のよう」に説得力を欠いた「日本人の舌をも閉口させる代物」として印象された。これを比較して後天的に獲得された合衆国の「風土を感じさせない」サンフランシスコという土地と隣り合わせてみるや、「二重の不調和、二重の醜悪さ」[8]の象徴として映る。日系移民のありよう、彼らの供する味噌汁の不味さをことさらに言い募る、これは三島のコンプレックスであるだろう。当時の太平洋航路はすべからくハワイ、サンフランシスコを経路とした。となると、このアメリカ受容は、当時海外へ渡航した日本人がおそらくは例外なく経験した感情とひと連なりのものである。三島の『アポロの杯』は、こうして少なくともアメリカ描写に関する限り、彼の作家が発露される数歩手前にとどまっている。そう感じざるを得ない。

同じ年の一月八日、三島はロサンジェルスへと赴いた。その街を見渡しながらこう書いた。「ハンティントン美術館は英国美術とルイ王朝仏蘭西工芸品と英国古典文学の古文書との注目すべき蒐集を展覧している。ヘンリイ・E・ハンティントン氏が一九〇八年から一九二七年にわたる蒐集の公開せられたるものである。ロココ様式の調度で統一された窓のない仄暗い一室に、ルイ十五世時代の幾多の白粉筥《おしろいばこ》や、十八世紀末から十九世紀初頭にわたる英国華冑《かちゅう》界の名華の肖像をえがいた、あまたのメダイヨンが陳列されている。

この一室は就中、ここに佇む人をしばらく夢みさせる」[9]。……そして三島はこう筆を進める。「白粉筥は甚だ精巧な細工を施され、その工人の手は優雅と巧緻の境を極めている。蓋の一つ一つが檣《ほばしら》の櫛比《しっぴ》する港の光景や、戯れに矢をつがえているおさない薔薇いろの裸のクピイドや、美しい三人の姉妹の肖像画や、古典劇を演ずる劇場の風景や、貴族の男女が緑濃い庭に嬉戯するワットオ風の画面や、狩の動物の密画などで飾られており、細かい宝石をちりばめた色あざやかな七宝や彫金の額縁がこれを囲んでいる。その蓋をあけようにも、これらの白粉筥は無粋な硝子の檻にとじこめられているので、手をふれることができない。しかし七宝の鮮やかな緑や庭園嬉戯図の潤いのある夕空の彩色などを見ると、これらの小筥の中、たとえば金の小さな蝶番の内側などに、そのかみの白粉のほんの一刷毛ほどが名残をとどめていそうに思われる」[10]

まるで初めて欧州の美術館に足を踏み入れた画家の卵か美学生のような感想なのである。先に書いたように『アポロの杯』は三島の精神に変革をもたらした旅行の記憶である。だがこれが作家初めての旅行記であるなら、旅行記の骨法とはその土地土地の文化、風俗、人間の驚異を描くことにあるわけだから、ロサンジェルスにあって欧州美術のコレクションに殊更に目を向ける三島の筆さばきは、これは相当に脱線した筆鋒であると言わざるを得まい。こう言ってしまえば身も蓋もないが、プレジデント・ウィルソン号の船上で日系婦人のうつろう心情に目をとめた三島の目に、サンフランシスコであれロサンジェルスであれ、アメリカおよびアメリカ人の姿は「見えて」はいないのである。

「大英美術館から借用出品のターナアをたくさん見る。ターナアは私をおどろかせた」「ウイリアム・ブレークの初版本『ソングス・オブ・イノセンス』を見た。自刻の木版に水彩を施したもので、きわめて美しい」[11]。さらには、「これを見たことは羅府（ロサンジェルス）における私の最も大きな浄福だと云っていい」[12]と書く三島にとって、処女地アメリカはいまだ幻想の都の寓意であったかのようだ。

「紐育の印象――などというものはありえない」と三島は書いている。その精神の全的な「解放」を三島はその後訪れたブラジルからヨーロッパへの旅で経験するのだが、いまだ「開かれた人」への途上にあった彼は、ニューヨークで十日あまりを過ごした後ですら、こう憎まれ口をきく他なかった。「一言にして言えば、五百年後の東京のようなものであろう……ここでも画壇の人たちは朝から晩まで巴里に憧れて暮らしている」[13]。こうして三島の自意識は、三島の精神を苛んでいた。一九五〇年代のアメリカ絵画を少しでも知るものにとってそれはとても鵜呑みにすることは出来ない評言なのである。

気負いが反転した心理の微妙な綾と、それがもたらす劣等意識。三島のシニカルな視線は、間違いなくそこに理由がある。三島はきわめて自己愛の強い人物だった。日本の敗戦と、それに続くアメリカの占領、またその戦中と戦後にみずからは――「軍医の誤診」となお言い張るのであろうが――まったく参与出来なかったという苦い挫折の記憶が三島をして目を「開く」ことから遠ざけていた。人として、作家として、三島はどちらかと言えば二元論の立場に立つものであった。事象を自由に、相対的に見るよりはむしろ直線的・絶対的に捉える傾きがあった。こうしてなおアメリカから距離を置き、素直な観察、積極的な受容を強く斥けているのは、つまりは作家の本質に由来すると言うほかはない。こう考えてみると、三島の戦後理解、天皇への振幅の激しさは、この劣等意識（と、その根っこにあった自己愛）と無縁のものでは無かったように思われる。

三島は初めて訪れた芸術の都ニューヨークではシアターからシアターへ忙しくはしごしている。メトロポリタン歌劇場ではリヒャルト・シュトラウス作曲のオペラ「サロメ」とプッチーニ作曲の「ジャニ・スキキ（ジャンニ・スキッキ）」を、インペリアル劇場ではミュージカル「コール・ミー・マダム」を、マジェスティック劇場ではミュージカル「南太平洋」を、ヘンリー・ミラー劇場ではコメディ「ムーン・イズ・ブルー」を、さらに映画については封切り間もない黒澤明の「羅生門」を、セシル・B・デミルの「地上最大のショウ」を、エリア・カザンの「欲望という名の電車」を見ている。「知識階級のあいだでは「羅生門」の評判は非常なものである。」この短い一言が三島による黒澤評のすべてである。が、街を歩き、人と交わり、料理屋をカフェをマーケットを、地元の人びとで賑わう八百屋や魚屋や本屋を冷やかしてみると言った異国の風を呼吸しようという行動ぶりは示していない。むしろ、他人の製作した芸術作品を受け身になって鑑賞し、黒澤には（一足先に世界に出た芸術家をやっかんだのか）冷ややかな一言を残し、日本の新劇とブロードウェイの演劇とを比較して論じながら、どちらが様式的で、どちらが拡声器を一切使わないなどと言った些細な事柄を殊更に言い募っている。その精神の動きを追い続けてみると、その真意が奈辺にあったかはともあれ、三島にとって戦後とは何か、世界とはどういう場所であったのかについて思わざるを得ないのである。

「閉じた人」

『アポロの杯』は間違いなく生き生きした旅行記である。特に後半に行くほどにその生気をいや増しに増す、戦後日本の海外受容の有り様をわれわれに伝える第一級の史料である。このことは本章の後半で詳述するつもりだが、『アポロの杯』という書名は、簡単に言えば、「太陽に乾杯」と言ったほどの意味だろう。ギリシアの太陽とイタリアの芸術を——言ってみれば「古典」の助けを借りて三島がその「生」を痛切に発見したという意味で、彼の生涯にほとんど決定的とも言える影響をもたらした重要な旅の記録である。が、およそ旅の始まりにあって誰もが感じる狂熱、興奮が本書にはない。その代わりにシアターをはしごして何と何を見たといった、カラカラに乾いた芸術鑑賞の描写があるばかりだ。「ミュージアム・オブ・モダン・アート（近代美術館）」で三島は「合衆国の画家の作品で、心を動かしてくれるものに会いたいと思」い、「ほんの二三点」「水彩画家のDemuth」[15]の絵画に目を留め、さらにメトロポリタン・ミュージアムでは同じ画家による「5の字を大書した商店の飾窓のコムポジション」を眺めている。デムースは同性愛者で対象を精密に捉えたジョージア・オキーフ風の描写に持ち味のある画家だが、その画風は、どちらかと言えば感情に訴えかけるよりはむしろ無機質な描線にその特徴があると言える。この画家の絵を見て「それでいて不吉なのである」と書くあたりに、三島のこわばり、「閉じた人」の心情が反映されている。

三島のアメリカは、こうして客席から眺められた舞台のような、硝子扉の向こう側にいる見物人がようやくしたためたデッサンのような、冷めた筆致に終始する。旅とは、土地の人びととのぎこちない交わりであるだろう。胃袋に放り込んだ得体の知れないモノであり、目にするのも初めての奇妙な習俗であり、それを見て面白いと悦に入る精神であるだろう。そのためにはみずからが主体となって世界と関わる心の奥行きがなければならないが、サンフランシスコ条約が今にも締結されるかされないかと言ったこの当時、その余裕を作家に求めることは無理だった。

三島のアメリカは、こうして、あくまで客の視線、ランボーのヴォワイアンとはまた異なる視点で眺められた幻想の都そのものだったのである。

三島はニューヨークのハーレムを指して「黒人部落」と書いている。それを読んで私は、当時の日本人の海外交流の程度から言って、すこしドキリとはするものの、やむを得なかっただろうと理解する。だが周知の通り当時のハーレムはモダンジャズの全盛期を迎えていた。名だたるプレイヤーたちが夜ごとあちこちのクラブに集ってはビバップ革命を推し進めていた。ブラック・ルネサンスの首府、それが当時のハーレムの文化史的な意味だった。そこを深夜訪れるにあたって三島は（惜しいかな）「白人の友、コロンビア大学のＢ君」の案内を請い、どうやらヴォードヴィルでも観たのだろうか、「黒人の老優」や「黒人の娼婦」や「黒人のレスビアン」にからかわれ、「黒人の給仕と女給仕が、ピアノにあわせて、古い恋唄をうたう」のを聞き、「女も男も、その声ははなはだ美《よ》かった」と書く。ヴォードヴィルを演じる黒人たちをエンターテイナーとして捉え、その芸能を異国の情趣と受けとめて、それを聞き取るにあたって「抒情的な節の哀切さ」などと言って、みずからを「開く」のではなく、それこそ目を半目にして眺めやる、その三島のアメリカは残念なことに後年の作家たちが懸命にわれわれの目を開かせようと奮闘してきたアメリカとは異なり、どうにも強ばった、焦点の合わない眼鏡越しに見た半世界のように映るのだ。三島より二十年ほど早生まれの作家ウィリアム・アイリッシュは揺籃期にあったビバップの音の氾濫について代表作『幻の女』の中で印象的に描いていた。[16] そのアイリッシュの驚きを、三島が驚くことは無かったのは、これはいかにも残念なことである。だからその「閉じた人」三島に旅の道連れがあったというのははなはだ遺憾なことであったと言わなければならない。すでに見たコロンビア大学のＢ君しかり、この「壮途」（川端康成）をアレンジした朝日新聞社の出版局長しかり。何より行く先々でパーティに呼ばれ名士と交わり案内人を先導役にハーレムを歩き「インディアン部落」では「車を停めて二十五仙を払って見物する」

そのパッケージ旅行のあり方こそ、三島のアメリカ体験を稀釈なものにしている元凶であると言わざるを得ない。

だからと言っていいだろう。フロリダを経てブラジルのリオデジャネイロへ向かう機上の人となるや、突如その「閉じた人」三島が言いようのない感動に襲われたのは。煎じ詰めれば三島にとって異国の地は実はここから始まったのだと言ってよい。この瞬間のことを、三島はこう書いている、「しかしリオのこの最初の夜景は、私を感動させた。私はリオの名を呼んだ。着陸に移ろうとして、飛行機が翼を傾けたとき、リオの燈火の中へなら墜落してもいいような気持ちがした」[17]。「私は突然、明日南米へ自分の身が運ばれることを思って胸のときめきを感じた」。南米に入る前日にこう書き、「日本を発ってはじめて感じる旅のときめきと謂っていい」[18]と書いた三島にとって、精神的にも物理的にも、興趣を覚えるのにブラジルはうってつけの距離だったのだろう。だからこそリオをあたかも恋人の名前のように崇めたのである。ここ南米で三島は初めて旅を始め旅人の視線を獲得している。プエルト・リコの首府サン・フワンで、機上で知り合ったアメリカ人に教えられた安宿に泊まった三島は「着物を着て、街へ散歩に出た」

「十一時前だというのに、すでに街路は闃《げき》としている。大方の店は閉ざしている。夜の早い町である。街路に人が佇んでいる。傍を通ると、プエルト・リカン特有の鋭い暗い目付でこちらを見る。又別の街角には、身振はまだ少年の名残があるのが、一様に口髭を生やしたプエルト・リカンの若者たちが屯している。かれらは涼んでいるのであるらしい。小公園の前へ出る。先刻の雨に濡れているベンチには人影がない。映画館の前をとおる。それもすでに閉まっている。看板の電気広告がすでに灯を消して白々と見える。

……MUSICA……

……AMOR……

……APASIONADO……」[19]

旅の興趣

そして「私は突然……南米へ自分の身が運ばれることを思って胸のときめきを感じた」という興趣が湧き起こるのだ。この描写はおそらく三島がプレジデント・ウィルソン号で日本を離れてから初めて感じる旅を旅たらしめた旅情であった。アメリカでは街を、人を、外国語を感じることのなかった三島は、ここブラジルで初めて旅の孤独と向き合ったのだ。異国にあることの狂熱、興奮に包まれて「ときめいた」のだ。こうして三島は「開かれた」。三島を書く者として私は、三島がこうして旅と出会ったことを衷心より喜ばないわけにはいかない。それらは三島の強張った内面を「開く」のに十分であった。朝日新聞社まで動かしてやっと実現した洋行が物見遊山から「旅」へと変質したことに共感しないわけにいかない。旅とはすなわち出会いである。その出会いとは偶然そのものであるだろうが、どんな人と出会い、どんな料理と出会い、どんな音楽と出会い、どんなふうに街角をめぐり、どんな酒を喰らいどう酔いつぶれどうあしらわれたか、そこに旅を旅した者だけが味わうことを許された運というか、教養の在処もあるだろう。そこにこそ旅に出ることの意味、醍醐味もあると私は思うものだ。プレジデント・ウィルソン号もアメリカ合衆国も三島にとっての旅先ではなかった。これは三島の「生」を考える上で殊のほか重要であると思うのだが、三島が南米で異国にあることの非日常を発見し、次いでヨーロッパをその目で見、ギリシアでは太陽を、イタリアではルネサンスの美術を発見したことは、作家の「生」にとってきわめて画期的な出来事であったと言うべきだろう。事実三島の『アポロの杯』はこの南米紀行から、俄然、深いものになっていく。作家が自身を——おそらくは知らず知らずのうちに——解放し旅先の空気と一体化し、だから生み出せたとしか思えない、情味あふれる表現が満ちあふれてくるのだ。

「門扉はいずれも閉ざされて、家中が外出しているとみえて、高台にそそり立つどの家も、露台の扉と窓の鎧戸を閉ざしていた。古びた塀には風を失った蔦が彫金のように凝然《じっ》としていた。夢の中に突然あらわれるあの都会、人の住まない奇怪な死都のような、錯雑した美しい、静寂をきわめたあの都会、それを私は幼年時代に、よく夏の寝苦しい夜の夢に見たことを思い出した。都会は塔のように重畳とそそり立っていた。その背景の新鮮な夏空の色と雲の色も同じであった。私は自分が今、眠りながらそれを見ているのではないかと疑った」[20]

唐突に差し挟まれたこの文章の中にあるのは突如みずからの前に立ち現れた環境に向けられた赫奕たる「好奇心」であり、その「幼年時代」を「夏の夜の夢」と同一線上に捉える甘やかな幼子めいた記憶である。思い返してみると、その幼年時代に、「猫の喰べ残した鼠は、／湿った枯葉の山にある。」と書き、「其の上に、／枯葉の落ち合ふ音は、／——灰いろの挽歌のやうだ」[21]と書いた十二歳の平岡公威の露悪的な、おどろおどろしいまでの表象界と寒々しい心象風景はいま、ブラジルの見知らぬ街に佇み湧き起こる旅の興趣に苛まれて全身でリオの街との交感を喜んでいる二十七歳の三島によって見事に乗り越えられたのだ。

「このとき痛切な悲哀の念が私を襲った。それもまた夢の中の悲哀に似ていて、説明しがたい、しかも痛切で純粋な悲哀なのである。この現実の瞬間の印象が、帰国ののちには夢の中の印象と等質のものとなること、なぜなら記憶はすべて等質だから、夢の中の記憶も現実の記憶と等質のものでしかないこと、その記憶の瞬間において、私の観念はまた何度でもリオを訪れリオに存在するかも知れないが、私の肉体は同時に地上の二点を占めることはできないこと（傍点三島）、もはや死者が私の中に住むようにしてリオは私の中に住むにすぎまいが、もう一度現実にリオを訪れても、この最初の瞬間は二度と甦らぬであろうということ（以下略）」[22]

こうして三島は「荘子の譬は、転身の可能について語っている」[23]という認識に立ち至るのである。「われわれは事実、ある瞬間、胡蝶となるのだ。われわれはさまざまなものになる。輪廻は刻々のうちに行われる。大きな永い輪廻と、小さな刹那々々の輪廻と」三島が本来タナトス（死の欲動）を内包していたのは事実であるだろう。だから三島にとっての「生」はこのようにいったん「死を死んだのち」に訪れる「輪廻」として自覚されていた。死と生との往還。栄華も一炊の夢にすぎないという謡曲「邯鄲」の主題を三島はあれこれと反芻していた。「小さな輪廻と大きな輪廻とは、お互いを映している鏡影のようなものである。ひとりわれわれの意識が、われわれをあらゆる転身の危険から護り、空間にとじこめられた肉体の存在を思い出させてくれるのである」。そして「さもなければわれわれは二度と人間に戻らないで、その瞬間から胡蝶になってしまうことであろう……私は人間の肉体に立戻った」[24]。三島が旅先のリオでこの街との交感を喜び、この旅で初めて異国にあることの狂熱を自覚しながら、ここで「輪廻」という不可知なものではなく「人間の肉体」を回復したことは、旅のもたらした再生であり、彼の存在にとっての幸いであったと私は思う。旅人にはよくあることだが、彼の意識はどこかへ飛んでいた。タナトスを内包した三島にはそれは輪廻という「死と生の往還」として理解されたはずだが、彼は「胡蝶」にならずに「人間の肉体」を回復した。「それはたまたま通りかかったあるポルトガル人の家族のおかげであった。「三十四五の母親と、可愛らしい三人の娘と、その末娘の手を引いている黒人のアマ……が、その賑やかなお喋りでもって、私の意識をよび戻してくれたのである」[25]

たまさかの出会いがある種の「救い」をもたらすのは、まったく旅の効用の一つであった。このとき三島の精神はリオの空を一閃してまさに息を吹き返した。このあたりから再生が旅行記『アポロの杯』の大きな主題となってくる。

それにしても、と私は思う。なぜ三島は、アメリカで感じることの無かった異国にあることの狂熱を、ここリオに来るなりこうまではっきりと感じたのであろうか。街を見ては「リオはふしぎなほど完全な都会である」と書き、電車を見ては「リオの市内電車は郷愁的な形をしている」と観察する。たまたま散策した辺りは「美しいプラサ・パリスの花壇のほとり」であって、「小鳥や馬や象や花籠や巣箱や駱駝の形に刈られていた」庭樹に三島は目を留め、「子供たちに伍して映画館の行列に加わった」。なぜなら「ここでも私は自分の幼年時代に出会った」からである。夢中になってリオの街角を彷徨いながら三島は（と言うより言葉の純粋な意味で二十七歳の若い平岡公威は）幸福な思いに包まれている。心地よいリオの夜風にくすぐられながら公威は（と、あえてこう綴るが）映画館の行列にまじる。そこでは「短編や漫画にまじって、連続活劇の一巻が上演されていたが、これこそ幼年時代の私の憧れの全部であった」から。

「そして、それは荒唐無稽な冒険の物語で、別の天体の上の奇妙な王国、若い英雄、清らかなその恋人、嫉妬にかられる王女、奸臣と忠臣、眠り薬、地下牢、火竜の出現などからでっち上げられたものである。

私は子供たちの間にまじって、子供たちと一緒に笑った」[26]

笑う三島

サンフランシスコで「クォ・ヴァディス」（マーヴィン・ルロイ監督）のような重い史劇を観、ニューヨークでは黒澤明の（その時点での）最高傑作である「羅生門」を鑑賞しながらただの一言も批評めいた言葉を残さなかった三島が、ここリオでは人気作家の裃を脱いで「子供たちと一緒に笑」っている。これはいったいどうしたことか？　何が作家に起きたのだろうか？　何が？　それは赤紙を送られていったんは兵隊に取られる覚悟をかため、お国のため天皇のためにアメリカ合衆国と戦う運命をみずからに言い聞かせたはずの公威が、「青二才の軍医」の手ごころでその日のうちに――入隊検査の直後に――帰郷を命ぜられてドッと安堵したあの時の思い、その思いがあったからこそ初めて敵国アメリカの土を踏んで「構えて」しまった――その「構え」が、いま解き放たれたからに他ならない。その時の強ばりが三島の人生の端々で顔を出し彼の人生の決断と行動を決定していく。そしてそこに三島の生と死の相剋、エロスとタナトスのせめぎ合いの秘密もあった。そう私は理解するのだが、書かれたことではなく書かれなかったことにこそ読み取られるべき真実があると、いま私は、三島を書く者として考えたいと思う。だからであろう、北米紀行と題された文章の中からうかがわれる体温の低さ、自身を取り巻く環境への冷淡さと、太平洋の裏庭として形だけは第二次大戦に参戦しながらも、その心理的距離から徴兵忌避者のコンプレックスを三島に感じさせなかったブラジルとでは、旅人として味わう解放感も大きな開きがあったのだ。

「閉じた人」三島はこうして「開かれた」。三島の耳には「近づいてくる太鼓の音と歌声」が響いていた。謝肉祭（カルナヴァル）である。「太鼓と鐃鈸《にょうはち》と呼笛《よびこ》の単純な音楽が歌声にまじっていよいよ近づいた。曲はおそらくサンバである」。まさしく旅人の耳に響く音楽を、三島は心地よく聴いていた。

こうして三島はリオを、ブラジルを生きた。それは作家にとってどれほど嬉しかったことだろう。

彼の精神はどれほど解き放たれ、どれほどどかなたを飛翔したことだろう。一人で異国を旅したことのある者ならだれもが覚えのあるあの言いようのない、自由に心が飛び回るあの思いを三島も味わっていた。このあたりからである、三島が夜の縁日をうろつく少年のような好奇心で異国の街路を闊歩し、アパートの二階を見上げ、モザイクの歩道を面白がり、「エレガンな女たち」や「たたんだビーチ・パラソルを抱えて駈けてゆく裸の子供たち」に暖かな視線を向け始めるのは。すでに書いたように三島の旅に道連れがいなかった訳ではない。朝日新聞の特派員がつかず離れず付きそっていた。異国に暮らす邦人らとの交流もたえずあった。だが異国をゆく三島の視線はこの人らの不在の時にこそ自由にあたりをためつすがめつし、自在な感興を作家の内面にもたらすのである。旅において、ただひとりあることの効用であろう。

入隊検査で「肺湿潤と誤診」されて即日帰郷を命じられた昭和二十年二月十日から七年目の、昭和二十七年二月十三日付の川端康成宛書簡——

「南米へ来ると、ブラジル人の呑気さ加減がすつかり気に入りました。こんなに気のいい連中はなく、在留邦人たちにしても、何しろ何億といふ金をもつてゐる人はざらですから、皆大きな顔をしてゐて気持がよく、ハワイや米国西海岸の卑屈な一世二世とは比べものになりません。第一教養もあり、日本に一番ちかいホノルルの連中よりずつと日本のことを知つてゐます」[27]

ここにあるのは、アメリカでは意識することもなく傷ついていた三島の自意識が見事なまでに回復している事実、これである。三島はこの後、ブラジルをぐるりと周り、再び訪れたリオデジャネイロで謝肉祭を体験して陶酔するが、ホノルルやサンフランシスコで感じた自意識の傷つきと、リオで得たその再生ほどこの旅行を作家にとって意味あるものにした体験もなかっただろう。川端康成へ宛てて手紙を書いてから十日後の二月二十三日、三島は書いている。

「私は四晩の内三晩を、二晩はナイト・クラブ「ハイライフ」で、最後の晩はヨット・クラブの舞踏会で踊り明かしたが、別段白人に生まれかわりたかったためではない。カルナヴァルの陶酔は、これをただ眺めようとする人の目にはいくばくの値打もないからである。その結果、私は正直に自分が陶酔したことを告白したい」[28]

自意識と陶酔

このとき得たカタルシスが三島をしてギリシアの太陽を受けとめてイタリアではルネサンス美術へ目を見開かせる触媒となった。よほどこのカルナヴァルの陶酔が気に入ったのだろうか、三島はサンバの舞踏を歌舞伎の花道とひとしなみに論じ、[29] このときの経験を「快楽のあとの目ざめ」「あのルバイヤットに歌われている「死」の如きもの」と讃えている。

「右手に経典、左手に酒杯」で知られるルバイヤット（ルバイヤート）は中世イスラム世界における死と生を主題とした十一世紀ペルシアの詩人ウマル・ハイヤームの四行詩集のこと。三島がカルナヴァルを見て「死」を象徴するハイヤームの詩を連想し、併せてその精神の中に「群衆」と「死」

と「踊り（芸能）」が整然と連続してあるものと意識しているあたりは面白い。いま三島について書いている私は、後年彼がみずからの死を加速させるきっかけとなった私兵楯の会は、演出家として数多の役者を自在に操り、ひとつのカタルシスを創造しかつそれ眺めて悦に入っていた彼の嗜好、その職業経験が別の組織に所を変えただけではなかったかと想像する者だ。本来作家の中にあったタナトスが、カルナヴァルという生の爆発の最中にひょっと顔を覗かせて、一気に「死」を連想するあたり、この推測もあながち間違ってはいないのではないかと改めて意を強くする。死に裏打ちされた生、生の向こう側に垣間見える死、そこに人間三島の哀しみがあった。そしてそのエロスとタナトスが、この旅の最中、イタリアで彼をあの有名な絵画に出会わせることになるのである。すなわち『仮面の告白』で著者の性の目覚めをつかさどる重要なモチーフとされたグイド・レーニ作「聖セバスチャンの殉教」図に。この絵については、次章で詳述するが、これは一部の論者によってそう主張されているように、同性愛者の守護聖人などではない。

三島は昭和二十三年十一月二日付の川端康成宛書簡で「本当に腰を据えた仕事をしたいと思つてをります。」と書いている。『仮面の告白』という仮題で、初めての自伝小説を書きたく、ボオドレエルの「死刑囚にして死刑執行人」といふ二重の決心で、自己解剖をいたしまして、自分が信じたと信じ、又読者の目にも私が信じてゐるとみえた美神を絞殺して、なほその上に美神がよみがへるかどうかを試したいと存じます」。[30] この『仮面の告白』は「自分が信じた美神を絞殺する」という口吻から、また自己を神話化しようと目論む三島一流の操作も手伝って、そこに書かれた事象はすべて「真実」であると主張する声が、なお一部の論者のあいだにはある。相当の批評家の中にもなおそう信じる向きがないではない。が、グイド・レーニ作「聖セバスチャン」図の実相と、三島が「これ」と主張する「聖セバスチャン」図の幻像と、また『仮面の告白』に書かれたこの絵の有り様とは、どれもまちまちであって、それだけでも三島の言の不確かさと言うか、あえて言えば彼独特の虚言（大言壮語）を感じさせないではおれない題材だと考えられる。

三島は「ヨット・クラブのカルナヴァル」を楽しんだ後、つと立ち寄った「ヨット・ハーバアにのぞむ庭の椰子のかげ」で、女同士のある痴話喧嘩を目撃する。金髪女と栗毛の女が「髭を生やした好い年配の大男」を取り合って、つかみあい罵りあっている。この喧嘩は「太った黒衣の中年婦人」が「仲裁役を買って出」て、その機転のおかげでようやく矛を収める。その場から連れていかれる女ふたりを満足げに眺めやるやこの婦人は「みんなの注目を浴びながら胸に十字を切って」その場を後にした。三島はこの一部始終を観察した上でこう書いた、「この土地の人には、それは本当の喧嘩を見る喜びに他ならないが、私にとっては、むしろ伊太利喜劇の一齣をみるたのしみであった」と。[31]

いよいよヨーロッパへ向かう日がやって来た。

ヨーロッパにて

三島がスイスのジュネーブへ入ったのは一九五二年三月三日のこと、その後、チューリッヒを経由してパリに入った。パリの土を踏んで三島がまず向かった先は地元のサーカスだった。パリ有数のサーカス団、ル・シルク・メドラノで[32]、フェリーニの映画にも取りあげられた馬による曲芸を見て、そのアクロバチックな技の数々に目を見張った。この曲馬団の演技がよほど強い印象を残したのだろうか、人馬が一体となったアクロバットを見て三島は「肉体の危険」と「精神の危険」という二項の対立を思い浮かべている。人は肉体の危険にたびたびその身をさらすが、それと同じように精神の危険に出くわすこともしょっちゅうある。「そのときわれわれは曲芸師のようにかくも平衡に忠実であろうか」。もし「曲芸師が綱から落ち」るように「われわれが自ら精神の平衡を失」ったら、それは目に見える出来事ではないだけに「危険は多くかつ（結果は）重大[33]」であるだろう。続けて「曲芸師は肉体の平衡を極限まで追いつめて見せる。しかしかれらはそのすれすれの限界を知っており、そこでかれらは引返して来て、微笑を含んで観衆の喝采に答えるのである。かれらは決して人間を踏み越えない。しかしわれわれの精神は、曲芸師同様の危険を冒しながら、それと知らずにやすやすと人間を踏み越えている場合があるかもしれない」

と、論じた上で——

「思惟が人間を超えるかどうかは、困難な問題である。超えうるという仮定が宗教をつくり、哲学を生んだのであったが、宗教家や哲学者は正気の埒内にある限り曲芸師の生活智をわれしらず保っているのかもしれない。もし平衡が破られたとき実は失墜がすでに起こっており、精神は曲馬の円い舞台に落ちて、すでに息絶えているかもしれないが、そののち肉体が永く生きつづけるままに、人々は彼の死を信じないにちがいない」[334]

私は精神医学的な意味でこの用語を使っているのではないが、この描写から窺われるのは三島の精神が分裂していたという事実、これであろう。三島は幼少のころ、母・倭文重から無理矢理引き離されて祖母・なつの手で育てられた。幼い頃には母と祖母というふたつの顔色をたえず窺い、長じてからは戦場で死ぬことも「またよし」と一度は決めたはずの覚悟を「青二才の軍医」の誤診で免れた。その度を過ぎたまでの他者洞察、他人を隅々まで観察し理解しないではおれない性向は、おそらくこのあたりにその淵源があるだろう。自分が二つに引き裂かれているという恐怖。ここで平衡を取らなければ母と祖母のいずれをも傷つけてしまうという思い。そのあいだで三島はおそらく揺れ動いていた。本書はあくまで一九七〇年十一月二十五日に起きた「三島事件」の心的機序を追究することが主眼であるので、三島の精神において想像されるこうした分裂に今は深入りはしない。が、旅先で外の世界にフォーカスせず、演劇や曲馬などを見て「肉体の危険」と「精神の危険」という観念が湧き起こってくる三島の精神世界の不確かさ、二項対立が彼の世界の中枢をなし、ひいては彼の「生」と「死」を決定づけることになったメカニズムを理解しておくことは有益だろう。

――このことは指摘しておく。初めて訪れたパリで、三島はあくまで芸能にその関心をふり向ける。

心が外の世界にフォーカスしていないからである。三島は周知の通り英語のかなりの使い手であった。だが『アポロの杯』のどこを読んでも、三島が外国語で苦労したという話はいっさい出てこない。異国でまず目に入るはずの人の姿も、大通りの賑わいも、路地裏の暗闇も、異国の言葉が飛び交うカフェも、宗教建築もレストランも、作家の目にはけっして映らない。心がそれを見ていないからである。ほんらい自分を解放するはずの旅先でまずおのれを「閉じて」しまう作家の心性が、ここからも窺うことが出来る。いま引いたとおり三島は右の二項対立を受けてこう書いた。「思惟が人間を超えうるかどうかは、困難な問題である」と。「超えうるという仮定が宗教をつくり、哲学を生んだのであったが、宗教家や哲学者は正気の埒内にある限り曲芸師の生活智をわれしらず保っているのかもしれない。もし平衡が破られたとき実は失墜がすでに起こっており、精神は曲馬の円い舞台に落ちて、すでに息絶えているかもしれないが、そののち肉体が永く生きつづけるままに、人々は彼の死を信じないにちがいない」[35]。こうしてパリは、三島にとって、肉体と精神の平衡がきわどく保たれたサーカスとしてまず体験された。これはきわめて興味深いことである。

私は、ここで、大通りや路地裏ではなくサーカスを、宗教建築や異国情緒たっぷりのカフェではなく、鼻先にゴム鞠を乗せて同僚とキャッチボールをする海驢《あしか》や「組合わせた十五の椅子を、口で支えてみせる男」をまずは面白いと感じた作家の、さながらポッと出の観光客めいた物見遊山ぶりをとやかく言っているわけではない。そうではなく、曲芸を見て肉体と精神の平衡を思い、海驢の柔軟な訓練された肉体を見て、「危険はわれわれの精神をして平衡へ赴かしめる」と書く作家の、敗戦から七年を経た心の有り様、内面のきしみについて言っているのだ。

三島は明らかにこの旅で生を希求しこれをむさぼっている。これは三島を書く者としての私の勘だが、ホノルルからサンフランシスコを経てブラジルへと至り、いまパリの土を踏んだこの世界旅行は、作家にとってみずからの肉体と精神のきわどい平衡を自覚し、その「平衡を保ちつづけることが、精神の真の機能」「精神が真に存在するという証明」[36]という認識を得た、その意味でおそらく初めての自己確認のきっかけを与えた旅だったのではないだろうか。こう言うのはどうだろうか――精神と肉体の平衡の大切さを旅先で強く自覚せざるを得ないほど、三島はいま、生を希求していたのだと。だからいま三島にとって生きるとは心身の平衡にあったと。そしてこの平衡を求める心の傾きが、つまりどうあっても生きる側に踏みとどまっていたいという心中の欲動（と言ってよいと思う）が、この後三島をしてギリシアの太陽を見、イタリアのルネッサンスを再発見させるきっかけとなったのだ、と。本章でたびたび引用される三島初の旅行記が『アポロの杯』（すなわち「太陽に乾杯」）という書名を与えられたのも、これが理由である。


もう一つ引用する。

「肉体と精神とは、やはり男と女のようにちがっている。肉体はわれわれの身を護り、もし精神の異常な影響がなければ、進んで危険へ赴くものではない。肉体はわれわれを病菌や怪我から護り、これらに一度冒されれば、抗毒素や痛みや発熱でもって、警戒と抵抗を怠らない。しかし精神は自ら進んで病気や危険に赴く場合があるのだ。というのは、精神は時としてその存在理由を示さねばならぬ必要から、危機を招いてみせる必要に迫られる場合があり、さもなければ、われわれの精神は頑強に、おのれの存在を信じようとしないかもしれないのである」[37]

精神の危機は精神の「存在理由」を示すために必要だと三島は主張している。ここからはっきりと窺われるのは三島が――まず間違いなく――頻繁に「精神の危機」に見舞われていたという事実であるだろう。その危機を合理化し統合する術を、作家はこの時点ではまだ持っていなかった。それを索める永い旅に三島は赴き、ついには「行動」という観念にたどり着くのだが、今は先を急がないようにしよう。

ワルツやルンバを踊る馬や陽気なクラウン（ピエロ）たちが演じる幕間狂言を楽しんだ後、三島はパリを後にして、ロンドンの人となった。

精神の錬磨

さて、パリは何度か訪れたことがあると私は先に書いた。パリを訪れたことのある人なら、あの独特の退嬰的な雰囲気を感じたことがあるだろう。誰も彼もがそっぽを向いて、好き勝手にめいめいの時間をむさぼりながら、それでいて誰も彼もが幸福感に満ちあふれ、結局は自由な、退廃の空気を思う存分に味わって、次なる快楽を求めてメトロの駅へ、角のカフェへ、公園へ、吸い寄せられていく、世にも稀な、中心を欠いたような混乱の時間。それを経験して陶然とした覚えが。旅先にあって、まだ街角の意味も判らないままにこわばった精神が、その混乱の最中に一気にほぐれて、目の前に開けるパリの下町や、有名人らが集ったというカフェや、レストランや、公園や、大作家が大小説に描いた一角を我が靴で踏みつけて、マレ地区の隠れ家や不穏な曖昧屋をおそるおそる横目にして過ぎ、大寺院がそびえ立つ丘からこの古い町並みを見下ろして、やっとの思いで歩き疲れた身体を引きずるようにしてメトロの階段を下りてまた上がる。カルチェラタンの町を背中に背負ってぐるりとあたりを見回す——そのときに感じた絶対的な解放感。圧倒的な自由感。世界と自分とが対等にそこにあり、その二つをさまたげるものは何ひとつなく、少なくともいまの自分のこの精神の高揚を上回る人間の感情は、どこにも、ひとつも、ないという唯一にして無二の実存の感覚。すべてが完全に、自由に、自分の前に開かれているという放埒で研ぎ澄まされた思い。その四方八方に広がって輝く精神の錬磨と高揚は旅人が町と触れあう最も幸運な一瞬であるだろう。町と出会い、人と出会うというこの幸福を、しかし三島はパリで——どこであれ——覚えることはなかった。三島は書いている。「私は巴里が好きではなかった」と。「巴里滞在を一カ月半に及ぼしめたあの盗難事件ばかりではなく、巴里では私の心身を疲れさせる瑣事が次々と起こった」と。そしてついにはこう書いた、「一刻も早く私は巴里を遁れたかった」[38]

　そして一九五二年四月二十日の日曜日、三島はパリにこう捨て台詞を残してロンドンの人となる。「忌まわしい巴里を遁れた喜びのために、（ロンドンの）郊外住宅の見事なローンや、小公園の池の反映や、日本のそれとまがうなつかしい褐色の光沢を帯びた葉と鄙びた紅い花をたわわにつけた山桜は、この上もなく美しく見えた」[39]。ロンドンの街は三島に強い印象を与えたのだろうか。否。そうではない。滞在わずか四日、コヴェント・ガーデン帝室歌劇場でベンジャミン・ブリットンBenjamin Brittenの歌劇「ビリー・バッド」（ハーマン・メルヴィル原作）を、フェニックス劇場でシェークスピアの喜劇「からさわぎ」を、英国アカデミー賞作品賞を前年に受賞したばかりのフランス映画の佳品「輪舞」（マックス・オヒュルス監督）を鑑賞した他は、作家はバスを使ってギルドフォードへ小旅行に出向いたばかりであった。

そして三島はギリシアへ入る。

太陽に乾杯

「希臘は私の眷恋の地である」「今日も私はつきざる酩酊の中にいる」[40]悠久の時を経て、今まさに廃墟となりながら、人類の歴史の不可思議な塩梅によって永遠の生命を与えられたあの王城アクロポリスを前にして三島は、「今、私は希臘にいる。私は無上の幸に酔っている」とその酩酊ぶりを素直な筆で書いている。実は『アポロの杯』――本稿が絶えず参照しているこの不思議な旅行記――は、ここギリシアに至ってようやく紀行文の体裁を取り始めると言って言い過ぎではないだろう。なぜならそれは三島が「開かれた」からである。それまで劇場をはしごし、流行の映画をひやかし、路地もカフェも女も（これについては諸説あるが）、食事や酒もほぼ目もくれなかった三島がいま、日没に沈むギリシアの山々を凝然と眺め、「黄金にかがやく希臘の胄のような夕雲」を見て、「希臘」とつぶやく。そして花々にも等しい絢爛な比喩を織り交ぜながら懸命に旅にあることの幸福を語り出すのである。それも世界周遊の旅に出て四カ月目、ようやくここギリシアまで足を伸ばして初めて。どうしてだろうか。ホノルルへ向かうプレジデント・ウィルソン号の船上で日系の老婦人に皮肉な視線を向け、ニューヨークでは黒澤明の名画をほぼ無視し、リオデジャネイロでようやくお祭り気分に浸るも、パリでもロンドンでも旅人になり得なかった。その三島がここギリシアではあれもなく旅にあることの幸福を語っている。「眷恋の地」などと言う言葉まで駆使して彼の地への恋心をあらわにする。感動を口にする。それはどうしてだろうか？　どうして？　どうしてかと言えば、一度は滅びて廃墟となったアクロポリス——ギリシアそのもの——つまりはギリシアの「死体」が時の風雪に洗われて輝かんばかりに太陽の光をいっぱいに浴びて現代に甦っている、その再生のイメージ、「転生」の実例をわれと我が目で見てそれが三島の琴線に触れたのだと。ここまで三島を書いてきた私はほぼ絶対の確信をもってそう考えている。

いつの頃からか自らを「死すべき存在」と幻視していた。これまでもっぱら死の側に立って自らの死に言及した文章をそれこそ数多く発表してきた。しかしこの世界周遊旅行の最中、三島はギリシアの「死体」を見て、その「死体」がいまに甦っているその姿を見て、天に広がる大きな青い空に包まれて確かに「再生」した。だからこそ、

「太陽に乾杯」——

なるほど。

確かに付けも付けたりというべき書名ではないか。

註

1 三島由紀夫『アポロの杯』（新潮文庫）8頁
2 同書、8頁
3 同書、13頁
4 同書、13頁
5 同書、14頁
6 同書、18頁
7 同書、20頁
8 同書、21頁
9 同書、23頁
10 同書、23－24頁
11 同書、26頁

12　同書、26頁

13　同書、39頁

14　『アポロの杯』という書名はギリシアの星座から取ったと三島本人が言っている。それによると、三島はこの本の扉の裏に、「ある日アポローンは使はしめの鴉にこの杯をわたして水を汲ませにやつた。」と、英文学者で天文学にも造形が深かった野尻抱影から聞いた話を紹介している。そして「怠惰で気の多い鴉は、道すがら見た無花果の樹の下で、その実の熟して落ちるまで待つたのち、水蛇《ヒドラ》つかんで飛びかへり、「この蛇がゐたので遅くなりました」と嘘言を奏した。その報いを以て鴉は水蛇と杯と共に星に変へられ、杯を目前にしながら、永遠の渇に苦しめられてゐるのである。」と三島はその由来を書くが、本稿で明らかにしたように、この説明はいかにも後付けの理屈と言うべきである。

　さらに言えば、三島の遺作『豊饒の海』第三巻『暁の寺』の主人公に、三島は「月光姫」(ジャントランパー)の名を与えた。「月光」は「太陽」(アポロ)の対概念であり、この命名はそこからの連想と考えるのが自然であろう。従って、『アポロの杯』は――三島の説明を鵜呑みにするのではなく――やはり「太陽に乾杯」の意味と捉えるのが妥当である。

15　Demuth, Charles (一八八三年十一月八日～一九三五年十月二十三日)――ペンシルヴェニア州ランカスター生まれ。アメリカの水彩画家。対象を精密に眺め無機質な画風で描く所謂プレシジョニズムの創始者として名高い。

16　アイリッシュは当時の即興演奏について書いている。「クラリネットの悲しげな音色を、合図に、狂気の演奏が始まった。／つづく二時間は、ダンテの描く地獄そこのけであった。これがおわったあとも、実際にあったこととはとても信じられないだろう、と思われた。それはてんで音楽ではなかった。音楽はもっと快いもののはずだ。それは、かれらの影がうつしだす魔の走馬燈であった。影は黒々と浮かびあがり、四方の壁の天井までふくれあがって揺らめいた。」（稲葉明雄訳『幻の女』早川書房２１４－２１５頁）名手稲葉明雄にしては詰まらない訳だが、それはともかく、三島がこの音の興奮を味わわなかったのは残念であった。
17　三島、前掲書、47頁
18　同書、45頁
19　同書、44頁
20　同書、48頁
21　東京国際大学論叢に二〇一六年発表した論文「三島事件の心的機序の研究――『仮面の告白』の虚偽を中心にして――」37－39頁を参照のこと。
22　三島、前掲書、48－49頁
23　同書、49頁
24　同
25　同書、51－52頁
26　同書、51－52頁
27　川端康成　三島由紀夫『往復書簡』70頁
28　三島、前掲書、84頁
29　三島によると「われわれのすぐ目の前を、登場人物たちがわれわれの存在に毫も気づかすにとおりすぎてゆくところ」（同書、85－86頁）にこれら二つの芸能の類似はあると言う。
30　川端康成　三島由紀夫、前掲書、52頁
31　三島由紀夫『アポロの杯』88頁
32　一八七三年、モンマルトルの丘の麓、ロシュアール大通り63番地に建てられた「シルク・フェルナン

ド」が興りのサーカス。道化師メドラノが一八九七年に経営を引き継いで以降、シルク・メドラノとなる。道化師、曲芸師の舞台が多く、ピカソの画のモチーフともなった。

33　三島、前掲書、94頁
34　同書、94頁
35　同
36　同書、97頁
37　同書、96－97頁
38　同書、102頁
39　同書、103頁
40　同書、108、112頁

第三章　ローマへ——「聖セバスチャン」のアイコノグラフィー

廃墟

わずか四日だったとは言え、半年に及ぶこの長い世界周遊旅行で、やっとアテネに旅装を解くことができた。太陽と廃墟の王土、ギリシア悲劇を生んだ地を前にして、この後年の劇作家は、旅の疲れもものかは、こう呟いた、「希臘は私の眷恋の地である」[1]と。

貴重な四日間であった。

エリニコン国際空港から市内へと向かうバスの窓から初めてアクロポリスを目にした三島は、今で言うとライトアップされたこの王城を見て、またも興奮気味につぶやいた、「私は無上の幸に酔っている」と。

「私は今日ついにアクロポリスを見た！　パルテノンを見た！　ゼウスの宮居を見た！　巴里で経済的窮境に置かれ、希臘行を断念しかかっていたころのこと、それらは私の夢にしばしば現われた」だから「しばらくの間、私の筆が踊るのを恕してもらいたい」[2]

春であった。しかしエーゲ海に面し、これから乾期へ向かおうとするこの半島の空はあくまでも大きく、青く、どちらかと言えば精神に仄暗い穴を抱えていたこの作家に圧倒的な存在感をもって襲いかかってきた。青い、この大きな存在が、作家みずからの認識を深めていく緒になっていく。

一九五二年四月二十四日のことだった。空は、この国のどの季節のどの一日ともおなじように、澄み渡っていた。エーゲ海の太陽が燦々と降りそそぎ、大量のオレンジ色があたりを包みこんだ。およそギリシアを表すどの写真も強調する、青と白の氾濫。それを前にして三島が「空の絶妙の青さは廃墟にとって必須のものである」と書いたのは当然だろう。旅人の目を三島は獲得していた。「もしパルテノンの円柱のあいだにこの空の代りに北欧のどんよりした空を置いてみれば、効果はおそらく半減するだろう。あまりその効果が著しいので、こうした青空は、廃墟のために予め用意され、その残酷な青い静謐は、トルコの軍隊によって破壊された神殿の運命を、予見していたかのようにさえ思われる」[3]。心の内奥に「肉体の危険」と「精神の危険」を抱え込み、[4]自覚的かどうかは別にして、裡にある分裂を何とかして取り繕おうと苦しんでいた三島は、廃墟をひときわ強調するような青空にのしかかられて、それを「残酷な青い静謐」と観取する視点にいま立ち至った。おそらく自覚的だったのだろう。かの有名なディオニュソス劇場を見て、「そこではソフォクレースやエウリピデースの悲劇がしばしば演ぜられ、その悲劇の滅尽争（vernichteter Kampf《ママ》）を、同じ青空が黙然と見戍っていたのである」と書いている。青空によって際立つ廃墟、王土を破壊し尽くさずには置かなかった国の歩み、三島のアテネはこうして悲劇の舞台となり、これがギリシアを歩く作家の主調音となっていく。

「廃墟として見れば、むしろ美しいのは、アクロポリスよりもゼウスの宮居である。これはわずか十五基の柱を残し、その二本はかたわらに孤立している。中心部とこの二本との距離はほぼ五十米である。二本はただの孤立した円柱である。のこりの十三本は残された屋根の枠を支えている。この二つの部分の対比が、非左右相称の美の限りを尽しており、私ははからずも竜安寺の石庭の配置を思い出した」[5]

非左右相称という点でゼウス神殿の構造と竜安寺の石庭の配置が似ているかどうか、私はよく知らないが、「巴里で……左右相称に疲れ果てた」という三島には、このアンバランスが心地よかったのだろう。作家の筆はしばらくパリへの批判に割かれ、ついには「仏蘭西人の愛する節度と方法論的意識性」だの、「いたるところで左右相称を誇示」する「節度の過剰」が「旅行者（筆者註、三島）の心を重たくする」とまで言っている。この「節度の過剰」が自分の心に重くのしかかってきたとする観察は、検討するに値する興味深い認識であると言わねばならない。なぜなら、パリで人馬一体となった曲芸を見て「肉体の危険」と「精神の危険」の対立を感じ、「もし「曲芸師が綱から落ち」るようにわれわれが自ら精神の平衡を失」ったら、それは目に見える出来事ではないだけに「危険は多くかつ（結果は）重大である」[6]と感じた三島にとって、パリはみごとに平衡しバランスの取れた精神の象徴と映ったに違いないから。精神の「分裂」を自覚していた三島にとって、その認識は過剰でかつ心を重くするイメージであった。だが翻って見てみるがいい、いま目の前に堂々とそびえ立つゼウスの宮居、そのギリシアの「死体」を。その「死体」はいま青々とした半島の蒼穹につつまれてこれが建造された時代よりむしろ美しいまでの姿をそこに示している。この生から死、死から生へと転生した偉容、遠く離れた二本の柱と十三基の円柱となったこの廃墟のアンバランスが深いところで三島の心に火をともしたのは事実であろう。

こうして「眷恋の地」ギリシアで、三島は恋の確かさに酔ったのである。悲劇とそれを呼ぶことは容易いが、精神がふたつながら分裂していたことを自覚していた三島にとって、それはむしろ「救い」であった。ゼウスの宮居の死のイメージは作家の中で意味を転じ、ローマ皇帝ハドリアヌスのもくろみであった最高神ゼウスを讃えた美の殿堂の造営から、死んだ骸がむくりと起き出していまそこに聳えてある再生の象徴として、深々と認識された……。

人として、作家として、三島はどちらかと言えば二元論の立場に立つものであった。この二元論の礎をなす思想が、三島の中にいつからか芽生えた生と死の相剋であったのは、おそらくは伝記的事実を積み重ねれば論証されうる作家の真実に他なるまい。[7] 左右相称を嫌い、非相称＝アンバランスの中に美と安寧を見る三島のこの感覚、この「欠落した」平衡を何とかしてバランスしたい、統合したいという欲動が、つまりは作家の生の原動力をなしたことは疑いない。

「巴里で私は左右相称に疲れ果てた」と三島は書いている。続けて、こう書いた。

「その仏蘭西文化の「方法」の師は希臘であった。希臘は今、われわれの目の前に、この残酷な青空の下に、廃墟の姿を横たえている。しかも建築家の方法は形を変えられ、旅行者（筆者註、三島）はわざわざ原形を思いえがかずに、ただ廃墟としての美をそこに見出だす。オリムピアの非均斉の美は、芸術家の意識によって生まれたものではない」[8]

その後三島は竜安寺の石庭の左右非相称の美に触れ、方法に頼らない日本美の「一回的（einmalig）な」性質に言及し、方法による西欧の美と、「芸術家の意識の限りを尽くし」その意味で「方法的であるよりは」むしろ「行動的」な日本美との対比へと論を展開していく。これは作家が日本浪漫派に属する以上当然のことなのだが、日本の芸術を「美」と見なし、その美を生みなす源泉に「行動」という観念を配置した三島の心性は、その後の作家の生と死の歩みを思う時、ひどく興味深く思われる。

こうして、美＝左右非相称（アンバランス）＝行動という、三島を形作るイメージの円環が出来あがった。一九七〇年十一月十七日の日付であるから、市ヶ谷乱入事件よりホンの八日前のこと、三島は学習院時代の恩師で文学上のメンターであった国文学者、清水文雄へ宛てて、こんな手紙を書いている。「戦後の「日本」が、小生には、可哀想な若い未亡人のやうに思はれてゐました。そしてこの見かけの平和の裡に、癌症状は着々進行し、失つたら二度と取り返しのつかぬ「日本」は、無視され軽んぜられ、蹂躙され、一日一日影が薄くなつてゆきます」「良人といふ権威に去られ、よるべなく身をひそめて生きてゐる未亡人のやうに。下品な比喩ですが、彼女はまだ若かつたから、日本の男が誰か一人立上がれば、彼女をもう一度女にしてやることができたのでした」[9]。失われつつあり、蹂躙され、二度と取り返しのつかぬ「美」、影が薄くなった「美」として、「日本」を幻視していた（と書くより他あるまい）三島の表象界のその奇妙な主調音を、ここには聞き取ることが出来るだろう。

直感

三島はこのギリシア理解を「直感の探りあてた究極の美の姿」と説明している。おそらく学習してから訪れた旅ではなかったのだろう。ギリシアの美を「廃墟の美」と認識し、「芸術家の抱くイメージは、いつも創造にかかわると同時に、破滅にかかっている」と受けとめたその三島が、みずからの認識の根底に「直感」を置いているのは、作家がいかに自己深く美＝廃墟＝破滅という衝迫を抱えていたかを証し立てるものだ。だから「芸術家は創造にだけ携わるのではない。破壊にも携わるのだ」……「その創造は、しばしば破滅の予感の中に生れ、何か究極の形のなかの美を思いえがくときに、えがかれた美の完全性は、破滅に対処した完全さ、破壊に対抗するために破壊の完全さを模したような完全さである場合がある」[10]という描写の、心中奥深いところにあった意思の何かは、重い意味を有しているように思われるのである。この『アポロの杯』は、『仮面の告白』発表の三年後の作品であった。

三島の頭上で太陽がギラギラと輝いていた。

オリムピアの廃墟でこのような自己を発見した三島の眼には、「開かれた」旅人らしい自由な観照が、ギリシアの陽光とともに照り映えていた。だから、オリムピアの「廃墟や断片がなおも美しいことは、ひとえに全体の結構が左右相称の方法に拠っている点に懸っている」という一文など、むしろご愛敬だろう。三島はさらに廃墟という言葉を鍵にパルテノンを、エレクテウム《ママ》を、アクロポリスを眺め、その感動を、「悟性の陶酔」を口にする。よほど廃墟が性に合ったのか、初めて海外の土を踏んだ昔日の留学僧さながらの邪気のない興奮につつまれている。

「しかもなお原形のままのそれらを見るときの感動を想像してみて、廃墟の与える感動がこれにまさるように思われるのは、それだけの理由からではない。希臘人の考え出した美の方法は、生を再編成することである。自然を再組織することである。ポオル・ヴァレリィも、「秩序とは偉大な反自然的企劃である」と言っている。廃墟は、偶然にも、希臘人の考えたような不死の美を、希臘人自身のこの絆しめから解放したのだ[11]」

生＝自然＝美と、それらを絆しめから解放する廃墟という今一つの円環がここには読み取れる。

三島は幸せだった。なぜなら生を絆しめから解放した廃墟という観照を得たのだから。アクロポリスから見えるギリシアの山々、東方のリュカベットス山《ママ》、北方のパルナッソス山、眼前のサラミスの島は作家の目には「翼」と映った、羽搏いている翼と。

「それらの翼は、廃墟の失われた部分に生えたのである。残された廃墟は石である。失われた部分において、人間が翼を得たのだ。ここからこそ、人間が羽搏いたのだ。／絆しめをのがれた生が、神々の不死の見えざる肉体を獲て、羽搏いているさまを、われわれはアクロポリスの青空のそこかしこに見る。大理石のあいだから、真紅の罌粟《けし》が花をひらき、野生の麦や芒が風になびいている。この小神殿のニケが翼をもたなかったのは、偶然ではない。その木造の翼なきニケ像は失われた。つまり彼女は翼を得たのだ」[12]

かつてそこに在り、いまは失われた木製のアテナ・ニケ像はアテナイを逃げ出さないように翼をもがれたのだ。そのニケの姿を幻視して「翼を得」て飛び去ったと見る三島の想像力は、なるほどアテネの青空を自由に遊んでいたと見るべきだろう。

つまりは旅人の想像力をたなごころにしていた。この世界周遊の旅が三島の精神に深々と働きかけ、それにカタルシスを与え、廃墟＝転生を鍵概念にしてふたつに割れた作家の裡の、そのひび割れを埋め合わせる役割を果たしたことは、次に訪れたローマでルネサンスを「発見」する雷汞《きっかけ》となったという意味で、まさに決定的な道行きであったと言える。もっとも、そのローマで三島がつぶさに観察したルネサンス美術がひいては彼の生と死に暗い影を落としたことも事実なのだが。

デルフィへ

午前の二時間をディオニューソス劇場で過ごした三島は、翌日、デルフィへと出立する。朝日新聞社版「日本・世界地図帳」をいま試みに開いてみると、古都デルフィはバルカン半島のちょうど真ん中あたり、東にパルナッソス山、南にコリントス湾を臨み、首都アテネから西北に百四十キロほど行った世界遺産の町である。バスだと三時間ほどの距離かと思うが、この当時で五、六時間を必要とし、そこを三島の一行が訪れた時は、「出発間もなく起きた故障のおかげで、延々十時間を要することになった」と。

ひどくまどろっこしい旅だった。

「バスは何度故障を起しても、また執拗に動き出し、しまいには十ヤアド乃至二十ヤアドおきに止るのであった。大した勾配ではないが止るたびに車はずるずると後戻りする。と髭を蓄えた助手が、大義そうに車を下りて、大きな石を抱えて来て、滑り止めのためにこれをタイヤのうしろに据える。この原始的な儀式が際限もなく繰り返されたのち、どうした加減か、エンジンは急に立直り、薄暮のころデルフィに到着することができた……（後略）」[13]

朝の七時にアテネのシャトオブリアン街二十九番地を経ったのだ。さぞかし疲労困憊したことであろう。だが三島はむしろこのバス旅を楽しんでいた。おんぼろバスのノロノロ運転があたりに広がる土壁の民家を観察するゆとりを与えてくれた他、思いがけず、二人の友と出会ったのだから。「行程のほぼ三分の二のところにあるレヴァディアの町」で、

「レヴァディアの町で、私は二人の小さい友を得た。かれらは従兄弟同士で姓も同じミトロポウロスといい、一方の父親につれられて、私と同じバスでデルフィよりもっと遠くへ一晩泊りの遠足に行くところである。かれらは二人とも十二歳で、快活で、利巧そうで、日本の子供のように学校がきらいではない。イムペリアル・ミッション・スクールへ通っており、バスケット・ボールが好きで、「古橋」の名を知っている。かれらは私の案内書の略図に、山と河の名を書き入れてくれた。同じ年頃の私には、日本地図に利根川の気儘な曲線を書き入れることは、到底できない芸当であった。

「バスの出発の合図があったので、かれらはバスのほうへかけ出した。私がおくれて行くと、一人がふりかえって「Run, please!」と叫んだ。何という奇妙な、可愛らしい英語であろう！」[14]

三島の性

ここで三島の性について一言しておく。性はこの『アポロの杯』のモチーフではない。この旅行記『アポロの杯』は、明喩としても隠喩としても、セクシュアリティを匂わせる描写はない。二十

七歳の三島は少なくとも性については、それとは離れたところで、この旅を旅している。この二人のミトロポウロスも「稚児」のニュアンスはない。だがむしろこのあと訪れたローマで、性はその凶暴な刃を作家の脇腹に押しつけてくる。ルネサンスが三島にもたらした、それが性の、つまりは生＝崩壊の効用であった。

東にパルナッソス山、南にコリント（コリンティアコス）湾を臨む広大な遺跡の町デルフィは「峨々たるパルナッス」と三島が言うように山がちな「レヴァディアの町からは、丘のいただきのビザンチン様式の教会が見え、その彼方に雪をいただいた峨々たるパルナッスを見ることができ」「そのパルナッスの麓、パイドリアドスの断崖の下にデルフィがある」とされる古代のポリス（都市国家）、生命賛美を歌いあげた古の文明の、全盛期を偲ばせる町である。三島は左腕の失われた有名な青銅の馭者像を事細かに描写しながら、みずからの裡にある「美への純良な憧れ」に思いを馳せた。当時は戦車だった馬を操る等身大の若者、左腕こそ失われているものの、その姿を彫り込んだギリシア彫刻最高傑作のひとつである。

「（その馭者像の）上半身には見事な若者の首と、肩と胸との変化に富んだ花やかな襞と、さし出された下膊があり、この複雑な重い上半身に対比されて、故意に長くつくられた下半身が、単調で端正な襞だけで構成されているのは、すぐれた音楽を目から聞くかのような感動を与える。そこでは様式が真実と見事に歩調をあわせ、えもいわれぬ明朗な調和が全身にゆきわたっている」[15]

性は『アポロの杯』のモチーフではないと書いたが、この青銅の馭者は三島の中でいずれその対象へと意味を変え、成長し、記憶するに値する変貌ぶりを示す。以下、『憂国』から、次の一節を引いてみると――

「……彼女は引き離して、その男らしい顔を眺めた。凜々しい眉、閉ざされた目、秀でた鼻梁、きりりと結んだ美しい唇、……青い剃り跡の頬は灯を映して、なめらかに輝いていた。麗子はそのおのおのに、ついで太い首筋に、強い盛り上がった肩に、二枚の楯を張り合わせたような逞しい胸とその樺色の乳首に接吻した。胸の肉附のよい両脇が濃い影を落としている腋窩には、毛の繁りに甘い暗鬱な匂いが立ち迷い、この匂いの甘さには何かしら青年の死の実感がこもっていた」[16]

もっともそれは自己への執着という意味での性であるが。

二十七歳の三島が眺める青銅の馭者が二十三歳の妻麗子が見つめる『憂国』の武山中尉になる。それは三島の性的憧れである。だがその視線の先には、むしろ三島その人の自画像、それが投影された作家自身の自我そのものがある、と言える。もっとも、妻麗子の目に宿る三十歳の武山信二中尉が生身の肉体であるのに比して、二十七歳の三島の目に映る青銅の馭者は自身いまだ自覚しない心身壮健な作家の理想我にほかならないという点が、違うと言えば違うのだが。この二つの描写には、三島の本質が含まれている。

「この像がかくまで私を感動させるのは」と三島は書いた。「物事の事実を見つめる目と、完全な様式との稀な一致が見られるからにちがいない」。そして、

「上半身には見事な雄々しい若者の首と、肩と胸との変化に富んだ花やかな襞と、さし出された下膊があり、この複雑な重い上半身に対比されて、故意に長くつくられた下半身が、単調で端正な襞だけで構成されている」……それは「すぐれた音楽を目から聞くかのような感動を与える」。さらに続けて「そこでは様式が真実と見事に歩調をあわせ、えもいわれぬ明朗な調和が全身にゆきわたっている」[17]

続いて作家が筆を割くのは馭者像の頭部である。「その後の大理石彫刻の頭部とちがった独創性をもち、いかなる神にも似ない人間の若者の素朴な青春を表現している」この頭部を「私は……アポロよりもさらに美しいと思う」。なぜなら「そこには神格を匂わすようなものは何一つなく、倨傲の代りに羞らいが、好色の代りに純潔が香りを放っている」からだ。「勝利者の羞らい、輝やくような純潔、こういうものの真実の表現は、何とわれわれの心を奥底からゆすぶることであろう」。そして「芸術が深刻なあるいは暗い主題よりも、はるかに苦手とするものは、この種の主題である」

と三島は筆を結ぶが、ここに書かれているのは三島の言う芸術の主題というよりはむしろ、作家がみずからの理想のイメージとして何を措定していたか、と言うことについての、作家自身の心理の基層の言語化であったと言えるだろう。これを三島は美とぐくり、廃墟を生きる若者の羞らいと捉えた。そのことは旅の途上にある三島が、旅することで獲得した認識＝教養そのものだが、それ以上に、引き続き訪れたローマでルネサンス美術を作家なりに受けとめる下地となった。作家が旅で再生したとは、そういうことだ。

遺跡の町デルフィで三島は、山間の奥からふいに顔を覗かせる海のように広がる廃墟にわれと我が目を瞠った。このあと訪れたアポロ神殿へといたる坂道を上りながら、崖沿いにある宝物殿を、その上にある「神託と巫女を以て名高いアポロ神殿」を、世界最古の劇場を、またその上に位置する大競技場を、目の前に広がるそれらギリシアの「死体」に目を凝らしながら、その途中に佇んでいた、「上半身を失った羅馬の女神像」に目を留めた。

「登攀者たちをじっと見張っている」その女神像には首がない。目がない。彼女はむしろ「その下半身の端麗な襞」で「われわれを見張っているのだ」。そんな観察を楽しみながら、三島は、大理石の神殿のいたずらな白、「犠牲の叫び」を耳にしあまたの血潮を浴びた「にちがいない」三本の円柱の鮮血の赤、それらを包みこむ天蓋の青を空想する。「希臘彫刻において、いつも人間の肉を表現するのに用いられたこの石は、血潮の色とも青空の色ともよく似合う」[18]。しかし、あたりに赤などあろうはずはない。三島は「ところどころに咲いている罌粟の真紅」を血潮に見立てて、そう空想するのだ。

アポロ神殿のあるプレイストス渓谷は、紀元前には神託を受けるため各所から巡礼が訪れた、繁栄した古代ギリシアの中心地であったが、紀元後土砂崩れに見舞われて以後、町は一千八百年余にわたり地中深く眠っていた。風光明媚というよりは、神々の怒りに触れた、没落の象徴のような神域である。「芸術は自然を模倣する」とは、今となっては出展すら定かではないが、それはセネカともアリストテレスとも言われる、古の名句だが、これを意識したのか三島はこんな感想をしたためている。「古代建築は、自然を征服せずに自然を発見したのであり、近代高層建築の廃墟が、いささかもわれわれの想像力を刺戟しないのは、この逆の理由に拠る」[19]

おそらくはニューヨーク、あるいはパリのことだろうか。

いまもデルフィの町にある、瀟洒なホテル、カスタリアを慌ただしくあとにして、三島はアテネに戻る。次の目的地、ローマへと赴くために。

春たけなわ。四月二十九日になっていた。

古の都市デルフィを発ったのは一九五二年四月二十九日、朝七時半のこと。ヨーグルトと蜂蜜の朝食をしたためると、警笛に煽られるようにして、バスへと急いだ。

ローマの地を踏む

「私は叙上の四つに円盤投げのトルソオを加えて、最も私の心を動かした五つを選んだ」[20]と三島は書いている。ウエヌス・ゲニトリクス（母のヴィーナス）、ニオベの娘、シレーネのヴィーナス、スビアコの青年像、ヘルメス……。

中でも三島の心をどれよりも激しく揺さぶったのが、ローマ国立博物館（マッシモ宮）所蔵のウエヌス・ゲニトリクス（ウェヌス・ゲネトリクス）、母のヴィーナス像である。メーデーにあたる五月一日にローマの土を踏んだ。商店はあらかた閉まり、バスも電車もタクシーもいっさい見られないガランとした街、三島はルドヴィシ通りから有名なコロセウムまで五十分ほど歩いて行った。やっとたどり着いた「コロセウムは私を感動させなかった」と、三島は書いている。なぜなら大きすぎたからである。「それを芸術品と見ることがそもそもまちがいであるが、もし芸術品だと仮定すると、この作品は大きすぎる主題を扱った欠点のようなものを持っている」。そして「そもそも芸術には「大きな主題」などというものはないのだ」と、思わぬ感想を洩らしている。ここで三島の言う「大きな主題」というのは、目の前に聳えるコロセウムの魁偉さを前にして思わず漏れ出た言葉だろうが、裏を返せば、その折の作家の精神の受容しうる容量に比してこの闘技場が「大きすぎた」と言うことだろう。芸術の主題に大きいも小さいもあるまい。ローマのコロセウムは、いま本稿を書きながら私が思い出すところによると、「大きすぎる」どころか、むしろちんまりとまとまった闘技場といった印象がある。入り口は狭く、座席は窮屈で、そこから見下ろすアリーナは、――嗚呼ここで剣闘《グラディ》士《エーター》が猛獣を相手に血で血を洗ったのか、さぞかし怖かったろう――と想像しうる、中心に向けて凝集していく楕円形の競技場であった。ゲーテはこの競技場を指して「特に眺めの良いのはコリセオ（コロセウム）である」と書いた。いっぽう三島は「ゲーテはこの偉大さに市民精神の最初のあらわれを見た」と書いている。コロセウムについて、私はむしろゲーテの手を取りたいと、そう思う。

　ローマの初日はこうしてふいごのように精神の上下動をくり返す作家の期待を大幅に裏切ったが、二日目に訪れたテルメの国立美術館で、作家は一気に朗らかな気分に襲われることになった。先に書いたように、ウエヌス・ゲニトリクスとの出会いがあったからである。多くのギリシア・ローマ期の彫像がそうであるように、この母なるヴィーナスもまた、五体満足とはいかなかった。「前五世紀の作品の模作の首と左腕と右腕の下膊は失われ」……しかしむき出しになった「右の乳房」と「さし出された左の膝は羅《ヴェール》）を透かしてほとんど露わ」で「その乳房と膝頭が、照応を保って、くの字形の全身の流動感に緊張を与え、いわばあまりに流麗すぎるその流れを、二つの滑らかな岩のように堰いている」[21]

「その美しさは見る者を恍惚とさせずには置かない」という三島の観察眼は、先年、ローマで現物を見てきた私にも実感をもって追体験できるが、身体のパーツを失ったこの半裸の像がまず目に飛び込んできた、その着眼の特異さに、パリでまずサーカスの曲芸師のアクロバットを見て「肉体の危険」と「精神の危険」の二項対立を見た作家の脊髄に触れる思いがし、ここに作家の生の本質があるとも思えるのである。

あるいは、こう言ってよいかも知れない。ギリシア古典期を善とする三島の鑑賞眼はどこかに「滅び」と「転生」を憧憬する作家の幼児期からの記憶が反映されており、その古好みの中にこそ、三島の精神のある傾向が、その秘密が潜んでいるのだと。

三島は「眠るアリアドネー」を見、ティツィアーノ・ヴェッチェリオ「神聖な愛・異端の愛」(聖愛と俗愛)を見、ヤコポ・ズッキ「海の宝(アメリカ大陸発見の寓意)」を見、ヴェロネーゼ「聖アントニオ魚族《いろくず》に説く(魚に説法する聖アントニウス)」を見、ドッソ・ドッシ「女魔法使い(魔女キルケ)」を見た。盛期ルネサンスを代表する画家ラファエロ、バロック期フランドルに生きた偉人ルーベンスは、作家によると「私を感動させるに足るものはなかった」[22]

聖アントニオとの出会い

とりわけ三島を捉えたのは、ヴェロネーゼの絵画「聖アントニオ魚族に説く」であった。この絵の特徴は四分割されたその独特の構図にあると言える。上に天の青と白、下に海の紺碧、聖アントニオの指さす左には広大な空間が広がっており、右は十数人の人物たちで埋まっている。誰もが背をこちらに向けている。画題の通り、魚に説法する聖アントニオの語られざる言葉が主題とも言える、特異な、中心の曖昧な、左右非相称のイメージである。

絵の中心人物、自身が没した土地の名を冠してパドヴァのアントニオとも呼ばれる聖アントニオは、とりわけ学識に優れたキリスト者に送られる教会博士の称号を得たローマンカトリックの重要人物。説法の名人とされ、三〇代半ばで病没するまで、アッシジのフランチェスコが創始したフランシスコ会に入会し、イタリアから南フランスを回っては民衆に「神の国」と「悔い改め」を説いたという。三島はボルゲーゼ美術館でこの絵に接し、「ボルゲーゼで私の心を最も深くとらえた絵は、ティツィアーノの「神聖な愛・異端の愛」を筆頭に、もう一つはヴェロネーゼの「聖アントニオ魚族に説く」である」と書いている。「ヴェロネーゼのこの絵は、画面の半分が茫漠たる神秘な緑の海に覆われている。その構図はまことに闊達で聖人はじめ多くの人物は右半分、それも右下半部《ママ》にまとめられており、魚たちを指さす聖者の指先が、漸く画面の中央に達している。聖者の胸に飾られた白い花は海風にそよいで、愛すべき抒情的な効果をあげている」[23]

　美術史家の宮下規久朗は「その人特有の美意識や美的感受性の発露としての美術への関心」と指摘している。[24]「一般に人が美術に関心を寄せる場合、常に芸術としてその作品を高く評価しているわけ」ではない。「ありていに言えば、芸術作品としての出来栄えはたいしたことはないかもしれないが、その絵や彫刻の顔が、たまたま好きなタイプだとか」。[25]

　氏は「アンティノウス像に対する三島の興味」に寄せてこう言うのだが、闊達という言葉を用いてこの絵を語る三島は、なぜ、この茫洋としたイメージの絵にそれほどまでに心惹かれるものを感じたのか。この時点での三島の鑑賞眼は、氏の評言の通り、芸術的な価値とは別に、「たまたま」

好ましいと思った絵柄・構図に反応したのだろうか。

思うに、私も欧州の絵画は相当に見た。ヴェロネーゼの「聖アントニオ魚族に説く」は、なるほど宗教画としては人びとの息吹が感じ取れ、迫力ある遠近法を取り入れて、意味ある画題を物語性たっぷりに塗りこめた、目を引く作であるとは思うが、逆に言うと、民衆に擬した魚の描写がいかにも弱い。肝心の海は黒ずくめで、聖アントニオの指先は空《くう》を指している。よほどキリスト教の知識の豊富な、画題に通じた鑑賞者でない限り、聖アントニオの説法が聞こえるまでには、いま少し足らないように思われる。

つまりは傑作とは思えないのだが、これを三島の人生に照らし合わせて読むと、少し様相を異にする。詳しくは後述するが、人びとを従え、「神の国」への導きを説く聖人の姿は、行為者として、おのれの生を主体的に、確信的に生きる人間の類型を表象しており、おそらくはまだこの時点では作家の心底に兆していない、彼の理想の人生そのものを匂わせる、重い主題であったのではないか。表象的に読めば、説法する聖アントニオは、十数年後の三島である。この暗いトーンの絵の、ゆいいつの救いとも言える聖人の胸に咲く花々に目を留めて、「愛すべき抒情的な効果」と書いたのは、三島の日本浪漫派としての着眼であった。

こうしてヴェロネーゼの「聖アントニオ魚族に説く」は三島の中で美と捉えられた。この絵が作家の生に永々とした影響を与えたかどうか、それは知らない。ただ、みずからの存在を深く問わずにはおれない旅の最中にあって、自身の行く末を絵の中に見た作家の、精神の感応の不可思議さ、それについて思うのみである。

「ティツィアーノのほうは、ヴェネツィア派の絵の多くがそうであるように、背景の細部が、世にも美しい」と、三島は書いている。「左方には西日に照らされた城館と、そこへ昇ってゆく道をいそぐ二三の騎馬の人がおり、左下方の暗い森の中には二疋の愛らしい兎がえがかれているが、一層美しいのは右方の背景である」[26]

崩壊の主題

そもそも人嫌いの傾向が三島にはあったのである。このことは複数の評家の指摘するところだが、果たしてそれが生来の性格なのか、生育歴に根ざす後天的な痼疾の類か、改めてそれを思わずにはいられない一文を三島は書いた。なぜなら「聖愛と俗愛」と題されたティツィアーノのこの絵画は二人の婦人に視点が集中するように計算された構図そのものに見せ所があるのであって、背景の「愛らしい兎」などに目を留めるべき絵では決してない。(「兎」がどこにいるか、探して欲しい)。およそ音楽や絵画の趣味はその鑑賞者の「人間」を能弁に語るものだが、三島の場合、生きとし生けるものの交わりよりはむしろ、平衡を欠いた精神と肉体、頭と腕の欠けたトルソーなど、崩壊を匂わせる対象に心を寄せる。それ故の心的な傾きなのか、鋭敏だからこその自己韜晦があったのかどうか、いずれにせよこの三島のティツィアーノ理解は、私にはどうにも「微笑ましい」を通り越した、語るに落ちた驕慢と映らざるを得ないのである。
「一層美しいのは右方の背景である」と、三島は書いている。
「入江の残照、その空の夕雲の青と黄の美しさ、前方に漂っている薄暮の憂鬱、猟犬に追われる兎と二人の騎馬像、その騎馬の人の二点の赤い上着の点綴《てんてい》、すべての上にひろがっている夕暮の大きな影、……これらのものに加えるに、複製で見て決して発見できないものが、前景の裸婦の足もとにひらめいているのを読者にお伝えしよう。それは薄暮の小さい花の周囲に、名残おしげに附きまとっている番いのしじみ蝶である」[27]
三島のこの鑑賞眼が正鵠を射ているかどうかを探るにはボルゲーゼ美術館まで足を運んで、ティツィアーノを見るほかはないが、しかし「横長の画面はこの絵のアレゴリカルな主題にいかにもぴったりしている」と書く作家の観察は、「諸説ある」[28]とされるこの絵の真実に迫って、首肯すべき点も多く含んでいると思われる。「二人の対蹠的な情熱の象徴、たとえばあのアベラアルとエロイーズの愛の手紙と求道の手紙との間に在るような対蹠的な象徴は、一組の恋人のように寄り添って坐っていてはならないからである。肉体と精神、誘惑と拒否、このワグネル的な永遠の主題が、いかに明朗に、いかに翳りなく描かれていることか」[29]
一九五二年五月三日のことだった。

動乱の日本

奇しくも日本の皇居外苑ではデモ隊と警察部隊とが衝突、死者一名と負傷者多数を出した「血のメーデー事件」の二日後である。

世情騒然たる「革命前夜」――いま日本は学生運動・左翼運動の秋にあった。三島の旅の前後、日本はどんな状況に置かれていたのか、簡潔に示しておくと――

サンフランシスコ講和条約が結ばれてＧＨＱによる占領が終わりを告げたのは一九五二年四月二十八日のこと。

日本は七年ぶりに主権を回復した。が、その一方で、隣国はまさに動乱のさなかにあった。朝鮮戦争（一九五〇年六月二十五日勃発）である。

ＧＨＱが日本を占領していた折から、アメリカ軍は当時、日本駐留部隊を朝鮮半島に随時派遣していたが、この時期、戦況はいちじるしく悪化、七月上旬には全駐留部隊の出動を余儀なくされ、結果、日本は本土防衛・治安維持のための兵力が不在するという緊急事態に陥った。これを重く見たマッカーサー（連合国軍最高司令官）は時の宰相吉田茂に治安警察隊創設の要望をなす。一九五〇年七月八日のことで、その一月後の八月十日には警察予備隊令が公布、警察予備隊が設置されたのである。

世に言う「逆コース」で、戦後の民主化・非軍事化への敵対と反発した市民団体、学生団体（全学連）はデモ隊を組織、皇居前広場を人民広場と称して乱入に次ぐ乱入をくり返す。

デモ隊は瞬く間に暴徒と化した。

日本を取り巻く大状況が変わっていた。

当時、在日駐留米軍の任務はほぼ国内の治安維持に充てられていた。このため、警察予備隊も軽装備の治安部隊としてまず構想されたが、一九五〇年十一月二十五日に中国人民志願軍が朝鮮半島になだれ込み、事態は一気に緊迫化する。朝鮮半島は自由主義陣営対共産主義陣営の全面対決の場となった。

これに併せて警察予備隊も重武装化へと踏み出した。第二十三回メーデーで左翼陣営のスローガンが「再軍備反対」になったのは、こうした流れによる。

そもそもマッカーサーが吉田に示した書簡は「事変・暴動等に備える治安警察隊」とあり、英語でConstabularyと呼ばれる警察軍を意図したものだったが、これ以降、警察予備隊は増強につぐ増強の一途をたどり、やがては陸上自衛隊に変貌していく――これは周知の通り。山本舜勝《きよかつ》が警察予備隊に入隊したのは、そんな最中の一九五二年七月のことである。

三島がいずれ結成する「楯の会」の事実上の参謀山本は、三島とは陸上自衛隊調査学校に勤務していた一九六七年に親交を結び、爾来密かに謀議をくり返す仲となるが、これはまた後段の話……。三島を「志を同じくする者」と呼ぶ山本には、その「同士」三島についての著作もある。[30]

リゴレットを聴く

その夜のこと、三島はヴェルディの「リゴレット」を聴きにオペラ座へ出かけている。ヴィクトル・ユゴーの戯曲「王は愉しむ」を原作に持つこのオペラを、三島はどうした理由からか、「残念なことに原作者はユウゴオである」と書いている。

「このバルザック的な物語（実は残念なことに原作者はユウゴオであるが）は甘美で明朗な音楽とふしぎな調和を示している。せむしの老人の一人娘に対する恋愛に近い愛の妄念、その失望、その憤怒、その復讐、寛闊で好色な支配者の軽やかな移ろいやすい愛の冒険、その自由、そのいつわりない情念……そして終幕で、侯爵の屍が入っているとばかり思っている袋を前にしたリゴレットの耳に、あの軽快な侯爵の歌、「羽根のように」がきこえてくる件りはすばらしい。ここでも侯爵の意識しない悪行は終始王者の慰みのたのしい音楽で語られ、決して侯爵は罰を蒙るにいたらない」[31]

「私は器楽よりも人間の肉声に、一層深く感動させられ、抽象的な美よりも人体を象った美に一層強く打たれる」と書く三島は、いままさに、旅の旅ならではの旅情を貪っていた。旅の快楽の最中にあった。美をなめ尽くし、オペラに心を奪われ、夢のような旅人の陶然たる星月夜の膝下に三島はたゆたっていた。

「私にとっては、それらのもう一つ奥に、自然の美しさに対する感性が根強くそなわっており、彫像や美しい歌声の与える感動は、いつもこの感性と照応を保っている。私には夢みられ、象られ、そうすることによって正確的確に見られ、分析せられ、かくて発見されるにいたった自然の美だけが、感動を与えるのである」[32]と、いま眼の前に広がる夢を語り、「思うに、真に人間的な作品とは「見られたる」自然である」と面白いことを言う三島は、ここまで三島を書いてきた私の目には、あたかもメタモルフォーゼを経た蝶のような、一段と高い高見から自己を省察する地平に降り立ったようにも映るのである。

さて道化師のリゴレットは、一人娘のギルダをマントーヴァ侯に陵辱され、侯を亡き者にしようと決意する。そのために殺し屋まで雇ったリゴレットであったが、色好みの、女にはひときわ手の早い侯爵は、あろうことか、リゴレットが雇った殺し屋スパラフチーレの妹マッダレーナにまで手を付けていた。三島の言う「侯爵の屍」とは、侯爵め首尾良く死んでくれたわいとほくそ笑むリゴレットの勘違いなのだが、実は「死体」が収まった「袋」に入っていたのは、侯爵への恋心から身代わりになったリゴレットの瀕死の娘ギルダだった。となると、侯爵は――娘を陵辱し、殺し屋に片付けられたはずだった侯爵は、と言うと――「決して罰を蒙るにいたらない」。こうして、朗らかに歌を歌いながら再生を果たす侯爵を見て「すばらしい」と笑う三島である。……

ルネサンスと邂逅する

ローマは深い。それはさながら入り組んだ街路の果てに卒然と姿を現す丸屋根《クーポール》の大聖堂の、その偉容が見る者をひと息に異界に連れさるように、蒼い空と古代の建築物の対比が、そこにある者の時の観念を狂わせるのにも似てまるで迷宮を思わせた。恐らくそのローマの狂気は、パリにも、ニューヨークにも、見当たらない。

ローマは、古に繋がっている。通りを縦横に突っ切る細道、ピアッツァと名づけられた市民らの小集会場、目に飛び込んでくる石塊と見まがうほどの遺跡のそれぞれが、古の大帝の足跡と結んでいる。フォロ・ロマーノを少し行ったあたり、高い窓と七つの相似したファサードが特徴的なカピトリーノ美術館（パラッツォ・ディ・コンセルヴァトーリ）は、世界最古の美術館として、各地からここ目ざして訪れる遠来の客にその存在感を見せつけている。三島はここで「グイドオ・レニ（ママ、以下グイド・レーニと記す）」と出会った。『仮面の告白』のもうひとつのモチーフ、三島の同性愛と激しく響き合う、あの「聖セバスチャンの殉教」図と。

カピトリーノ美術館所蔵のグイド・レーニ。それは三島の性の偏向、死への憧憬ばかりか、後年複数の写真家の被写体になって自らの半裸を生々しく暴きだし、そればかりか、やがてその死へと傾斜していく作家自身のタナトスにも共鳴する興味深い素材である。そのことに触れる前に、『仮面の告白』から、「聖セバスチャンの殉教」にまつわる描写を見ておくと――。

「――私は残り少なの或る頁を左へひらいた。するとその一角から、私のために、そこで私を待ちかまへてゐたとしか思はれない一つの画像が現はれた。

それはゼノアのパラッツォ・ロッソに所蔵されてゐるグイド・レーニの「聖セバスチャン」であった。チシアン風の憂鬱な森と夕空との仄暗い遠景を背に、やや傾いた黒い樹木の幹が彼の刑架だつた。非常に美しい青年が裸かでその幹に縛られてゐた。手は高く交叉させて、両の手首を縛めた縄が樹につづいてゐた。その他に縄目は見えず、青年の裸体を覆ふものとては、腰のまはりにゆるやかに巻きつけられた白い粗布があるばかりだった。

それが殉教図であらうことは私にも察せられた。……」[33]

一方「聖セバスチャン」について『アポロの杯』にある描写を拾うと——。


「パラッツオ・コンセルヴァトーリでは、グイドオ・レニの「聖セバスチャン」を遂に眼前にした幸のほかに（尤も写真版でかねて見ていたところでは、ゼノアにある同じ作品の複製のほうが、私は好きだ。写真版で見ても、この二つの間には微妙な違いがある）ルウベンスやヴェロネーゼや、仏蘭西のブッサンの作品が私を感動させた。

グイドオの「聖セバスチャン」の一つ隣に折衷派の師なるCarracciの「聖セバスチャン」があるので、門弟グイドオの耽美的な個性がいっそうはっきりする。その画風は、ある時代にはラファエルよりも上位に置かれたのであるが、今彼の名が一般的でないからと云って、その作品が低く見られる理由はなく、セバスチャン像も、大理石のような裸体に一切流血のえがかれていないことが、作品の古典的な美を一そう高めている」[34]

三島が相当思い入れ深くこの絵を眺めていることが判る。

グイド・レーニ

グイド・レーニとは誰か。エンサイクロペディア・ブリタニカによると、ローマ教皇の支配下にあったイタリア、ボローニャに一五七五年十一月四日に生を享けたグイドは、時代のエートスを深々と呼吸するように、バロック期の世界認識の中で画業をおさめ、神話学や宗教（カソリック）を主題とした古典礼賛の画風を確立、所謂ボローニャ派と呼ばれる一派に属する画家である。かなりの早熟であったらしく、十歳のときにはフランドル出身の画家デニス・カルファート（一五四〇？－一六一九年）の工房に弟子入り、やがて自然主義に新風を起こしたカラッチ家の主宰する画学校アカデミア・デリ・インカミナーティに入門（一五九四年）して、一五九九年には、二十四歳の若さで画家のギルドに迎え入れられた。ボローニャとローマを行き来しながら複数の工房を運営し、同時代の画家、ジョバンニ・ランフランコ、フランチェスコ・アルバーニらと親しく交わった、とある。その人となりは、貴族的でややもすれば専横的noble if somewhat tyrannicalであったという。[35]

いずれ「聖セバスチャンの殉教」図の制作者として、三島の生と死と緊密に関わることになるこの画家が、その生涯を通して、バロックの強い影響下にあったことを記憶に留めたい。

若くして世に出たグイド・レーニであった。その画業の中でも特に画期となったのは、時の教皇パウルス五世やその甥であるシピオーネ・ボルゲーゼ枢機卿の依頼を受けて制作した無数のフレスコ画であった。教会の礼拝堂《チャペル》を飾るためのもので、とりわけ一六一三―一四年にかけて制作した「曙《アウロラ》」はグイドの最高傑作として名高い。太陽神アポロと月の神セレネを兄姉に持つアウロラは豊満な肉体とブロンドの髪を持つ曙の女神、ここからも判るように、グイドは古典主義に劇的な構図を与え、理想化された優雅な人物表現をもって自らの画のスタイルとした。グイドがバロックの豊穣と古典主義の均斉、また神話学を融合させた代表作として、「アタランテとヒッポメネス」（一六二五年）があるがこれはマドリッド、プラド美術館に所蔵されている。

そのグイドが『仮面の告白』で三島に性的な啓示を与えた「聖セバスチャンの殉教」図を描いたのは一六一六年、画家が四十一歳の時のことだった。

グイドは脂がのりきっていた。夏の暑さも手伝って、めくるめくような土地との出会いを私は味わっていた。ひどく暑かった。港町を取りまく空気は湿っぽく容赦なく汗をあおり膚をさんざんヌメヌメさせた。太陽を浴びながら二つほど大通りを越え慣れない路地を幾度か曲がり、イタリア語が出来ないからとて地図を頼りにウロウロしているうちにやっとたどり着いたのは画を見たさの執念だろうか。先年、二〇一五年の九月に、私は海外出張でミラノを訪れ、そこから列車で一時間足らずの港町ジェノヴァまで足を伸ばして、パラッツォ・ロッソ（赤の宮殿）で「聖セバスチャンの殉教」図を見てきたのである。

石畳につらぬかれたガリヴァルディ通りの十八番地、人々がそぞろ歩く賑やかな通りに面して、館はあった。階段をのぼり、廊下を渡りしているうちに、画はその館の奥まったところからいきなり姿を現した。画は予想よりもかなり大きかった。薄暗い館の一角に、その画だけ、さながらあたりを払うかのように掛けられて、どこか青みがかった全体のトーンが館の深とした影と溶けあって、この画に描かれた男の悲劇的な運命を際だたせていた。ひと目見て、キリストを模したと判る若い男のモチーフ。がキリストと違うところは、この男が若く、むしろ美青年と言って良いほどに美しいことだった。三島が書くように「腰のまわりにゆるやかに巻きつけられた白い粗布」のほか身にまとうものは何もなく、ただ「両の手首を縛めた縄」と、ひとつは心臓の上、もうひとつは右の脇腹のあたりを貫いた二本の矢があるばかり。だがグイドの人間を優美に描くという画家としての方法意識がそうさせたのだろうか、半裸のこの男は瀕死の殉教者の息も絶え絶えといった様子はなく、むしろ全体にヴァイタルな、生の欲動が横溢しているように私の目には見えた。男は生きているのだ。目は天上を見ている。その目は神を見つめている。ここが篠山紀信が撮った三島の「聖セバスチャン」と異なる点と言って良いだろう。つまりこの殉教者は、モチーフとしては法難に遭ったあるキリスト者の悲劇を扱っているのだが、優美な人間を描くという画家の技法上の意図もあって、あたかもそれ自身「生」の側にあるかのような理解を見る者にうながすのだ。もっとも二本の矢が急所に刺さってはいるのだが。

背景はひたすら暗い。まるで嵐の前の静けさのように。だが殉教者の肉体にはバロック絵画の文法通り隅々まで光があてられており、強い明暗が強調されている。矢で射貫かれた肉体が際だって、殉教者の悲劇がことさらに強調される。

ここでひとつの疑問が頭をもたげる。

果たしてこの画はエロティックだろうか、という疑問が——。

ある疑問

『仮面の告白』によると三島はこの画を見て「最初の不手際な・突発的な「悪習」」に耽ったとある。

「その白い比《たぐ》いない裸体は、薄暮の背景の前に置かれて輝いていた。身自ら親衛兵として弓を引き剣を揮い慣れた逞しい腕が、さしたる無理もない角度でもたげられ、その髪のちょうど真上で、縛られた手首を交叉させていた。顔はやや仰向きがちに、天の栄光をながめやる目が、深くやすらかにみひらかれていた。張り出した胸にも、引き緊った腹部にも、やや身を撚った腰のあたりにも、漂っているのは苦痛ではなくて、何か音楽のような物憂い逸楽のたゆたいだった。左の腋窩と右の脇腹に箆《のぶか》深く射された矢がなかったなら、それはともすると羅馬《ローマ》の競技者が、薄暮の庭樹に凭《よ》って疲れを休めている姿かとも見えた」[36]

だが「その絵を見た刹那、」

「……私の全存在は、或る異教的な歓喜に押しゆるがされた。私の血液は奔騰し、私の器官は憤怒の色をたたえた。この巨大な・張り裂けるばかりになった私の一部は、今までになく激しく私の行使を待って、私の無知をなじり、憤《いきどお》ろしく息づいていた。……」

そして、

「……私の手はしらずしらず、誰にも教えられぬ動きをはじめた。私の内部から暗い輝かしいものの足早に攻め昇って来る気配が感じられた。と思う間に、それはめくるめく酩酊を伴って迸《ほとばし》った。……」[37]

エンサイクロペディア・ブリタニカは、ラファエロのフレスコ画と古代ギリシアの彫刻がグイドの芸術的インスピレーションの源であったと説明している。三十七歳で病没したラファエロ・サンティは妻帯こそしなかったものの、女性関係は派手で、寵愛した愛人のために基金を設立したという。そのせいか、ラファエロの描く女性は（ルネサンスの巨匠だからしごく当然だろうが）可憐で美しく、健全な性の対象であることを全身で寿いでいるかのようだ。

古代ギリシア彫刻について言えば、肉体の礼賛と劇的構成にその特徴があると言ってまず間違いないだろう。

グイド・レーニを稀代の芸術家にしたもの、それは、先のエンサイクロペディア・ブリタニカによると、静謐な作風と何よりも宗教的素材をたなごころにした構成力であるという。[38]

グイドは生涯独身を通した。

果たしてこの「聖セバスチャンの殉教」図は見る者に自涜行為をうながすほどにエロティックだろうか。

三島がもうひとりの翻訳者の助けを借りて訳出したガブリエレ・ダンヌンツィオ作の戯曲「聖セバスチャンの殉教」の、やや題材に肩入れしすぎたとも読めるあとがきによると「聖セバスチャンの実在性は、はなはだ疑はしい」そうだ。

「カトリック聖人伝によると、西暦紀元三世紀、フランス人を父とし、イタリア人を母としてフランスのナルボンヌに生れ、幼いころに洗礼を受け、長じてのち、迫害の同信の徒にすこしでも便宜を与へたいとの念願から、わざと身を軍籍に置き、しばらくローマ市に勤務してゐたが、武勇伝にすぐれ、しばしば輝かしい軍功を立てて、ディオクレチアヌス皇帝の目にとまり、名誉ある親衛兵第一隊隊長に任命」[39]と三島は解説する。だが、仲間のキリスト教徒に手をさしのべていた行為が皇帝の知るところとなり、皇帝より死刑を宣告、「アフリカのヌビア人に弓矢で射殺されることになつた」。セバスチャンは「処刑後、息絶えたものとして放置された」が、「夜半遺骸を葬りに来た信女イレーネによつてまだ息のあることを発見され、その手当をうけて蘇生」する。だが「回復匆々、ふたたび、太陽神像（ヘリオガバルス）参詣途上の皇帝の前に立ちふさがつて弾劾したので、棍棒で打ち殺され、屍は放水路に投げ込まれた」――というのが聖セバスチャンの殉教の三島によるあらましである。西暦二八八年のことだった。……ローマ皇帝に歯向かったからセバスチャンは殺された。だがこの伝説を裏付ける資料はどこにもない。[40]

グイド・レーニが「聖セバスチャンの殉教」図をほとんど半裸姿で描いたのは、美術史的に読めば、ルネサンス以降の人体美を強調する画法の流行とグイドに霊感を与えた古代ギリシア彫刻の影響を指摘すべきであるだろう。三島も、「美術史上、セバスチャンがはじめて身に纏つたものをかなぐりすてて裸体になるのは、その伝説上の死から実に千二百年後、十五世紀以来のこと」と述べ、ルネサンスを経て裸体になったこの肖像画の新たな「創造の奇跡」を書いている。

そして、「それはすでに、若い、ゆたかな輝かしい肉体、異教的な官能性を極端にあらはした美青年の裸体となって生れ、さまざまな姿態で、あるひは月桂樹の幹に、あるひは古代神殿の廃墟の円柱に縛しめられ、あるひはローマ軍兵の兜や鎧をかたはらに置き、あるひは信女イレーネに涙を注がれ、あるひは数本の矢、あるひは無数の矢を、その美しい青春の肉に箆深《のぶか》く射込まれて……」というように、範囲を思いきり拡げて、いささか過剰な意味づけを行っている。

三島はセバスチャンを半裸にしたものとしてルネサンスの原理を半ば肯定半ば否定し、そのエロス（官能性）の源を、「美しい肉体に無数の矢を射込まれて殺され」たという伝説、つまり「三世紀以来セバスチャン伝説の中に隠されていた秘儀」に求めている。そして、こう結論した。「すなはち、この若き親衛隊長は、キリスト教徒としてローマ軍によつて殺され、ローマ軍人としてキリスト教によつて殺された。彼はあたかも、キリスト教内部において死刑に処せられることに決まつてゐた最後の古代世界の美、その青春、その肉体、その官能性を代表してゐた」と。[41]

グイド・レーニは生涯妻帯しなかったが、グイドが同性愛者であったという証拠はない。例えばKindle判"Masters in Art: A Series of Illustrated Monographs Guido Reni"を当たってみても、グイドの隠微な嗜好に結びつくような記述は見当たらない。――グイド・レーニは、果たして同性愛者であったのか。ふくよかな唇、何かを求めて訴えかけるようなまなざし、こんもりと盛り上がった柔らかい胸板とくびれた腰……身体の隅々までなめ尽くした光によるトルソーの雄弁な語り……人体の美しさをことごとしく強調するグイドの筆は確かに男性のエロスを余さず伝えてくる……その官能性を。……それだけに、画家は同性愛者であったのではないかという、疑いと言うよりむしろ心騒ぐような想像が、この画を見ているうちに、ふと、頭をもたげてくるのも否めないところなのだが。

この問に対する答は、むろん四百年余りを経ての想像である以上、弱い光を頼りに暗い洞窟を覗くのにも似た、無謀な試みに等しいが、先の"Masters in Art Guido Reni"に見られる次の記述が案外、正鵠を射ているかも知れない。
以下の通りだ。

聖セバスチャンは実在したか

サン・セバスチャンは、伝説によると、ディオクレティアヌス帝のもと、帝を警護する近衛兵の一団を指揮していた眉目秀麗な若者で、帝にとりわけ寵愛されていた。ところがセバスチャンは密かにキリスト教に改宗し、ふたりの友人がその宗教のかどで拷問を受けるや、私もキリスト教徒なのですと明かして、ふたりに堂々と死ぬようにうながした。すると帝は、自身この若者を愛していたにもかかわらず、これを樹にくくりつけて弓を以て殺すようにと命じられた。判決は実行に移され、セバスチャンは遺体のまま捨て置かれた。だが若者の友人たちが遺体を引きとりに来てみると、明らかに若者はまだ息をしている。そこでキリスト教徒で未亡人だったイレーネがこっそり手当しているうちに、かれは息を吹き返したのである。だが、回復するなり、セバスチャンは、友人らの懇願の通りローマから逃げ出すどころか、勇敢にも帝の宮殿の門さして出張っていく。首都を目ざして通りを往くディオクレティアヌス帝にむかって、「私はセバスチャンです。神は私をあなたの手より取りあげて、イエス・キリストへの信仰を証明しその僕のために弁護するようはかられたのです」これにディオクレティアヌス帝はいたく立腹され、棍棒を以て円形競技場で打ち殺すようにと命じられた。命令は実行された。[42]

「想像すれば解ることだが」と、同書は「聖セバスチャンの殉教」図と画家とのつながりについて、こう筆を費やしている。

「この風変わりな伝説はあまたの画家に魅力的な主題をもたらしたが、とりわけグイドにとってはそそられる画題であった。というのも、若い盛りのアポロ的な人物を描写する機会を、これが与えてくれたからだ。(外見の美しさ、洗練された模範的な人体表現)それでいて恍惚とも窺える苦痛のもがき――そのコンビネーションは、画家の手に掛かれば、間違いなく、感情に強く訴えかけるものだった」そして「グイドはこの構図を、ディテールを少しずつ変えながら、少なくとも七回、描き直している」[43]

セバスチャンが落命した西暦二八八年は、ディオクレティアヌス帝の在位四年目、帝四十四歳の時にあたる。恐らくこう言って良いだろう。グイド・レーニ作「聖セバスチャンの殉教」図に見られるある種の官能性は、グイドのセクシュアリティ(性的嗜好)の発露というよりはむしろ、ディオクレティアヌス帝が寵臣セバスチャンへ寄せた「愛」のグイド的な表現であったと。ディオクレティアヌス帝はセバスチャンを「愛して」いた。そのことはもちろん画家もよく知っていた。セバスチャンの「見られる者」としての美しさ、「求められた者」のみがあたりに匂わす独特の「エロス」は、帝による寵臣セバスチャンへの思いを画家グイドが解釈して筆にした、画家なりの「愛の賛歌」

であったと。帝にはプリスカという后がおり、ガレリウス后ウァレリアという娘もあった。帝のセバスチャンへの「愛」が性的なものであったかどうか、ここからはもうひとつ解らない。だが、こんな解釈はどうであろうか――西暦二八八年における帝のセバスチャンへの「愛」は一六一六年という偏光レンズを経て、三島が自涜した（と主張する）一九三八年に三島の言う「官能性」にかたちを変えて、いまわれわれの目の前に現れているのだ、と。

時代を降るにつれてセバスチャンの発するエロスは強度を増してくる。いまインターネットで容易に知ることが出来る数多の画家らによる「聖セバスチャン」図像はそのイメージがいかにエロティックになっていったかをありありと伝えるものだ。それはどうしてだろうか。なぜ「聖セバスチャン」図像は男性を「見られたる者」として客体化しその対象となった男性のエロスを発散しているのだろうか。なぜかというと――これはいまの私がとりあえずたどり着いた解釈なのだが――そのそもそもの始めには、ローマ皇帝ディオクレティアヌス帝が寵臣へ寄せた「愛」があったから――そう私には思えるのである。

この「聖セバスチャンの殉教」図像は時代を経てさまざまに意味を変え遂には'a homo-erotic icon'のイメージを身に纏っていく。ペストの守護聖人、軍人と運動家の守護聖人、セバスチャンをめぐる言説はくるくると巡り――もっとも「殉教」から千七百年余り、グイドの画の制作からもすでに四百年を経ているというこの長大な時間は弁えておかなければならないが――それなりの理由を得てそれなりの寓意性を帯びている。中でも、私のように三島を書く者にとって無視できない説として、所謂、同性愛者の守護聖人説なるものがある。

洋の東西を問わず、何人もの評者が、聖セバスチャンを同性愛者の守護聖人と見なしてきた。若く美しい未婚の青年、時の権力者に逆らって命を落とした悲劇の人……「聖セバスチャン殉教」図は確かに性的なまなざしで見つめられ、そこから物語へとつながる寓意性をおびる要素に満ちているかに見える。果たして――

だが、聖セバスチャンが同性愛者の守護聖人になったという説については、私ははっきり否の立場を取る者だ。以下、イギリス「Independent」紙電子版二〇〇八年二月十日号から「欲望の矢」と題された記事の一節を引用すると――。


「……14世紀末ころから、中年のセバスチャンはイメージチェンジを果たす。顔を覆っていた髭、皺、死をあからさまに匂わせる兆しはこの画からさっぱり一掃された。

（中略）だがそれだけでは、なぜセバスチャンは400年以上にもわたりゲイの聖人としての時間を過ごしてきたのか、という問への明快な答として、どうにも辻褄が合わない。かれセバスチャンの（性的）アピールについては、それを論じようとする人の数だけ、説明があるのだ」


と振った上で「Independent」紙はこう話を継いだ。

「三島由紀夫――日本の作家にして徹底したサド・マゾヒスト――はセバスチャンの殉教を苦痛に満ちたエロティックな快楽のシンボルと捉えた。（以下略）」[44]

また、グイドが描いた七枚の「聖セバスチャン殉教」図のうち一点を所蔵するスペイン国立プラド美術館の公式サイトは、パラッツォ・ロッソ所蔵の「聖セバスチャン」（『仮面の告白』に登場する聖セバスチャンである）について、このように解説している。

三島由紀夫の自伝的小説『仮面の告白』（一九四九年）の中で、作者はこの画の複製をひと目見るなり、みずからの性を見つめ直す航海へと旅立つのである。……[45]

かいつまんで言えば「Independent」紙もプラド美術館も「聖セバスチャン殉教」図のhomo-eroticな寓意性を証し立てる証拠として、ともに三島の「仮面の告白」の記述に拠っている。これは裏を返せば、三島以上にこの画のhomo-erotic性をあからさまに論じたてた文献が見当たらないからであるだろう。

これがひとつの理由なのだが、もうひとつ、私が先の同性愛者の守護聖人説に頷けない理由として、一六一六年にこの画が産みだされるに至った来歴の問題がある。

先に引用した通り、エンサイクロペディア・ブリタニカは、画家グイド・レーニを「バロック期の世界認識の中で画業をおさめ、神話学や宗教（カソリック）を主題とした古典礼賛の画風」を確立したと述べている。この記述がその通りであることは、他ならぬグイドの作風が一貫して古典（ギリシア神話）とキリスト教的な（つまりカソリックの）世界観を再現したものであることから、疑いない。

グイドは、つまり、バロックの人である。グイドは「聖セバスチャン殉教」図を、いま知ることが出来る画家の履歴から推してまず間違いなく、時のキリスト教会の依頼を受けて制作している。ボローニャかローマかははっきりしないが、それは問題ではない。なぜならどちらもローマン・カソリック（ローマ教皇領）であるからだ。そして、言うまでもないことだが、カソリック教徒にとって同性愛は何としてでも避けなければならない忌むべき重い罪である。もし信徒が罪に堕ちたら、それは断じて気取られてはならない。みずから破戒僧となったことをあからさまには出来ない。だから、非キリスト者であったディオクレティアヌス帝のセバスチャンへ寄せる「愛」が万一homo-eroticなものであっても、画が教会の依頼を受けて制作されたカソリックの聖人の「殉教図」である以上、そこには微かにもエロスを匂わせてはならない。それは禁忌なのだ。

「聖セバスチャン」は、この通り、同性愛者の守護聖人などではあり得ない。カソリックの世界観を思うと、それはほとんど意味するところを伝えないある種の形容矛盾である、と言わざるを得ない。にもかかわらず、グイドの殉教図をさして「物憂げなエロティシズム」languid eroticismとプラド美術館は呼び、「Independent」紙も――かなり奔放な言葉遊びに満ちた言い回しを使ってはいるものの——「400年以上にもわたりゲイの聖人としての時間を過ごしてきた」としているのは、制作からすでに四百年もの歳月を経たこの画がさまざまな目に触れて再解釈され読み換えられていった結果と言うべきだろう。そしてその「読み換え」の中心にいたのが、この画を見て自流した自伝小説の中で赤裸な告白をした三島その人なのだ。

エロスの裏にあるもの

いつの時代も民衆は口さがないものである。そんな民衆の冗談口のたぐいとして、同性愛者の守護聖人とはやされたことはあったかも知れない。ある時期から半裸の男性をおおやけに飾ることを厭った教会がこの画を奥深くに隠したこともあったようだ。オスカー・ワイルドやテネシー・ウィリアムス（ともに同性愛者とされる）はセバスチャンをさして「昔日の稚児」a late-antique rentboyと呼んだ。だがそれこそ冗談口と言うべきだろう。この画から立ちこめるイメージがどれだけhomo-eroticなものであっても、それはカソリック世界——特にバロック期の——からはほど遠い架空のイメージである以上、そのエロスには取り立てて云々するほどの意味はない。それは、画家グイド・レーニの詐術である。

「聖セバスチャンの殉教」図の発する幻像（エロス）はディオクレティアヌス帝の寵臣へ寄せる「愛」の表現であった。いま私の手元にある「キリスト教図像辞典」を紐解いてみても、「古代にはペストがアポロンの矢でもたらされると信じられていたので、(そこから復活した)セバスティアヌスはこの死病に際してよばれる主要な守護聖人である」[46]とあるのみで、男色についての記述はない。帝が寵臣に寄せる「まなざし」が「見られる」客体としての男性像という、ある種複雑なイメージをこの画に与えている。そして、実はここからが重要なのだが、三島の人間理解、三島事件の心的機序の解明という本書の主題からすると、この「見られる」客体としての男性像という「聖セバスチャン殉教」図像が発するより本質的なイメージこそが、ゆるがせに出来ない意味を持っているのだ。

よく知られている通り、三島はみずから聖セバスチャンとなって、縄に縛められ矢で撃たれたその殉教のイメージを篠山紀信に撮らせている。その姿がグイド・レーニ作「聖セバスチャンの殉教」図の鏡像となっているのは、画が作家の自我に与えた影響が小さからぬものであったことを物語っている。この画が三島の本質を強く揺さぶったのは、それは、無数の矢を浴びながら再生したという殉教者のイメージ、いわば生と死を往還した殉教者のイメージが、すでに書いたように、心中深く死を孕んだ作家の琴線に触れたということはあっただろう。また三島の生(と、おそらくは性)を覆い尽くしていた自己愛、自己承認欲求を「ひとに・見られる・美しい・若者」という聖セバスチャンの姿が満たしてくれたことも否定できない。先に引用したように「真に人間的な作品とは「見られたる」自然である」と――面白いことに――三島は言った。また三島はみずから第三の処女作と位置づけた、川端康成との親交を結ぶきっかけになった短編「煙草」で、上級生に言われるがまに煙草を吸い、「家へかえってから」「悔恨」と「罪の怖ろしさ」に苛まれる語り手の「感情の澱み」を事細かく書いている。

――「明くる日、学校へ出て見ると、私は今までとちがった目で凡てを見ているような気がした。何がもたらした変化であろう。どうもあの一本の煙草しか私には思い当たらない」[47]

幼児期コンプレックス

三島はみずからの分身である語り手の「長崎」を「お、お稚児さんか」と貶めた。これは、若い三島が自身の性格を色づけていたある傾向、つまり自分は強い誰かの尻尾に付き従う「受動的人格」なのだという内心のコンプレックスを自覚し、羞じていたことを証し立てていると言えるだろう。「煙草ぐらいのんだことがありますよだ」と「長崎」は精一杯の虚勢を張った。侮られたくない、「一人前の「男」と「見られたい」という三島の内面がこれほど端的に表れた一文があるだろうか。幼い自分を羞じる心、いま三島を書く私だけではなくどんな人の心の中にも密かに眠っている「幼児期コンプレックス」とでも言うべき心性を、痛ましいほどに「益荒男ぶり」を人生の晩年にあって突き詰めたこの作家は持っていた――それは悲しいほどに。

人が大人になるとは、この「幼児期コンプレックス」を出来る限り反転させたいと願うモメンタムなのであろうか。作家の福島次郎は三島との交流を示した小説『剣と寒紅　三島由紀夫』を書くに当たって「同性愛」をライトモチーフとしている。この作品の内容について、その真贋は今は問わない。ただ、同性愛と性の受動性とはある意味であざなえる縄のような、宿命のようにまとわりつくものであると、思わされるばかりだ。そして分身に「お稚児さん」呼ばわりをさせた三島が何より羞じていたのは、同性愛ではなく、むしろこの受動性、受動的人格の方だった。

「聖セバスチャン」は三島にとって「憧れ」の対象だった。死を内包した生の象徴として、容易に「自己」を投影できる対象として、そこに投影した自己に深く没入出来たからこそ。だからこの画を見て、三島は自涜できたのだ。

三島由紀夫の美的好み

遺跡であれ、彫刻であれ、絵画であれ、三島にはどこかに鑑賞者である自分自身の姿を投影し、そこに投影した「自分自身」に感動しているフシがある。対象の中におのれの姿を探りあてて——もっとも複雑に分裂した作家の自我を思うと、その対象もバラバラに砕け散っていたりするのだが——その「自分」に恋をするといったところが。三島は「眷恋の地」ギリシアでアクロポリスを見た幸に酔い、ローマでは一見それぞれに関連性のないルネサンス美術を眺めやって、あるものは無視し、あるものは、次のように、好意的な評価をしている。例えば、ローマ滞在二日目に訪れたテルメの国立美術館で、「首と左腕と右腕の下膊」が失われた「母のヴィナス」像を見て「その美しさは見る者を恍惚とさせずには置かない」[48]と書いている。

その「母のヴィナス」が具体的にどれなのか。表紙カバーの写真を参照されたいが、ほぼ原形を留めないほどずたずたにされたこの前五世紀の彫刻をさして「何という優雅な姿」「清冽な泉のような襞」と評し、「右の乳房はあらわれており、さし出された左の膝は羅《ヴェール》を透かしてほとんど露わである。その乳房と膝頭が、照応を保って、くの字形の全身の流動観に緊張を与え、いわばあまりに流麗にすぎるその流れを、二つの滑らかな岩のように堰いている」云々と、さもぞっこんの描写をしている。この一文を読まされると、三島を恍惚とさせたのは、その彫像の流麗さというよりはむしろ「死して再生した」その崩壊振りにあったのではなかったか、という思いが湧き起こってくる。

もう一つ三島を感動させた「ヘレニスティック時代の逸品……私が詩人でないことを思い出させて、私を大そう悲しませた」「眠るアリアドネー」は、えぐり取られた若い女の頭部がゴロリと安置された、(眠ると言うより)すっかり死んでいるかのような、死の象徴のような作である。「と云っても偶然がその頭部だけの断片に小品の完全さを与えたのであったが」と、三島はこれを称え、ドビュッシーの音楽、マラルメの詩とまで褒めている。その上でアリアドネーをめぐるエピソードを披露する、その三島の美的好みは、喪われたものをいつまでも愛玩する老婆にも似た愛惜の念いに満ちている。……

この頭部をさして三島は「この若妻の閉ざされた瞼には、しかも死の不吉な影はいささかもなく、深い温かな平安が息づいている」と書く。「崩壊」を良しとする心性が三島にはあった。

三島には、少なくともアクロポリスやデルフィ遺跡、ローマで見たルネサンス美術の好みから判断する限り、死を孕んだみずからを投影できる対象のみを選んでそこに深く没入するといった傾きがあった。「聖セバスチャン殉教」図像にあって「死」を匂わせるのはもちろん肉体を貫く二本の矢だが、射貫かれたセバスチャンが見つめるのが天、すなわちイエス・キリストである以上、それはあくまでイエスとの一体感を示すものと読まなければならない。そこに性愛を見たのはキリスト教美術に対する、その時点での、無理解と考えるほかない。

三島には死を孕んだみずからを投影できる対象のみを好ましいと肯んずる特異な（と、いう他はない）美的傾向があった。つまり対象の中に死を見るのだ。そしてその「死」＝「崩壊」をことのほか美しいと感じると言ったような傾向が。

ポルトガルの首都リスボンに十二世紀末のことだがフェルディナンドという少年があった。父のマルチノ・デ・プロネスは貴族で羽振りの良い将校、その子フェルディナンドも将来を約束された若者であったが、世俗での生活よりもキリスト者として研鑽を積みたいとこころざして、リスボンの大聖堂付の学校へ通い、やがて聖アウグスチノ会に入会した。フェルディナンド十五歳のときのことである。やがて少年は両親の元を離れ、修道院で善行を積んで司祭の資格を得、名もアントニオを名のるようになる。この、瞑想と布教に一身を捧げた、善意にあふれ弁舌の才に恵まれた若者は、やがて列聖され、聖アントニオという聖人となる。――これは数あるキリスト教の聖人列伝中でも有名な話で、かれの保護を受けたいと願う信者はいまでも数多いという。

やがてアントニオはアウグスチノ修道会を離れて聖フランチェスコにつき、宣教師としてアフリカへ渡る。ほどなく病を得て帰国、それからはフランチェスコの信頼を追い風にしてその「弁舌の才」「驚くべき説教の力」[49]を存分に活かして教義の伝授、異端者の改心に尽くし、一二三一年六月十三日に三十六歳の若さで昇天した。

キリスト教では信徒を示す象徴として「魚」が好んで描かれる。ミラノのサンタ・マリア・デッレ・グラッツィエ教会の壁画、レオナルド・ダ・ヴィンチの名作「最後の晩餐」でイエスと十二使途が喫しているのも魚料理である。だからボルゲーゼ美術館でティツィアーノの「聖愛と俗愛」(神聖な愛・異端の愛)とともに三島の「心を最も深くとらえた絵」、ヴェロネーゼの「聖アントニオ魚族《いろくず》に説く」の主題は、弁舌に長けた聖人アントニオが大勢の信徒を前に教義を説き、神の道を示そうという、説法者と聴聞者の喜悦の瞬間をとらえた栄光にあると言える。「私の心を最も深くとらえた絵」このルネサンス絵画の凡作をさして三島はそう称えた。こういう読みはどうであろうか。すなわち、この作、ティツィアーノの「聖愛と俗愛」(神聖な愛・異端の愛)とともに三島を感動させたこのヴェロネーゼの筆になる「聖アントニオ」の、魚ども＝信徒を導かんとするイメージは、あの日、陸上自衛隊市ヶ谷駐屯地のバルコニーで仁王立ちして陸自隊員らに道を説いた三島の姿と重ね合わせて見ることは出来ないだろうか。それはあまりに突飛だろうか。

三島にはどこかに鑑賞者である自分自身の姿を投影し、そこに投影した「自分自身」に感動しているフシがある、と先に私は書いた。対象の中におのれの姿を探りあててその「自分」に恋をするといったところが。この画を見たとき三島は二十八歳、天皇と恋闕し、自衛隊員に憲法改正を説きクーデターを唆すまでには、まだ十数年の時の隔たりはあった。三島の「日本回帰」はまだ先のことである。だが三島には憧れがあった、上級生に言われるがままに煙草を吸い、「お稚児さん」呼ばわりをされてもそれに従ってしまう自分、人に従属してしまう自分ではなく、叶うならば心身の両面でもっと「雄々しい」自分でありたいといった憧れが。

さて三島は書いている。「ヴェロネーゼのこの絵は、画面の半分が茫漠たる神秘な緑の海に覆われている。その構図はまことに闊達で聖人はじめ多くの人物は右半分、それも右下半部《ママ》にまとめられており、魚たちを指さす聖者の指先が、漸く画面の中央に達している。聖者の胸に飾られた白い花は海風にそよいで、愛すべき抒情的な効果をあげている」[50]と。

この画に注がれた三島の憧れは、まだ作家自身それとは気づいていないであろうが、三島にとってはある種の「原風景」＝こうありたいと願うプロトイメージをなしたこと、この点については間違いないように思われる。

グイド・レーニの「聖セバスチャン殉教」図は同性愛をうかがわせる要素はない。表象的に見て決定的なのは、セバスチャンが鑑賞者の視線を外して「天」を見つめていること、これがすべてである。試みに、インターネットで「聖セバスチャン」の画像を検索してみても、グイド作を含むどのセバスチャンも（三島自身の写真も含めて）天を見つめている。このことによってセバスチャンの聖性を表現している。（ひとつだけ、イギリスのゲイ雑誌「reFRESH」誌の表紙だけは正面の読者と目と目を合わせているが）また作者のグイド・レーニは生涯にわたり妻帯しなかった。先の「Independent」紙によると、グイドは「婦人がモデルになると、とたんに「大理石と化した」」。そして「55歳になるまで母親と暮らし、母親が亡くなった後は女性を家へ上げることを断固として拒み、洗濯女が自分の洗濯物を触ることさえ許さなかった」という。[51] だが同紙は「同時代を生きたカラバッジョとは異なり、グイドは同性愛者としての一面はなかったようだ」としている。だからここで改めて問わなくてはならないものは、聖セバスチャンのhomo-eroticな表象ではなく、むしろ「見られる・客体としての・男性像」というこの画が鑑賞者との間に切り結んでくるより本質的な意味合いの方なのだ。

「見られる」作家

いわゆる「日本回帰」してから以降の三島は、何度となく、鑑賞者にみずからの肉体を「見せて」いる。ざっと振り返ってみると、一九六〇年には増村保造監督の映画『からっ風野郎』でヤクザ役を演じ、一九六三年には写真集『薔薇刑』（撮影細江英公）で被写体となる。

一九六六年には自作を映画化した短編映画「憂国」（監督三島由紀夫）で主人公を演じ、一九六八年には篠山紀信を撮影者にしてみずから聖セバスチャンに扮して写真を撮らせている。

こうして見ると「見られる」三島にはどこか「こう見られたい」という願望があった、と思われる。だが、それ以上に、「自分」という具象を徐々に崩壊させて、より抽象的・象徴的、かつ「死」を経て「再生」へと向かう行程（コース）を意図的に選び取ろうとする、強い意思めいたものが感じられる。そうも言える。

これらの企画はそれぞれ個別に持ち上がったもので、演技者である三島の計略ではないだろう。だが、三島の盛名が上がるにつれてその発するイメージがやがて焦点を結び、三島というと「これ」といった一般意志が形作られたとは、言って言えるかも知れない。

世の中からはぐれた一匹狼から肉体をとことん抽象化し・崩壊させた「薔薇刑」の自己像へ。二・二六事件外伝とも言うべき自作映画「憂国」ではみずからの血と臓腑をさらし、そうかと思うと篠山紀信の写真では「殉教者」のイメージを身に纏う。その行程――「見られる」三島像の変遷――は身体の虚弱であるがゆえに旧陸軍に嫌われて、その結果として「死」と「生」が曖昧な存在論的苦悩を抱えやがて肉体の鍛錬へと向かった作家の道行きと、不思議と符合すると思えるのだ。三島にはおびただしい彫刻を崩壊させた「眷恋の地」ギリシアの「死体」の、その崩壊を孕んだ肉体を我が物にしたいという欲望があった。

「薔薇刑」から「聖セバスチャン」へ

写真集『薔薇刑』の企画が立ち上がったのは一九六一年のことだった。始まりは三島の側からのアプローチだった。舞踊家土方巽を撮影した写真集『おとこと女』を三島が気に入り、自身の評論集『美の襲撃』の口絵写真を依頼しようとしたのだ。細江英公と助手の森山大道が三島邸を訪れると、三島は果たして日光浴をしているところだった。慌てて服を着ようとする三島を抑えて、細江は傍にあった散水用のホースを持ってきてそれで三島をグルグル巻きにして、その揚げ句、何枚か撮った。

「一体これは何を意味してゐるんです」と三島が訊くと、細江はこう答えたと言う、

「偶像破壊ですね」

「へえ、そんなら、僕なんかやつつけたって仕様がないぢゃないですか。第一僕は偶像ぢゃないし、第二に、自分で自分をいつも破壊しようとしてゐる人間だ」[52]三島は「それなら佐藤春夫にゴムホースを巻いたらいい」と笑ったそうだが、どのような時代がこれから始まろうとしているのかを窺わせるエピソードである。

そうして出来上がった写真集は、いまだに復刻版が発刊され、国内外で高く評価されている。装幀者も杉浦康平、横尾忠則、粟津潔と遷り、それぞれ高値で取引されている。それはもちろん細江英公の写真の力によるものであるが、「被寫體」となった三島の身体にへばりついた、東洋とも西洋ともつかない異教的・背徳的なイメージ、死の中に生があるかのような二律背反した存在感、背

景にちりばめられたルネサンス絵画によるアンチモダンなムード、ロケ現場となった三島邸の疑似西洋的・疑似古典主義的な環境（装置性）……などが多重露出の効果と相まって、主題である「三島由紀夫」の怪異な面をぞんぶんに惹きだしたからだろう。主題は多層的だが、どの一枚を見ても「複雑な彼」三島の何ものかが浮かび上がってくる。

いま私の手元にある粟津潔装幀版『薔薇刑』の、細江英公による撮影ノートを読むと、「偶像破壊ですね」と言った細江の受け答えはむしろ「思いつき」であったようだ。だがここから「破壊は創造につながる」といった着想が産まれ、三島の「好むモノはすべて撮影の対象とし写真の中に登場させ」るという撮影プランが生まれる。「今まで全く知られない三島由紀夫像をぼく（細江）なりの写真術で構築」するという、『薔薇刑』の真の主題がこうして浮き上がってきた。つまりは存在を剔出するということだろうが、そこに出現したのが「存在」以上に崩壊の「匂い」であったのは、これまで論じてきた三島の「在り方」を写真という次元で証し立てているようで、なかなか面白い。

すでに示したように、三島は人生のある時期からおのれの姿を無数の目に晒し、「見られる」自己を表出することを繰りかえしてきた。おのれを大衆の目に晒してきた。それは何故か？　三島を書く者として私なりの答をその問に与えるなら、三島はかれの恋したギリシア彫刻になりたかったのだ。太陽の光を一身に浴びてそこに甦っている美と再生の象徴に。それをなぞりたかった。崩壊はしていても見事に再生している古代の彫刻の、その「輪廻転生」のメカニズムの中に自分という存在を位置づけたかったのだ。「見られる」ことによっていまに甦っているその再生の有り様を我が物にしたかったのだ――これが「見られる」ことを選んだ三島の心の中に根付いていた動機である。『ローマ人の物語』で知られる作家の塩野七生はギリシア人やローマ人にとって「裸体」がどんな位置づけをされていたのかについて、こう書いている。「ちなみに、人間の見事な裸体くらい美しいものはないと信じていたギリシア人とローマ人は、これほどの価値は神にのみ捧げられるべきと考えていたので、彼らの神々は全員が裸体で表現されている」[53]

いくつかの謎がこれで解ける。

「それゆえに」と続けて塩野はこう書いている、「死後に神格化された皇帝たちも、裸体で表現される。裸体姿の皇帝像があれば、それはその人の死後につくられたということだ。生きている人は、必ず着衣姿で表現されるのだ」[54]

多くの人が、特に後期の三島について思うとき、そのイメージはかれの「裸体」であるだろう。そのことを当の三島が意識していたかは問題ではない。理解や認識とは多くは連想によるのだ。いま手元の『薔薇刑』をパラパラ繰ってみると、そこに撮られている三島の写真は、(褌姿を別にすれば)二枚を除いてすべて全裸である。

写真を撮るにあたって、

細江「ではぼくの勝手に撮ればいいのですね」

三島「ぼくはあなたの被写体になるから、好きなように撮って下さい」

というやり取りがあったというから、これはすべて細江の演出であった。そして「裸体」は、塩野七生の説明の通りだとすれば、「死」を意味している。この『薔薇刑』が企画されたその時点で、三島の裡にあった「欲動」は、これまで書いてきた通り「死」を欲しつつ「再生」したい、「死」と「生」を往還したいというものだった。その三島の存在論的な理想我、すなわち他者によって「見られた」三島の自己イメージを細江が正しく捉えていたことが、ここからも理解しうる。

三島を見る細江の眼は確かだったと言うべきだろう。


右に書いた事情は、どうも一九六八年に篠山紀信が撮った「聖セバスチャン殉教」では一転したようだ。誰をモデルにするか「僕にはせいぜい拒否権があるくらい」と篠山紀信は言っている。そして、篠山紀信の写真展を開催した横浜美術館の学芸員はこう付け加えた。三島版「聖セバスチャン殉教」の撮影は写真家の「意のままにならなかった度合が最も高い写真」[55]であった、と。裏を返せば三島の意が最も反映されたのが、この「聖セバスチャン殉教」であったとも言える。

『薔薇刑』が撮影されたのは、細江の撮影ノートや既出の『三島由紀夫「日録」』、『決定版三島由紀夫全集42年譜・書誌』によると一九六三年九月六日頃のこと。当時三島は、東京都知事選を扱った『宴のあと』裁判が係争中であったものの、妻帯し（一九五八年六月）、白亜の自邸も完成し（一九五九年五月）、子供を授かり（一九五九年六月）と、落ち着いた時機にあった。一九六一年の四月には剣道初段となり、すでに肉体の鍛錬に取りかかってはいたが。

一方、篠山撮影「聖セバスチャン殉教」の時、三島は激動の季節を迎えていた。

『決定版三島由紀夫全集42』等から、以下、このあたりの動きを追ってみると——

やがて「楯の会」の参謀となる山本舜勝とはすでに前年の一九六七年末に面識を得ている。翌六八年一月には「祖国防衛はなぜ必要か?」を発表（タイプ印刷によるパンフレット）、二月二十五日には右派機関誌〈論争ジャーナル〉事務所（銀座・小鍛治ビル育成社内）で民族派学生十数名を集めて血盟状を作成（後、焼却）。三月一日には陸上自衛隊富士学校滝ヶ原分屯地で、いよいよと言うべきだろう、一ヶ月におよぶ第一回目の体験入隊を果たす。

四月上旬には祖国防衛隊の制服が完成、五月五日には「文化防衛論」を脱稿。

民族派学生組織である日本学生同盟（日学同）とも活発に交流しているが、既出の山本舜勝との関わりに関しては、ここで改めて特筆しておかなければならない。陸上自衛隊北部方面総監部第二部長（一等陸佐）、統合幕僚会議第二幕僚室班長を経て、当時、陸上自衛隊調査学校情報教育課長を務めていた山本は三島らが体験入隊中の三月には富士学校を訪れ、五月末には東京・目黒区の旅館、市ヶ谷某所ところを変えて三島および祖国防衛隊の中核要員を前に集中講義を行った。テーマは北朝鮮工作員の遺体が秋田県能代市の浜に漂着した能代事件と、潜入、情報連絡等の座学であったが、やがて張り込み・尾行・変装等徐々に実践形式へと移っていった。

祖国防衛隊の資金集めのため、日経連の理事らと面談を重ねたのも、この頃のこと。六本木の防衛庁周辺で街頭訓練を繰りかえすなど、その姿は、外遊し、太陽を浴び、絵画や彫刻を愛でていた三島とは一変していた。

自我がそれだけ嵩じてきたということだろう。

三島の日常は、その日を期して、あたかも目的から逆算するかのような緻密さを示すようになる。六月には付き合いの深かった出版社が事実上倒産、代理人を通して債権の即刻支払いを三島は求めるが、それも資金繰りを思ってのことだった。

後年市ヶ谷でともに自刃することになる青年とは、すでに一九六七年六月には面識があったが、六八年六月にこの青年を初代議長に結成された全日本国防会議の結成大会で、三島は万歳三唱をしている。

翌七月〈中央公論〉に「文化防衛論」を掲載。陸上自衛隊への第二回体験入隊は七月二十五日から八月二十三日まで。この間、八月十一日には剣道五段の試験に合格した。(但し、登録はしなかった)十月五日には祖国防衛隊を改めて「楯の会」を正式に結成。そして二週間後の十月二十一日に、あの国際反戦デーがやって来る。激しいデモが各所で暴発し、左派学生らによる熱波がそこかしこで疾走した所謂「新宿騒乱」である。その同じ夜、六本木の小料理屋で澁澤龍彦主宰の雑誌「血と薔薇」の打ち合わせ。その巻頭グラビア写真、写真家に篠山紀信を得ての「聖セバスチャン殉教」は、こうした文脈の中で撮影されたのである。

このことは記憶されなければならない。『仮面の告白』で三島（十三歳の平岡公威）がこれを見て自涜したというグイド・レーニ作「聖セバスティアンの殉教」図は、これは三島の中では「エロス」そのものだったが、三島の精神はその後拡張を続け、『アポロの杯』にあってはギリシアからローマへ至る美の理想、すなわちいったんは崩壊しその後「再生」した、「死」を孕んだ「生」の一典型へと変容したこと、そして篠山紀信撮影「聖セバスチャン殉教」ではその裸体がより意味を増したことによって、より深い色合いで、「死」の象徴と化していること、これである。

一九三八年から一九五二年へ、そして一九六八年へと「聖セバスチャン殉教」は変化し成長し、ついには「エロス＝生」から「死」へとその意味を転化させた。

三島は覚悟を決めていた。

周遊の果て

五月五日になった。どこか憂いの色を滲ませながら旅はその扉を閉ざしつつあった。早起きした三島は、コンセルヴァトーリ宮殿（カピトリーノ美術館別棟）で「グイドオ・レニ」の「聖セバスチャン」と対面し（但し、パラッツォ・ロッソの作とは別物）、キャピトール（カピトリーノ）美術館では「埃及のスカラベサクのレリーフ」「カピトールのヴィーナス」「クピードとプシケェ」にうっとりし、パラッツオ・ヴェネツィアでは空っぽの部屋を縫うようにして置かれたジョヴァンニ・ベリーニの「小さな愛すべき肖像画」やフィリッポ・リッピ、ニコラ・デ・バルバーリなどを愛で、レリオ・オルシLelio Orsiの「ピエタ」に感動した。

「その筆触はドラクロアを思わせ、構図はきわめて緊密で、しかも情熱的である」と三島は書いている。

「この美術館には盗んでいってもわかるまいと思われる小さな愛すべき絵がいくつかあって、Procacciniの竜退治の小品などは、少しばかり私の盗心を誘った」。柔らかい足取りながら、ゆるやかに、三島の精神は上昇していた。

前日のことだが三島はヴァチカン美術館を訪ない、二つのアンティノウス像に「魅せられ」た。ローマ皇帝ハドリアヌスの愛人として知られるアンティノウスは、ナイル川で十八歳の若さで溺死した夭折の人。小アジア、ビテュニア（今のトルコ）の生まれで、ハドリアヌスの愛人となったいきさつは詳らかではないが、皇帝に深く愛され、その死は皇帝によってひどく嘆かれたという。この若者が「神にまで陞《のぼ》った」のは「智力のためでも才能のためでもなく、ただ儔《たぐ》いない外面の美しさのため」と三島は書いている。「彼はこの移ろいやすいものを損なうことなく、自殺とも過失ともつかぬふしぎな動機によって、ナイルに溺れるにいたる」[56]

詩劇「鷲ノ座」――近代能楽集ノ内――と短編小説「アンティノウス」で三島はこのアンティノウスを悼み、物語にした。どちらも未完に終わるが、その内容は作家の精神の一端に触れて読む者の興を引く。そのことについて、かいつまんで言うと――

愛人アンティノウスの霊にその溺死の理由をたずねようと執拗に問いかけるハドリアヌス帝だが、死せるアンティノウスはただ「わかりません」と言うばかり、その死から十三年、帝の心を慰めようと、大臣が五人の巫女を前にしてその時のことを口にする。ハドリアヌスを乗せた船が「シキリアをかたえに見て、さらに東へ進むにつれ」帝は「悲しい思い出」に浸りながら「じっと東のかた、埃及の空を眺め」やる。ナイルの上には「烈しい日」、するとひとりの巫女の歌う声が聞こえてくる、「太陽の喪は悲しみを不朽にします」

そして三島はこんな結句を与えてこのエピソードを締めくくるのである、「われわれの生に理由がないのに、死にどうして理由があろうか」[57]と。

一九五二年五月四日になっていた。前年のクリスマスに横浜を出た世界周遊旅行は、暗い冬から陽の光の落下する初夏の彩りを加えていた。

「一説には厭世自殺ともいわれているその死を思うと、私には目前の彫像の、かくも若々しく、かくも完全で、かくも香わしく、かくも健やかな肉体のどこかに、云いがたい暗い思想がひそむにいたった経路を、医師のような情熱を以て想像せずにはいられない」と、アンティノウスの死を跡づけた三島の心の綾は、旅の最中もかれを捉えていた精神の淵を語って、味読に値するだろう。「ともするとその少年の容貌と肉体が日光のように輝かしかったので、それだけ濃い影が踵に添うて従っただけのことかもしれない」[58]

二日後、ローマの五つ星、エデン・ホテルからヴァチカン美術館への道を征きながら、仄暗い高ぶりに身を任せていた。翌日には帰国の途につく。もう逢う機会もしばらくはないだろうと思うと、その前に、もう一度、見ておきたかったのだ。別れを告げたかった。おとといと同じくロトンダ（サンピエトロ大聖堂か）を指してきびきびと歩き、その胸像の前にたどり着いて、じっと佇むと、すぐ傍らに巨きな立像が立ちつくすのに気がついた。その巨きな「立像のほうはあまりに神格化され」ていた。小さな胸像を魅力あるものにする、あの初々しさに欠けていた。だから、巨大な立像には、アンティノウスらしさが目立たなかったのだろう。三島はどうやらアンティノウスに心を奪われていた。

「アンティノウスの像には、必ず青春の憂鬱がひそんでおり、その眉のあいだには必ず不吉の翳がある。それはあの物語によって、われわれがわれわれ自身の感情を移入して、これらを見るためばかりではない。これらの作品が、よしアンティノウスの生前に作られたものであったとしても、すぐれた芸術家が、どうして対象の運命を予感しなかった筈があろう」[59]

「私は旧弊な老人が写真をとられるのをいやがる気持がわかるような気がする」と、続けて三島は書いている。

「その生前にすぐれた彫像が作られる。するとその人の何ものかはその時に終ってしまうのだ。その死後にすぐれた彫像が作られる。するとその人の生涯はこれに委ねられ、この上に移り住み、これによって永遠の縛しめをうけるのだ」（傍点引用者）

永遠、と三島は書いている。アテネを見、デルフィの丘を上り、ローマに足を踏み入れて古の美にみずからを移入しながら、三島の心は、死と生を往還しつつもその先にある「永遠の縛《いま》しめ」を観取するようになっていた。「われわれの苦悩は必ず時によって解決され、もし時間が解決せぬときは、死が解決してくれるのである」[60]

旅の重さ

流行作家として明るい未来が待っていた。いや、もう栄光はすでにその掌の中にあった。しかし、何をその網膜に焼きつけようとも、その目には、まるで罅《ひび》われた鏡に映る自己像のように対象の側面がふたつに割れて映るのだ。三島を特徴づける、ある傾きが。……

「ニヒリズム」と三島はそれを呼んだ。冷笑的とみずから思っていたのだろうか。「希臘人は生のおびただしい畏怖のために蒼ざめた石、あの蒼白の大理石を刻んで、多くの彫像を作りだし、これによってかれらを生のおそるべき苦痛から解放した。あるいは厳格な法則に従った韻文劇を、かれらの言葉の中から刻み出し、それによって人々の潜在的な苦悩や苦痛を解放した」そうギリシア劇を定義しながらこう言葉を継いだ、「それらはいわば時間や死による解決の模倣である」と。「彫刻は一瞬の姿態を永遠の時間にまで及ぼし、悲劇は贓り殺しのような永い人生の解決の時間を、わずか二十四時間に圧縮したのである」[61]

サンフランシスコへ向かうプレジデント・ウィルソン号の甲板上で、三島は日系の婦人に冷めた目を向けた。一度は覚悟を決めていた。自刃する羽目に陥ったらみずから首を括ろうと思いつめていた。だが気がついてみるとアメリカ兵のオンリーとなって、米本土でテレビ付の家に暮らしている。その身の上に冷めた目を向けた三島の強ばりは、ひとまず溶けた。三島は「開かれた」。……

しかし「希臘人の考えたのは、精神的救済ではなかった」と三島は書いている。それはかれらの「運命」であると。「かれらの彫像が自然の諸力を模したように、かれらの救済も自然の機構を模し、それを「運命」と呼びなした。しかしこうした救済と解放は、基督教がその欠陥を補うためにのちにその地位にとって代わったように、われわれを生から生へ、生の深い淵から生の明るい外面へ救うにすぎない。生は永遠にくりかえされ、死後もわれわれはその生を罷めることができないのである」[62] そして希臘の彫刻群を見るわれわれの目に映っているのは「解放による縛しめ、自由による運命、生の果てしない絆によって縛られている」その様なのだ、と。

「彫像が作られたとき、何ものかが終る。そうだ、たしかに何ものかが終るのだ。一刻一刻がわれらの人生の終末の時刻であり、死もその単なる一点にすぎぬとすれば、われわれはいつか終るべきものを現前に終らせ、一旦終ったものをまた別の一点からはじめることができる」[63] はじめることができる、と三島は書いている。

「希臘彫刻はそれを企てた。そしてこの永遠の「生」の持続の模倣が、あのように優れた作品の数々を生みだした」[64]

こうして三島は旅を生きた。

森の中から連れてこられたサテュロスは、ミダス王にこう言ったという。

生まれざりしならば最も善し。

次善はただちに死へ赴くことぞ。[65]

註

1 三島由紀夫『アポロの杯』（新潮文庫）１０８頁
2 同書、１０８－１０９頁
3 同書、１０９頁
4 東京国際大学論叢 人間科学・複合領域研究 第2号「太陽に乾杯」三島由紀夫の生の「欲動」を参照のこと。
5 三島、前掲書、１０９頁
6 前掲論文参照のこと。
7 三島自身、後年、雑誌「血と薔薇」創刊号27頁で、日本人の「二元論的思考の薄弱」について述べている。
8 三島『アポロの杯』１１０頁
9 三島由紀夫『師・清水文雄への手紙』（新潮社）１２７頁
10 三島『アポロの杯』１１０頁
11 同書、１１１頁
12 同書、１１２頁
13 同書、１１５頁
14 同書、１１７頁
15 同書、１１９頁
16 三島由紀夫『憂国』（新潮文庫）２２１頁

17 三島『アポロの杯』121頁
18 同
19 同書、127頁
20 同書、125頁
21 同書、126頁
22 同書、129頁
23 同
24 宮下規久朗、井上隆史『三島由紀夫の愛した美術』（新潮社）26頁
25 宮下、井上、前掲書、26頁
26 三島、前掲書、129頁
27 同書、129－130頁
28 宮下、井上、前掲書、29頁
29 三島、前掲書、130頁
30 山本舜勝『自衛隊「影の部隊」・三島由紀夫を殺した真実の告白』（講談社）18頁
31 三島、前掲書、131頁
32 同
33 三島由紀夫『仮面の告白』新潮社版三島由紀夫全集1、202－203頁
34 三島、前掲書、140－141頁
35 https://www.britannica.com/biography/Guido-Reni
36 三島、『仮面の告白』（新潮文庫）35－36頁

37　同書、36

38　以下、ブリタニカの該当箇所を引用すると、The mood of his paintings is calm and serene, as are the studied softness of color and form. His religious compositions made him of one of the most famous painters of his day in Europe, and a model for other Italian Baroque artists.

39　ガブリエレ・ダンヌンツィオ、三島由紀夫・池田弘太郎訳『聖セバスチャンの殉教』（国書刊行会）321頁

40　同書、322頁

41　同書、324頁

42　Kindle版"Master in Art: A Series of Illustrated Monographs Guido Reni" p.490　尚、日本語訳は著者による。

この記述によると、ディオクレティアヌス帝の近衛隊長セバスチャンがキリスト教徒であることが露見し、首都ローマで撲殺されたのは、帝の即位四年目、西暦二八八年のことである。このセバスチャンが「実在したかは、はなはだ疑わしい」と三島は書くが、一方、殉教者は存在したとの説も根強い。真実は果たしてどちらか。その裏付けとなる記述が塩野七生「ローマ人の物語　最後の努力［上］」にある。それによると「ディオクレティアヌス帝は、即位から実に十九年もの間、皇帝でありながら帝国の首都のローマを訪れていない」とある。「転戦したりしていて、忙しかったのは確かだ。しかし、ミラノへは行っていながら、エミーリア街道を通りフラミニア街道を行くだけで着ける、ローマには足を向けなかった」。（新潮文庫版同書106頁）――セバスチャンを首都で断罪したはずのディオクレティアヌス帝は、この時機、ローマにはいなかった。

また二〇一七年九月に筆者がディオクレティアヌスの浴場跡（ローマ国立博物館別館）で入手した

'Chronicle of The Roman Emperors The Reign-by-Reign Record of The Rulers of Imperial Rome(Thames & Hudson)'には、"He (Diocletian) had been in Rome in November 303 for a grand triumphal celebration and other festivities marking the beginning of his 20th year of rule."とあり、即位二十年目に首都にあったことが示されているが、これ以前、ローマを訪れたとの記述はない。

帝は即位後ほどなくキリスト教徒の迫害に乗りだした。が、そのセバスチャンがローマで帝と相まみえたという事実は——証拠上——存在しない。つまり、セバスチャンは想像上の存在であった。架空のセバスチャンは、その最初期の犠牲者として、迫害の苛烈さを強調するために教会によって聖列された。

——右の記述はそのことを証し立てている。

43　同書、４９０頁

44　http://www.independent.co.uk/arts-entertainment/art/features/arrows-of-des ire-how-did-st-sebastian-become-an-enduring-homo-erotic-icon-779388.html

45　https://www.museodelprado.es/en/the-collection/art-work/saint-sebastian/d9 8d334e-a7f4-44eb-9d7c-7cfc689a6d5b

46　中森義宗訳編『キリスト教図像辞典』（近藤出版社）１３３頁

47　三島由紀夫「煙草」『真夏の死』（新潮文庫）16頁

48　三島『アポロの杯』１２６頁

49　中森訳編、前掲書、１２０頁

50　三島、前掲書、１２９頁

51　以下、該当箇所の英文を示すと、According to his biographer, Carlo Cesare Malvasia, Reni "turned to marble" in the presence of female models and lived with his mother until he was 55. After her death, he refused to have women in his house or to let a womens laundry touch his own. Unlike his contemporary, Caravaggio, he seems to have had no gay life either.

52 『薔薇刑』撮影ノート―細江英公
53 塩野七生『ローマ人の物語 迷走する帝国』（新潮文庫）112頁
54 同書、112頁
55 http://yokohama.art.museum/blog/2017/02/-vol6.html
56 三島『アポロの杯』136―137頁
57 同書、137頁
58 同
59 同書、144頁
60 同
61 同書、144―145頁
62 同書、145頁
63 同
64 同
65 同書、146頁

第四章　『金閣寺』の構造分析

青年将校

形あるものが壊れた後の、転生の末に初めて美が宿ると思いなす心の傾きが三島にはあった。それはかれの〝存在〟に根ざしていた。生と崩壊を同一線上に見、それを「美」と見なす心の傾きは代表作『金閣寺』でも変わらない。

三島由紀夫が山本舜勝と初めて顔を合わせたのは、赤坂の料亭某でのことである。日時ははっきりしないが、一九六七年十二月末のこと。当時山本は統合幕僚会議第二幕僚室班長から陸上自衛隊調査学校情報教育課長に着任したばかりで、折からの反体制運動のなか、自衛隊の治安出動について思いをめぐらせていた。

三島と自衛隊とのつながりが深まる時期と、これは符合する。

世に言う一〇・八第一次羽田闘争からふた月ほど後。警視庁機動隊と新左翼各派が怒号とゲバ棒と催涙ガスとで罵りあい、ぶつかり合い、学生側にひとりの死者が出たこともあって、街は殺気立っていた。

すでに三島は、おなじ年の四月十一日から五月二十七日にかけて、久留米の陸上自衛隊幹部候補生学校で隊付となり、四十七日もの間体験入隊をしている。

三島の思想は急速に先鋭化していた。宮崎正弘は「三島の生き方、一直線の志」は短編小説『剣』のなかに如実にあらわれている、という。[1]『剣』が刊行されたのは一九六三年十月。だが三島はすでに一九五五年九月にはボディビルのジム通いをスタート。五八年十一月には剣道を始め、自衛隊体験入隊の時点では剣道二段の腕前であった。熱した鉄を焔で炙るようにして肉体の鍛錬を初めていた。戦時中「青二才の軍医」に風邪を肺湿潤と「誤診」され、旧軍への入隊を拒絶された、そしてこれを終生恥とした虚弱な青年平岡公威はいま、まさに「純一な烈しさ」をもって肉体の改造に取り組んでいた。

もうひとつ、この頃の三島を捉えて放さなかったのは、二・二六事件の青年将校の存在である。一九三六年二月二十六日未明に発生した二・二六事件は、青年将校らが代々木練兵場の隣、東京陸軍刑務所敷地内で銃殺されて幕を閉じる。三島十一歳の時。東北の貧困へ青年将校らの寄せた同情に遠因があったと言われるが、伏線として、前年三五年八月十二日に発生した相沢事件があった。皇道派青年将校らに同情的だった相沢三郎陸軍中佐が、対立する統制派の永田鉄山軍務局長を、白昼陸軍省内において日本刀で斬殺した事件である。[2]

当時陸軍の中央幕僚は統制派と皇道派とが反目しあっていた。
満州事変以降急速に悪化する状況をにらみ、いずれ来る国家総力戦を戦うにはまず軍の一体化が肝要という統制派に対し、皇道派は天皇親政を実現して国を改造することこそ抜本的な救国の道としていた。
裏には、ソ連の存在があった。
国際共産主義運動をうたうソ連は「必ず」「日本に戦争を仕掛けてくる」[3]。天皇親政による昭和維新を実現して回天の機としたい皇道派は、このソ連の存在を恐れていた。「赤化勢力」ソ連に先手を打たれることは避けたい、であるなら敵の「兵力が整う前に、速戦即決による限定的な短期戦によって」ソ連を撃つべき――皇道派はそう主張した。「国力を着実に増強」する「ソ連に勝つには今しかない」と、そう思っていた。[4]
つまりは思いつめていた訳だが、統制派の情勢理解はこれとはまったく逆だった。陸軍大学校出が主体であったこともあり、何より軍の規律・統制を重んじて（ここから統制派と呼ばれる）、「ソ連の国状を冷静に分析すれば、戦争の準備が整うのはまだ先」と。いまはソ戦との戦争は回避して「軍としての自らの体制を整えること」が先決とした。[5]
もし戦えば局地戦ではなく総力戦になる、そして陸軍にはその備えがない、と。
綱紀を乱す苦々しい連中、統制派は皇道派をこう見ていた。そしてその統制派の中心として目の敵にされていたのが、陸軍士官学校首席卒業の、陸軍省軍務局長永田鉄山であった。

一九三五年七月、皇道派の重鎮真崎甚三郎教育総監が更迭された。皇道派は前年の陸軍士官学校事件で青年将校らの逮捕という煮え湯を飲まされており、真崎更迭の主導者、林銑十郎陸軍大臣を統帥権干犯と批難した。

この真崎更迭の裏には永田鉄山がいたとされる。永田曰く、「生等は唯々中生不偏」(と永田は言った。)「大元帥陛下直系の股肱を以て深く信じ、時の上司を誠意補佐し時の部下の至誠の進言に酌み、断々乎として一路邁進すべし。皇軍意識に反するテロや、瀆武の風あらばこれを排除せざるべからず」と。天皇直下の軍人として一致団結し和を乱す輩はこれを排除する他ない、そう永田は信じていた。そして「しかして一途に出て、邁進することにより庶幾し得べし」[6]あくまで軍一丸となって所期の目的を達成しようではないか、と。

永田は、こうして、統制派の「黒幕」と見なされた。

その絵は、青年将校らの側に立てば、少し異なる。大敵ソ連を北に控え、いつソ連が雪崩れ込んでくるか、という危急存亡の秋が迫る中、天皇を補弼すべき側近がその任を果たさないのは「天日ヲ暗クスル」[7]。この「特権階級ニ痛棒ヲ与ヘ国体ノ真姿ヲ顕現シ国家ノ真使命ヲ遂行シ得ル態勢ニナサンコトヲ企図セルナリ」[8]。所謂「青年将校運動」の思想的背景にはこうした情勢判断があった。『金閣寺』着想にあたり、三島がこの二・二六事件を念頭に置いていたかどうか。だが、十一歳の時事件に遭遇し、十九歳の時天皇に謁して「銀時計組」となり、二十歳の時には天皇の軍隊から拒まれた三島は、その胸の奥深くに、あたかも眼の奥に映ずる白日夢の残滓のように、何か天皇への思いを沈潜させていたと見て間違いあるまい。

この「青年将校運動」が三島の心に少なからず働きかけをなした。一九七〇年十一月二十五日に起きた三島事件の心因を推し量るには、このことについての精密な理解が欠かせない。三島と天皇は果たしていかなる心的関係にあったのか。三島事件とはみずからを天皇とアイデンティファイした――天皇と恋闕した――心の働きに駆り立てられた、維新回天を賭したクーデターであった――とされる――以上、天皇へのシンパシーが鍵である。これを考えない訳にはいかない。

これが『金閣寺』理解の要石となってくる。

炎上

三代将軍足利義満の北山殿唯一の遺構、金閣寺舎利殿が修行僧の放った火によって燃え落ちたのは一九五〇年七月二日のこと。国宝の受難が相次いだ時期で、前年一九四九年の一月二十六日には法隆寺金堂が工事中解体前に下層を焼失、同年二月二十七日には愛媛県松山城が放火され、六月五日には北海道松前の福山城が飛び火によって延焼、と類似の事案が相次いだ。翌一九五〇年になっても二月十二日には、千葉県長楽寺本堂が浮浪者の火の不始末から焼失……と、頻発する火災事件に国も本腰を入れ、文化財保護法を制定公布したのが一九五〇年五月三十日。金閣焼失後の八月二十九日には文化財保護委員会が設置、金閣寺は文化財保護法のもといったん国宝指定を解除され、委員会の主導で再建の途についた。再建は一九五五年九月末のこと。[9]

三島はこの年の十一月五日には早速この金閣を取材で訪れている。すでに肉体の改造に着手し、ふつふつと自信を取り戻しつつあった。もう心の整理を終え、「即日帰郷」の挫折を昇華しようという段階にあったと見てよい。

三島はこの金閣寺にかつてみずからを拒絶した旧陸軍の幻影を見ていた。焼け落ちて骨ばかりになった金閣がいま燦然とよみがえり照り輝いている様が、生と死とよみがえりを好む作家の琴線に触れたのだろう、金閣は、ギリシアの旅の残りものとして、連想の中でパルテノンと一連なりの位置にあった。ちなみに恋闕と言ったが、これは、君を忘れない、という意味の唐の文人韓愈の詩の一句。青年将校らは維新回天の一大勢力（つまりは、前衛）となって「君側の奸」を払い、それによって国家を改造し、皇国《みくに》の春を実現させようと、林陸相を動かして真崎を更迭し「統帥権干犯」の大罪を犯した永田鉄山軍務局長に、刃を向けた。――翌年発生する二・二六事件の裏にはこういう事情があった。

事件には千四百八十三名の下士官が加わった。松本清張の分類を借りると、青年将校らの人的構成は、その中枢を占めた「A会合」の参加者が六名ほど。[10] そしてその青年将校らの影には思想家の北一輝、西田税《みつぎ》の存在があった。

恋闕

「何か偉大な神が死んだ」と、三島は「二・二六事件と私」という文章のなかで書いている。青年将校に強い同情の念を抱いていた三島である以上、これは当然だろう。だが、である。「当時十一歳の少年であった」三島が、いかに早熟だったとはいえ、事件にそこまで強く影響されたと考えるのは、いかにも早計である。「私には、それはおぼろげに感じられただけだったが、二十歳の多感な年齢に敗戦に際会したとき、私はその折の神の死の怖ろしい残酷な実感が、十一歳の少年時代に直感したものと、どこかで密接につながっているらしいのを感じた」[11]三島は続けてこう書いているが、十一歳の頃に遭遇した二・二六事件の体験を、敗戦をきっかけにして再解釈し再統合し、みずからの思想の下層に忍ばせた、と見るのが恐らくは正鵠を射ているだろう。

敗戦後人間宣言をした天皇への思いも、おそらく同様である。

青年将校運動の当事者で二・二六事件にも連座したひとに黒崎貞明という人物がいる。当時陸軍中尉、第一独立守備隊司令部付。その黒崎に『恋闕　最期の二・二六事件』という著書があるが、その中にあるかれらの真情を伝えた文章は「金閣寺」の構造分析――本章の主題――にも関わってくる部分であるので、引用すると――

二・二六事件は青年将校たちの心情からみれば〝我等を股肱とのたまい慈しみます大君〟の御

為に、〝聖明のために、君側の奸の暗雲を払わんとして〟命を捧げた事件でした。私たちは、現人神がみそなわしてくださるであろうことに、少しの疑念も不安も持たず、ただ、こうすることが陛下のためだと信じて、清らかに、たからかに、おのれが途を突き進みました。

本当に万民が安らかに、貧しさから救われて、天皇のいつくしみが下々にゆきわたる皇国《みくに》の春が、ただこのことによってのみ招致されることを信じ、その礎石《いしずえ》となることに悠久のよろこびを感じて起ちました。[12]

「しかし陛下は、その〝天皇のための蹶起〟をお許しにはなりませんでした」と、思いを縷々綴った文章はつづく。二・二六事件の青年将校らは「悠久のよろこび」を感じ、「陛下のためと信じて」蹶起した。みずからの裡に映じた「天皇」なるものの影をみずからの政治目的のため好いように解釈し――その動機には多少とも同情の余地はあったとはいえ――これを絶対化しその「絶対」に一途な思いを捧げた、事件はその帰結であった。三島事件の実行者らにもその心理は通ずるものだろう――それを私は否定するものではない。もっとも、二・二六事件の青年将校らは蹶起を現実の天皇の「御為」と腹の底から信じ、三島事件の実行者たちはそうは心底からは信じていなかった点が、違うと言えば違うのだが。――事件は三島の「自己救済」の死という側面があった。……

自己救済

そうは心底からは信じていなかった、といま書いたが、それは三島の複雑な自我による。すでに書いたように、三島は「肉体の危険」と「精神の危険」というふたつの自我の分裂をみずからの裡に飼い慣らしていた。「肉体の危険」はひとは何とか平衡できても、もし「精神の平衡を失ったら——それは目に見える出来事ではないだけに——それだけ危険は多く結果は重大である」と疑っていた。空中で平衡を失って「肉体」を危うくさせるサーカスの曲芸師さながら、もし精神が平衡を失ったら、それは目に見えないだけに、遥かに重大かつ危険ではないか、と。だが、いっぽう三島には、いったん生まれ、そして死に(崩壊し)、その後によみがえった対象に「美」を見る特異な「眼」があった。よみがえったその「美」になだれ込んでいく特異な傾向が。三島事件は「三島由紀夫」という複雑な人格がその複雑に入り組んだ「自己を崩壊したい」、そののちにある「転生・よみがえり」を悦びとし、それによって「自己を救済したい」——「自己」のなかに永遠の「美」を塗りこめたい——その一心で企図した「自己救済の死」であったと理解しうるから。このことは、以下詳述する「金閣寺」の構造分析からも明らかであるだろう。

ここで問題となっている「天皇」とは、言うまでもなく昭和天皇〝裕仁〟のことである。青年将校らは、天皇〝裕仁〟とは直接の面識はなかったが、三島はあった。学習院高等科を首席で卒業したさい、昭和天皇から直々、褒美の銀時計を拝受している。

三島と天皇との最初で最後の邂逅であった。このあたりの事情を、三島の年譜から追っておくと

(一九四四年)九月九日(土) 学習院卒業証書授与式。(中略)天皇が臨席。首席での卒業で卒業生総代となる。宮内省から恩賜の銀時計(精工舎製銀メッキ懐中時計)を、(中略)受ける。……院長に連れられ、(中略)宮中へ礼に参内する。[13]

これが安藤武編『三島由紀夫「日録」』の、同じ日の記述によると、

(一九四四年)九月九日 学習院高等科を(二年半に短縮)首席(文化総代)で卒業し、宮中へ参内し(両親と院長の車に同乗)、天皇陛下より恩賜の銀時計を拝受。(以下略)[14]

となる。

この三島と昭和天皇との邂逅をめぐっては、間近で目撃したひとの証言が残っている。学習院高等科で三島の級友であった三谷信《まこと》である。

当日の様子は、三谷によると、次の様なものであった。引いておくと、

……戦前の学習院の卒業式には、何年かに一度陛下が御臨光になった。我々の卒業式の時もそうであった。全員息詰まる様に緊張し静まる中で式は進み、やがて教官が「卒業生総代　平岡公威」と彼の名を呼びあげた。彼は我等卒業生一同と共にスッと起立し、落ち着いた足どりで恭しく陛下の御前へ出て行った。彼が小柄なことなど微塵も感じさせなかった。瞳涼しく進み出て、拝し、退く。その動きは真に堂堂としていた。[15]

まさにこの瞬間だった。三島の昭和天皇へ寄せる感情生活が、機械式時計のような明快さをもって、カチカチと確かな音を立てて、はじまったのは。それは天皇と個人的関わりを持ち得なかった二・二六事件の青年将校らとは異なる、生々しい実感を伴った、遙かに身につまされた、体験であった。赤紙が舞い込み、父の郷里で受けた入隊検査で「青二才の軍医」に「肺湿潤と誤診」されて即日帰郷を命ぜられた。それは、銀時計拝受の日からちょうど五ヶ月目の、一九四五年二月十日のことだった。紀元節の前日だった。勇んで入隊検査に臨んだはずの二十歳の平岡公威は、目の前で、天皇の軍隊への扉を閉ざされた。

天皇陛下万歳

その時三島の胸に圧し寄せた思いはどのようなものであっただろう。入隊検査に臨むに当たって三島はあらかじめ用意した「遺書」を懐に忍ばせていた。戦時下を生きる若者として、じゅうぶんの覚悟があったのだろう。その「遺書」の最後は次の一節で締めくくられている。

殊に千之（註、三島の弟）ハ兄ニ続キ一日モ早ク
皇軍ノ貔貅《ヒキュウ》トナリ
皇恩ノ万一ニ報ゼヨ
天皇陛下万歳[16]

一九七〇年十一月二十五日、陸上自衛隊市ヶ谷駐屯地に乱入した際にも三島は同じ言葉を繰り返している。以下、そのとき撒布した「檄」を引用しておく。三島の心の起伏を知るためにも、この文章は重要だろう。

以下の通り、

日本を日本の真姿に戻して、そこで死ぬのだ。生命尊重のみで、魂は死んでもよいのか。生命

以上の価値なくして何の軍隊だ。今こそわれわれは生命尊重以上の価値の所在を諸君の目に見せてやる。それは自由でも民主主義でもない。日本だ。われわれの愛する歴史と伝統の国、日本だ。これを骨抜きにしてしまった憲法に体をぶつけて死ぬ奴はゐないのか。もしゐれば、今からでも共に起ち、共に死なう。われわれは至純の魂を持つ諸君が、一個の男子、真の武士として蘇へることを熱望するあまり、この挙に出たのである。[17]

天皇陛下万歳

これを自衛隊員らに撒布したのち、三島は天皇陛下万歳を三唱し、バルコニーから総監室に戻った。……

自己投影衝動

――それからほぼ十八年前になる。世界周遊旅行の途次、たまたま立ち寄ったパリのサーカスで、人馬によるアクロバットを目にした三島は、「肉体の危険」と「精神の危険」という観念にとり憑かれた。肉体の平衡を極限まで追いつめる曲芸師はその限界すれすれを知っているが、だからこそかれらはすんでのところで引き返して、笑顔を破裂させ、観衆の喝采に答えてみせる。「しかしわれわれの精神は、曲芸師同様の危険を冒しながら、それと知らずにやすやすと人間を踏み越えている場合があるかもしれない」[18]

それからローマを訪れた。顔の半分もげた「母のヴィーナス」を見て陶然とし「その美しさは見る者を恍惚とさせずには置かない」と書いた。[19]

その後「眷恋の地」ギリシアでその象徴とも言えるパルテノンを仰ぎ見て、ライトアップされたその姿をギリシアの「死体」と理解した――いまその「死体」が時の風雪に洗われて甦っている、これが「三島の琴線に触れた」ことについては、もう指摘した。[20]

こう言ってよいだろう。遺跡を見ても、彫刻や絵画を見ても、そこに死の影を求め、そこにみずからを投影し、そうして投影した「みずから」に感動し「恋」をするといった心の傾き、私の言う「自己投影衝動」。これが事件になだれ込んだ三島の精神の中心をなしていた、と。すでに指摘した通り、そこに自分自身の理想我を幻視しそれとの一体感をこいねがった彼の精神の働きこそが、事件の主調音であり、心理の基層をなしていたと。

二つの「天皇陛下万歳」の間にある明らかな差。初めて天皇を前にしてかれを捉えた自尊心が前者であるなら、かつて天皇の軍隊から拒絶された自分が今それを反転させるべくここにいるという決死の覚悟が後者であった。二つの「天皇陛下万歳」の間にある明らかな差は、彼の精神の始めと終わりとをはっきり反映していて、人間三島の変態を端無くも語っている。

三島には平衡を保っているかに見えてきわどく分裂した自我があった。「精神の危険」と「肉体の危険」とを鋭く自覚し、朽ちた遺跡に同調し、頭のもげた彫刻を「美しい」と観取する感性、そこにみずからをどうしようもなく投影してしまう衝動が。これが「三島事件」の心的な基層には横たわってあった。取りあえずはそう見てよい。

金閣寺

一九五二年五月十日、ローマから三島は帰国した。半年ぶりに相見える祖国の顔であった。――安藤武編『日録』はこの日の天気を「無風の快晴」と伝えている。帰国後、戦後作家として華々しい活躍を開始した三島は、帰国後第一作に着手する。ボオドレエルの詩「人工楽園」から「夏の豪華な真盛の間には、われらはより深く死に動かされる」という一節をエピグラフに取った中編『真夏の死』である。

伊豆の海岸で二人の小児と一人の婦人の死体が発見された。その死の顛末を描いたこの作品を発表してほどなく三島はボディビルを始め、ギリシア的身体の獲得をこころざし、そして、かれにとってまたかれの心の動きを知る上でも、きわめて重要な小説の執筆に取りかかる。『金閣寺』である。『金閣寺』は現実に起きた事件に取材した所謂翻案小説である。一九五〇年七月二日未明、臨済宗相国寺派の鹿苑寺金閣が寺の修行僧によって燃え落ちた。なぜ修行僧は寺を焼かなければならなかったのか。事件を伝える当時の新聞・雑誌は、「〝美しさ〟に反感」[21]「美への嫉妬」[22]という自白をもって犯人の動機を解説している。「美しさへの反感」――この一見して突飛な理屈が三島の目に留まったのだろうか、事件を小説化するに当たって三島は創作ノートを作成しているが、その作品の主題として「美への嫉妬／絶対的なものへの嫉妬」を掲げ、強調の二重丸をその前に付けている。『金閣寺』は現実の事件を三島が自由に解釈し、みずからの美学、世界観を自在に塗りこめた文学作品――その解釈はこんな見方が一般的だが、その着想の段階から、三島は放火僧の「美への嫉妬」という自白に強い興味を惹かれていた。

主人公の放火僧は溝口養賢という。作品は溝口＝「私」の語りで進行する。告白体である。「私」は舞鶴から東北の「日本海へ突き出たうらさびしい岬」で生まれた。父は舞鶴東郊の志楽で僧籍にあり、「私」の生まれた岬の寺の住職をつとめている。近くに中学校がなかったので「私」は「父の故郷の叔父の家に預けられ、そこから東舞鶴中学校」へ通った。[23]

実際の放火僧の履歴と、この記述は一致する。「サンデー毎日」（昭和二十五年七月十六日号）によると、「彼は昭和十九年初、十六歳の時舞鶴市成生の臨済宗成生寺の前住職だった宗信師に死別、父親の遺言で同年春、同市安岡の叔父某を保証人として金閣鹿苑寺住職村上慈海師のもとに入門得度して」……さらに「賢侍士（註、放火僧のこと）は、養賢時代の東舞鶴の小学校や中学校では首席か二、三番で通したと母親は語っているが、叔父は「とんでもない」と否定している」[24]とあるから、実際の放火僧と溝口＝「私」は多くの点で符号していることが分かる。

旧陸軍の幻像

この「私」が三島らしさを帯びるのは次の描写からである。

「父の故郷は、光りのおびただしい土地であった。しかし一年のうち、十一月十二月のころには、たとへ雲一つないやうに見える快晴の日にも、一日に四五へんも時雨が渡つた。私の変わりやすい心情は、この土地で養われたものではないかと思はれる」[25]

事件直後、報道は放火僧の動機解明に多くの筆を割いた。先の「サンデー毎日」は異常犯罪をあつかう推理小説さながら、次のように書いた。「社会は気狂いや劣性人種に警戒しなければならない」[26]。また七月三日付読売新聞――「金閣など無意味」「〝心中のつもり〟と服毒の犯人語る」七月三日付毎日新聞――「〝悪いと思わぬ〟悪魔的な異常心理」七月四日付朝日新聞――「〝美しさ〟に反感」等々、各紙誌ともにはかりかねる犯人の心理をそれぞれの文章技術を駆使しながら解説している。

金閣寺という絶対美。その美の象徴へ嫉妬しこれに火を放つ僧。これが三島の精神（と書くのが言い過ぎなら、〝琴線〟）に触れたのは間違いない。なぜ「絶対美」に嫉妬してこれに火を放った僧に惹かれたのか。なぜかと言うと、先に書いた通り、放火僧を拒絶した金閣はすなわちひ弱な公威を拒絶した旧陸軍の幻像と三島の眼には映ったからだ。三島には、美の象徴から拒絶されたことによる負い目があった。さらに「銀時計組」の三島にとって旧陸軍は「天皇制国家」を護持したてまつる誇らかな組織（天皇の軍隊）として仰ぎ見られた――という〝事実〟もあった。「檄」の文言を読めばそのことがわかる。もっとも、絶対美を護持する組織として「旧陸軍」を見る視線は、三島が日本回帰して以降の見方であって、それなりの人生の曲折を経る必要があったのだが。

もうひとつ、金閣を「絶対美」の象徴すなわち旧陸軍の幻像と理解するにあたって考慮しなければならないキーがある。犯人である実際の放火僧が抱えていた吃音という弱みである。

次の記述——

「體も弱く、駈足をしても鐵棒をやつても人に負ける上に、生来の吃りが、ますます私を引込思案にした」[27]

吃りという特性は、作中、繰りかえし指摘される。

——「おい、溝口」

と、初對面の私に呼びかけた。私はだまつたまま、まじまじと彼を見つめた。私に向けられた彼の笑ひには、權力者の媚びに似たものがあつた。

「何とか返事せんのか。唖か、貴様は」

「ど、ど、ど、吃りなんです」

と崇拝者の一人が私の代わりに答へ、みんなが身を撚つて笑つた」[28]

実際の放火僧も吃音だった。「取巻きの新聞記者連に「ヤジ馬たち早くさがれ、俺の刀はどうした」などとわめいていた彼は、おさまり切らぬ興奮にひどくドモリながら——ドモリは彼の性癖だ——当夜の犯行前後の状況を途切れ途切れに語った」と、先の「サンデー毎日」も僧の特異さをことさら言い募る材料にしている。

三島はこれに興をそそられた。虚弱な体質のせいで旧陸軍から門前払いされた。そのひ弱さを克服しようとしてボディビルにまで手を染めた。吃音の放火僧は、三島にとって、ひ弱な公威の鏡像としてあった。哀れみ、何としてでも克服したいと心から願っていたひ弱さの鏡像として。吃りの僧は、三島にとって、身につまされ克服されるべき存在であった。

作家三島に『金閣寺』を書かせたもの、それは直接には実際の放火僧の——「虐げられた絶望感から〝美〟に対するねたみを抑えられなかったため」[29]——という供述に強く揺さぶられたせいもあるだろう。しかし、「美への嫉妬」と「絶対的なものへの嫉妬」という観念を並置して「美」を「絶対」と捉えた上で、それを仰ぎ、しかし受け入れられず、ついには放火する吃音の僧をすなわち入隊検査で拒絶された公威と見なした時点で、燃え落ちた金閣は、弱さを許さぬ何かを象徴するものとして三島の中で反転した。

アクロバット

三島は『金閣寺』の「◎主題」として次の五つを挙げた。
「美への嫉妬
絶対的なものへの嫉妬

相対性の波にうづもれた男。
「絶対性を滅ぼすこと」
「絶対の探究」のパロディー」[30]
三島は焼失した金閣を「絶対的なもの」の「滅び」と認識している。これは面白いが、さらに……である。ノートの余白に次のようなメモを記している。「物は何度でもよみがへり、何度でも再現する」と。[31]

三島が『金閣寺』の取材を始めたのは、年譜によると、一九五五年十一月五日のことである。『アポロの杯』の旅から三年。金閣は放火から五年を経て、この年の十月十日に落慶法要を終え、創建当時の姿に復元されている。つまり「金閣」はよみがえった。その直後の取材であった。

これが小説『金閣寺』のライトモティーフLeitmotivである。金閣はいったん滅んだ後よみがえってそこにある。荘厳そのものの姿であたりの賞賛を一身に浴びている。――あたかも、一度は滅びて廃墟となったギリシアの「死体」パルテノン――それが輝かしい陽光のもと今によみがえっていた、あの「再生のイメージ」とそっくりに。[32] まるで経を唱えるために胸の前でひとつにすり合わせられた双の掌のように瓜二つにあの廃墟はそこに屹立していた。件の旅行記に三島は「太陽に乾杯」というタイトルを与えた。いったん死をくぐり抜けたものが再生してそこにある。それは生と死とよみがえりの象徴だった。「物は何度でもよみがへり、何度でも再現する」そのよみがえりの象徴だった。

いや、再建なった金閣はそれ以上に美しかった。燃え落ちて骨ばかりになった金閣がいま目の前で往時の輝きを燦然と取り戻している――。火を放たれて、滅びた美は、いま生まれ変わった。三島は嬉しかった。おそらくは直感的に、三島は、喜びと共に、そう解釈した。精神と肉体のきわどいアクロバットに揺れ動かされていた。目の前で再生したこの美をどうして三島が喜ばないでいられただろうか。その刹那、これを書かないわけにはいかなくなった。

こうしてよみがえった金閣、吃りの僧を拒絶した金閣はいま、作家の三島に啓示《エピファニー》を与えた。再生するためにはまずは滅びなければならないという神意にも似た確信を。これが『金閣寺』の構造の下層にある。『アポロの杯』を書くことによって鋭く自覚した、まずは死に、そして再生し、だからこそ廃墟＝「死」は輝かしい栄光を帯びてそこにある、という三島本来のモティーフが完成した――そう言って良いだろう。

思い人である有爲子を失ったあと、「私」はなおいっそう金閣に固着していく。それは、「金閣ほど美しいものは此世にない」と田舎の素朴な僧侶だった父から教えられたからだ。「私には自分の未知のところに、すでに美といふものが存在してゐるといふ考へに、不満と焦躁を覚えずにゐられなかつた」[33]そして「不満と焦躁を覚え」た「私」は「美がたしかにそこに存在してゐるならば、私といふ存在は、美から疎外されたものなのだ」と認識する。金閣を前にして「私」は疎外されている。三島は美から疎外されている。なぜなら入隊検査で「不合格」となり即日帰郷を命じられた一九四五年二月十日の経験はすなわち「銀時計組」の三島にとって、「美」からおのれが「疎外」されたに等しい恥辱に他ならなかったから。そのとき三島は疎外された。なぜなら、旧陸軍は天皇の軍隊として「銀時計組」の三島にとっておさおさ閑却することの出来ない絶対の基準だったからだ。これが尾を引いた。これがその後の三島の存在を定める基準線となり、その行動を引きずり回す羅針盤となった。三島は書いている、「どうあつても金閣は美しくなければならなかつた。そこですべては、金閣そのものの美しさよりも、金閣の美を想像しうる私の心の能力に賭けられた」[34]

構造

三島の代表作『金閣寺』の構造は、一九四五年二月十日の入隊検査不合格のさい覚えた敗北感、と言うか複合観念《コンプレックス》にその設計図の最初の一筆があった。これが読みの第一歩である。「夜空の月のやうに、金閣は暗黒時代の象徴として作られた」[35]と三島は書いたが、それはかれの抱えるモティーフから言って当然だろう。『金閣寺』発表の一年後にはこうふり返っている。「私は大正十四年生まれですから……二・二六事件を初めとして、だんだん軍国主義の風潮が強まっていき、それとともにわれわれの前には戦争の固い壁が立ちふさがって、享楽は悪だとみなされ、性の問題も、国家目的とはまったく相反した暗い、しいたげられたものでしかありませんでした」[36]（傍点引用者）と。「闇のなかに、美しい細身の柱の構造が、内から微光を放って、じつと物静かに坐つてゐた。人がこの建築にどんな言葉で語りかけても、美しい金閣は、無言で、繊細な構造をあらはにして、周囲の闇に耐へてゐなければならぬ」と。

金閣を美と同時に「暗黒時代の象徴」と捉えたのは、三島の人間を、その時点でどうしようもなくとらえていた蹉跌の記憶のもたらしたところであった。

『金閣寺』はこの通り、執筆した時点での三島の想念が塗りこめられた観念小説である。その読み解きは読者であるわれわれに細心の注意を求めてくる。金閣はまず美の象徴と捉えられた。しかし実際にその姿をひとめ見るなり「私」はそれに失望を覚えた。「いろいろに角度を変へ、あるひは首を傾けて眺めた。何の感動も起こらなかつた。それは古い黒ずんだ小つぽけな三階建てに過ぎなかった」[37]この時「私」が覚えた失望、それは煎じつめれば拒絶された自分に対するふがいなさが反転して言わせた科白に他ならない。旧軍に拒絶された自分は「小つぽけ」で「美しくない」。「美しいどころか、不調和な落着かない感じをさへ受けた。美といふものは、こんなに美しくないものだらうか、と私は考えた」[38]こうして絶対美に自己投影できない自分を三島は「不調和」で「落ち着かない」存在であると突き放さざるを得なかった。——それが放火され燃え落ちるまでは。

この小説『金閣寺』は、私見によると、なお「入隊検査不合格」「即日帰郷」の挫折を消化できない三島がその敗北感を少しずつ払い、新時代へ向けて羽ばたこうとする、ちょうど端境期に書かれた作品であり、その意味でその二方向からの読みを要求してくる。相応に複雑な結構をそなえてある、と思われる。「美」から拒絶された自分へのコンプレックスと、その自分を拒んだ旧軍を「美」の「御楯」（象徴）と捉えて積極的に引き受けて行こうとする意思——これを理解すること。この読みが『金閣寺』の構造を理解する上での心得としてある。しかし三島はまだ引きずられていた—

──「挫折」に。「しかし私の心があれほど美しさを豫期したものから裏切られた苦痛は、ほかのあらゆる反省を奪ってしまつた」[39]

そして「私は金閣がその美をいつはつて、何か別のものに化けてゐるのではないかと思つた」[40]と描写は続くが、その裏にあるのは、この不全感、いま三島を捉えていたつかみどころのない感覚がそのはけ口を求めて咆哮している、その呻き声それ自体であった。それが作中の「私」に憑依して「もつと金閣に接近」[41]する必要を感じていた、と作家に書かせた。

平野啓一郎説への疑義

小説家の平野啓一郎は二〇〇五年に発表した評論『『金閣寺』論』[42]で〈金閣〉を〈天皇〉と見ている。この評論が、いまなお影響力を持っているかどうか、私は知らない。が、一見して厚化粧のこの論考がさまざまに読まれ解釈されて、作家の周辺でいろいろに共鳴しているのは事実であろう。この説にははたしてどの程度の真実があるのだろうか。その説をいま三島を書く者としての私が読むと、そのいたらなさ、と言うか、その言説の不備が浮かびあがるのだけれども。

平野の議論の骨子はおよそ次の問に集約されると言ってよい。──「小説『金閣寺』に於ける〈金閣〉とは、メタフォリックに語られた〈天皇〉として理解すべきであろうか？」[43]という問に。平野は書いている、「ところで、我々は今、最晩年の三島の言葉から、彼が〈絶対者〉とは即ち〈天皇〉

であると考えていたことを見てきた。とすれば小説『金閣寺』に於ける〈金閣〉とは、メタフォリックに語られた〈天皇〉として理解すべきであろうか？」と平野はこう書くがこの問はもちろん反語であって、平野の答は「イエス」である。〈金閣〉イコール〈天皇〉と平野は主張する。この読みはいまも変わらないようで、二〇一六年に〈国際三島由紀夫シンポジウム記念論集〉として出版された「混沌と抗戦　三島由紀夫と日本、そして世界」（水声社）でも、かれはこう述べている。

「『金閣寺』の中の「金閣」という存在は、作中でたびたび「絶対」の象徴というふうに語られていますが、昭和四十年以降、三島が「絶対」というときには、必ずそれは天皇を象徴する言葉として用いられていました。そこで『金閣寺』の中の絶対の象徴である「金閣」を天皇のメタファーと捉えることで、この作品を読解できるかどうかというのが、僕自身の三島論の始まりでした」[44]

しかし、すでに示したとおり、私は平野説は採らない。小説『金閣寺』における金閣は吃音の僧を拒絶した絶対美の象徴として公威＝三島を拒絶した旧陸軍のメタファと読むべき、というのが私の解釈だからだ。そして言うまでもなく旧陸軍は三島にとっては「天皇の軍隊」であった。これが『金閣寺』という小説を支える骨組み、下部構造である、と私は思う。

作中、放火僧溝口はこう述懐している。「私は金閣がその美をいつはつて、何か別のものに化けてゐるのではないかと思つた。美が自分を護るために、人の目をたぶらかすといふことはありうることである」[45]「もつと金閣に接近して、私の目に醜く感じられる障害を取除き、一つ一つの細部を點検し、美の核心をこの目で見なければならぬ。私が目に見える美をしか信じなかつた以上、この態度は當然である」[46]この作品を書いたとき、三島は三十歳。『アポロの杯』の世界周遊旅行から帰国して五年、なお心中に巣くう「タナトス」を飼い慣らしつつ、戦後を「生きようと」していた頃である。年譜によると、ボディビルの訓練をこの年から始めている。……振り向いてくれなかった美への未練、恨みがなお作家の心を占めていた。……

三島は生きようとしていた。恨みは感じつつも「美の核心」を見極めようとしていた。なぜなら時代がひとり残らず日本人という日本人に生きることを求めていたのだから。終戦からまだ十年、一九五五年なのだ。だから三島も、そういうエトスを呼吸していた。そういうことだ。

いっぽう平野は〈金閣〉＝〈天皇〉という問を仮設している。この仮設された問を〈金閣〉の象徴性を読み解くための出発点としている。周知の通り『金閣寺』は「生きようと私は思った」という一文で結ばれている。ここを取りあげて平野は、空襲で焼けるはずだった「金閣は焼けず、主人公も生き残る」、この結果「いずれ滅びるべき」自分と「観念的な存在として未来永劫存在し続ける（ことになる）」金閣との間に隔たりが生まれる。これを平野は「絶対的な距離」とし、それを前にして、疎外感に悩んだ主人公が「その挙げ句に……金閣を焼いて、自分の人生を生きようと決断を下す」、これが『『金閣寺』という小説で、その金閣の象徴性は実は戦中から戦後にかけての天皇観とかなり重なるのではないかというのが僕の「『金閣寺』論」の骨子でした」[47]と言う。

二〇一二年から一九年まで三島賞選考委員を務めたこの小説家はあくまで自身の読みにこだわるが、この説は、何度も言う通り、どうにも首肯できない。三島という人格から何としてでも〈天皇〉

というメタファを引きずり出したい作家が、無理矢理轆轤を回して拵えた人形のような説に私の目には映る。三島は天皇に対しては、複雑な自我をその表象の裡に投影していたのだが、時の天皇〝裕仁〟を手放しで崇敬していたわけではない。まず「われわれの愛する歴史と伝統の国、日本」（檄）があり、「経済的繁栄にうつつを抜かし、国の大本を忘れ、国民精神を失」（檄）った「戦後の日本」への苛立ちがあった。これを一転するためには「国軍たりえ」ぬ自衛隊を合憲にしなければならない。なぜなら軍はすなわち三島の自我そのものだから。いや、三島の自我をかき乱し、その裡に複雑な罅《ひび》割れを走らせたのが、あの「青二才の軍医」による「即日帰郷」の恥辱だったから。そして「自衛隊を国軍、名誉ある国軍とするために」は、憲法を改正し天皇に「栄誉大権」を与える必要がある——軍を軍たらしめる、武士を武士たらしめる栄誉大権を。それが三島の「文化防衛論」の骨子である。

　天皇は、三島にあって、いずれ改正されるべき憲法において国軍に栄誉を与え民族主体を統合させる「価値自体」[48]すなわち「文化概念」であった。軍を軍たらしめる栄誉大権（権能）を一身に帯びた存在として、大いなる期待をかけていたのが、天皇だった。その天皇観は言うまでもなく観念的だが、少なくとも憲法改正後の日本を統合する〈象徴〉として、三島が天皇を見ていたという事実は、私の理解する限り、まったくない。あくまで自衛隊を「目ざめ」させ、日本を「目ざめ」させる権能を帯びた主体としてこれを見ていた。

「占領憲法」を廃し軍を天皇の栄誉大権をもって権威化しこれを再生する。こんな解釈が成り立つだろう。——一九四五年八月十五日にいったん滅びた軍隊をよみがえらせること、これが三島を事件へ駆り立てた思想の中心であって、作家の心理の綾でもあった、と。だから三島は天皇に期待した。栄誉大権を帯びて欲しかった。なぜなら日本の敗戦によって「生き永らえた」三島は、そもそものタナトスThanatosもあって、なお「生きる」ためにはまず「死ぬ＝滅びる」必要があるという相剋（自己矛盾）に囚われていたから。だから「転生」したい、「よみがえりたい」三島の人格（幻想と言ってよい）が塗り込まれたその生の幻像＝旧陸軍には何としてでもよみがえって貰いたい、よみがえってもらわねば困る。そうでなければひ弱な公威は救済されないのだから。だからすべてはひ弱な公威の自己救済の為だった——これが私の言う「三島事件」の真因である。軍は自衛隊となって「滅びた。それを「よみがえらせる」ために三島は天皇を必要とした。そうしないと軍は「日本美」の象徴にはなれないから。ここに三島という存在の本質がある。

だが、いっぽう平野は〈金閣〉を〈天皇〉とした。小説『金閣寺』の構造に照らし合わせてみて、再三書くがこれはいかにも腑に落ちない。放火僧すなわち三島がなぜ〈天皇〉を滅ぼさなければならなかったのか、焼かねばならなかったのか、その理由を平野はどう説明するのだろうか。

放火僧はすなわち三島

年譜によると三島は『金閣寺』を起筆するための取材を始めるふた月前、一九五五年の九月に早稲田大学バーベルクラブの主将を紹介されて、ボディビルの練習を始めている。鉄にいよいよ火を加えようとしていた。ひ弱な公威を何としてでも精算しようとしていた。その思いが嵩じた末の自己鍛錬であった。戦後作家としてスタートした三島はいま「生きようとする」側に雪崩れ込んでいった。みずからを貶めた弱さを何とかして乗り越えようとしていた。その矢先の『金閣寺』執筆であった。となると、こう考えることは出来ないだろうか。燃え落ちてのち再建された金閣は旧軍のメタファとして三島の中でイメージをふくらませ、その絶対美に拒絶され放火した吃音の僧にみずからの似姿（鏡像）を見たものの、自身がそうであったように、放火僧もまずは生きなければならなかったのだ、と。ほかのすべての日本人と同じく、三島も生きなければならなかった。そして生きること、すなわち戦後作家として作品を書く決意を固めることがかれが生きるための総括に他ならなかった。そうすることで、入隊検査で拒絶された汚辱を雪ごうとしたのだと。

「生まれざりしならば最も善し。
次善はただちに死へ赴くことぞ」

三島は『アポロの杯』をこう締めくくった。生の中に死を孕む三島は、鉄に火を注ぎ、汚辱を雪ぐことで、みずからを懸命につなぎ止めようと思っていた。――「生」の側に。だから戦後を迎えたみずからへのマニフェストとして「生きようと私は思つた」。『金閣寺』執筆のさい三島の胸を占めていた、作品の下層に息づく、これが主動機《ライトモティーフ》ではなかったか。
「金閣」は廃墟からよみがえってそこにある。「ギリシアの死体」パルテノン神殿と同様に。それは世界周遊旅行の果てに得た至福であった。放火僧は父に「金閣ほど美しいものは地上に」ないと言われていた。「もっと金閣に接近して」その「美の核心をこの目で見なければならぬ」と、憧れにも似た思いを抱いていた。放火僧についてこう書く三島の心情はおそらくこんな所ではなかっただろうか。——見よ、燃え落ちて骨ばかりになった金閣は滅びてのちよみがえった、だからこそ絶対の美を掌にするにいたった、この美は、白亜の骸骨がそうであったように、生と死とふたつに裂かれた自我をよく映しだしているではないか。みずからをよく投影しうる対象ではないか……。己とよく似た理想の姿ではないか、あのパルテノン神殿と同様に……。そして三島には「死」を匂わせる存在にどうしようもなくなだれ込んで行く心性があった。「自己投影衝動」が。だから放火僧は作者三島の「自己」が塗り込まれた分身であるだろう。
こうして放火僧は三島その人であると解釈できる。そして三島には「見る」(また「見られる」)ことによって初めて存在の確証(生の実感)を得られるという傾きがあった。「真に人間的な作品とは「見られたる」自然である」と三島は書いた。[49]
ところで、こんな一文がある、「金閣は私の見るときだけ私の眼前に現はれ、本堂で夜眠つてゐるときなどは、金閣は存在してゐないやうな氣がした」[50]……「そのため、私は日に何度となく金閣を眺めにゆき、朋輩の徒弟たちに笑はれた。私には何度見ても、そこに金閣の存在することがふしぎでたまらず、さて眺めたあと本堂のはうへ帰りがてら、急に背《そびら》を反してもう一度見ようとすれば、金閣はあのエウリュディケーEurydikeさながら、姿は忽ち掻き消されてゐるやうに思はれた」[51]

毒蛇に咬まれて死んだのち、夫オルペウスが冥府から連れ帰る途次、約束を破ってその姿を振り向いて見てしまったため、また冥府へ連れ戻されたギリシア神話の下級神が、エウリュディケーである。やがて写真家の被写体となり「見られる」ことによって実存を確認していた三島の自我の、より所のなさを思わせる描写であろう。

こうして、作品の構造上、〈金閣〉を〈天皇〉＝絶対の象徴と読む見方は無理がある。むしろ、放火僧を拒絶した「金閣」は、三島を拒絶した旧陸軍のメタファと捉えた方が、作家の心の真実からいって正しいだろう。いったんは滅び、だからこそ再生されなければならない「象徴」として。

そして、それは「よみがえり」の暗喩、「転生」の暗喩であった。

意識していたかどうかは問題ではない。なぜなら三島には滅びてのちよみがえったものに自己を投影して（なだれ込んで）止まない衝動があったから。

ゲーテの影

――そこだけ切り取られた様な冷気に膚を刺されるようにして、石の階段を上ると、箱を連ねた部屋部屋の先に、いっそう静謐な一室が横たわって、その壁面には一枚の絵――と言うよりシルクスクリーン——が飾ってある。一枚の大きなシルクスクリーン。それによって、この小さく寒々しい部屋が、かつてゲーテ（Goethe）が暮らした一室であることが分かる。一七八六年から一七八八年までの三年間、ゲーテはここで暮らし、『イタリア紀行』を書いた。いや、書いたのは『イタリア紀行』だけではない。『ファウスト断片』もここで執筆された。鷗外森林太郎がこれを初読したのが一八八六年、巽軒井上哲次郎の示唆を得てこれを飜訳刊行したのが一九一三年だから、明治から大正にかけてのゲーテ熱の中、このローマの部屋から生まれた書物が、百年を経て、この頃の日本人の西洋受容の魁となったのは、本稿の主題からしても、意味あることであった。なぜなら鷗外を別格視し、「知的選良」「西欧的教養と東洋的教養との統一融合」[52]の象徴と、仰ぎ見ていた三島が、『金閣寺』執筆にあたり下敷きにしたのが、鷗外訳ゲーテの『ファウスト』(Faust)であったから。[53]

すでに書いた通り、三島は、みずからの自我を塗りこめるようにして、戦後の飛翔をかれにもたらした作品『金閣寺』を書いた。二十歳の時旧陸軍に拒絶された経験と、生と死とよみがえりという、三島のこれからを予兆する世界観の源となった『アポロの杯』の旅の足跡が『金閣寺』には息づいていたが、そのプロットを練るにあたって参照したのが、以下に書くように、ゲーテの『ファウスト』であった。

『金閣寺』執筆の時、おそらく三島は鷗外訳『ファウスト』を机上に置いていた。次の記述——「私がおどろいたことには、その後二人の愉しげな対話は、さまざまな名僧の死の逸話についてであった。或る名僧は「ああ、死にとうない」と言って死に、或る名僧はゲーテそっくりに「もっとあかりを」と言って死に、……」[54]

「作家論」の中で三島は鷗外を激賞した。「知的アイドル」「知的選良」「絶対本物の「ハイカラ」の総本家」。また「死んだ神の像」「超人」[55]とも。

三島のこうした嗜好と教養は、ついには登場人物を『ファウスト』から引用するまでにいたる。大谷大学で初めて「私」の友人となる柏木である。そして「私」溝口養賢も。放火僧の「私」を引き回す内翻足の友人柏木は悪魔メフィストフェレスの、そしてその柏木に従属する放火僧の「私」溝口養賢はファウスト博士の、それぞれ似姿として。人生を識り、「生きようと」思うためには、「私」は悪魔の導きを必要とした。

そのあたりを、もう少し詳しく『金閣寺』の構造から見ていくと——

三島は「私」を取りまく人物に、痼《しこり》となってみずからを捉えていた二つの観念にちなみ、名前を与えた。三島は生と死をつねに隣り合わせのものと認識していた。放火僧溝口は「生きようと」する側の人物として。大学で初めて友人となる鶴川は、名前の通り、長寿（よみがえり）の暗喩として。そして「私」を引きずり回す柏木は、皇宮守衛の任に当たる兵衛・衛門の今では使われなくなった古名から拝借し、旧陸軍の連想として。放火僧溝口はその間でたゆたいながら、物語の川をじわじわと流されていく。――「生きよう」とする側へ。

三島の経歴からいって、これは自然である。その周辺人物として長寿の暗喩「鶴川」と旧陸軍を示唆する「柏木」を配したのもうなずける。だがそこにはもう一つ、うっすらとした緞帳のように、光の差す角度によって濃淡を変える影法師のように、ゲーテの「ファウスト」が影を落としているとしたら？　これはどう読めば良いのだろうか？　作劇の下敷きとして、三島が扶育していた西洋的教養を推しはかればよいのだろうか。なぜならゲーテはメフィストフェレスにこんな特徴を与えたのだから――「おや、あいつは片々の脚が短いようだぜ」[56]――ファウストをたぶらかすメフィストフェレスは片方の脚が短い、跛（内翻足）であった、作中溝口をそそのかす柏木がそうであるように。

……まず登場するのは、鶴川である。鶴川は住職の縁故で預けられている寺の徒弟である。「その夏の金閣は、つぎつぎと悲報が届いて來る戦争の暗い常態を餌にして、一そういきいきと輝いてゐるやうに見えた。六月にはすでに米軍がサイパンに上陸し、連合軍はノルマンヂーの野を馳驅してゐた。拝觀者の數もいちじるしく減り、金閣はこの孤獨、この静寂をたのしんでゐるかのやうだつた」……「戦亂と不安、多くの屍と夥しい血が、金閣の美を富ますのは自然であつた。もともと金閣は不安が建てた建築、一人の将軍を中心にした多くの暗い心の持主が企てた建築だったのだ」[57]……だが孤獨と静寂を楽しんでいたのはむしろ三島の方だった。そして「美術史家が様式の折衷をしかそこに見ない三層のばらばらな設計は、不安を結晶させる様式を探して、自然にさう成つたものにちがひない。一つの安定した様式で建てられてゐたとしたら、金閣はその不安を包攝することができずに、とつくに崩壊してしまつてゐたにちがひない」[58]。

よみがえりの暗喩、鶴川

「鶴川」という命名は「死」と「よみがえり」の暗喩と見るのが自然であると書いた。だから、この人物は、「フィリッピンで多数の死傷者」を出したと三島が思い込む、だからこそ生きていて欲しかった存在として三島によって幻視された第百九十九聯隊の兵士をモデルに造形されたと、そう見てよい。鶴川は若い三島の理想の姿として描かれる。吃りの「私」と「口早な快活な話しぶり」の鶴川。「自分の醜さ」を絶えず意識している「私」と「私のまことに善意の通譯者、私の言葉を現世の言葉に飜譯してくれる、かけがへのない友」[59]鶴川。父への思いをどうしても言葉にできない「私」に向かって「へえ、變つてるんだなあ」と笑い声をあげる鶴川は、「私」を陰とすれば、日向のように「鶴川と私とのあひだには、夏のはげしい直射日光がある」——そんな認識を「私」の目の前に突きつける。「鶴川の若い顔は脂に照りかがやき、光りの中に睫を一本一本金いろに燃え立たせ、鼻孔をむしむしする熱氣にひろげて、私の言葉の終るのを待つてゐる」、そういう親和感《ラポール》。それを鶴川は与えられた。[60]

まるで青銅の馭者を嘗めるようにして描いた、あの筆致のようだ。鶴川は「私」に同情することはない。「嘲笑や侮蔑のはうがずつと」気に入る「私」は、しかし、その鶴川のやさしさに「すつぱりと裸かにされた快さ」を味わっている。「私」は吃りにいわく言いがたい自意識を見るが、それをいっさい気に掛けない鶴川を前にして「感情の諧和と幸福」を覚える。そして、ふたりが溶けあうにつれて、こんな認識が、降りてくる。「今まではこの建築の、不朽の時間が私を壓し、私を隔ててゐたのに、やがて焼夷彈の火に焼かれるその運命は、私たちの運命にすり寄って來た。金閣はあるひは私たちより先に滅びるかもしれないのだ。すると金閣は私たちと同じ生を生きてゐるやうに思はれた」[61]。金閣はいずれ滅びる、とそれを見ている「私」の目にはそのように映った。だから金閣は「私たちと同じ生を生きてゐるやうに思われた」と。生と死とよみがえりが金閣の周囲にぐるぐるしている。旧日本軍の幻像である以上、当然だろう。

さらに続けて三島はこう書いた、「さうだ。時には鶴川は、あの鉛から黄金を作り出す錬金術師のやうにも思はれた。私は寫眞の陰畫、彼はその陽畫であつた。ひとたび彼の心に濾過されると、私の混濁した暗い感情が、ひとつのこらず、透明な、光りを放つ感情に變るのを、私は何度おどろいて眺めたことであらう！」[62]

陽畫である「鶴川」は陰畫である「私」の前できらびやかに輝いていた。二項を対立させ比較しながら筆を進めていくのはこの作家の思考の癖だが、その大きな節目が「フィリッピンで多数の死傷者」を出したという第百九十九聯隊の運命であった。すでに論証したようにそれは事実ではなかったが、本当なら同期の桜となる筈だった二十歳そこそこの若者たちの過酷な最期が三島の中で芽を吹き、花を生し、かれ本来の「負い目」を昂進させた。「生きて」ある自分と、「多数の死傷者」を出した第百九十九聯隊の兵士たち。こうして、三島は、死への猛烈な傾斜感から遁れることができなくなった。

いや、逆かもしれない。そもそも作家の裡にあった「タナトス」が嵩じて、本来の生の希求とのせめぎ合いの中、生と死の対立が起こったのだ、と。それが陰畫と陽畫という二項対立の淵源なのだ、と。どちらが真実であるにせよ、みずからを「陰畫」と見る三島には、内心の「混濁」を反転させてくれる鶴川ほど、まぶしい存在はなかっただろう。うらやましい存在は。

こうして兵士を羨む三島にとって、鶴川はフィリッピンで多数の死傷者を出した第百九十九聯隊の兵士の暗喩となった。鶴川が若者の美質をことさらに与えられたのも当然だろう。鶴川は三島のなりたかった自分、あらまほしき我、理想我である。

メフィストフェレス

鶴川は死の暗喩であり、かつ幾度もよみがえり千年を生きる修行僧としてある。いっぽう溝口を引きずり回し、だからこそ溝口の従属的人格を際だたせ、故に「金閣」に火を放つ放火僧溝口の〝成長ぶり〟を強く印象づける役目を与えられたのが、もうひとりの友人、柏木である。鶴川が戦争中の人物であったのに対して、「戦争がをはつた」後に現れた柏木は戦後を象徴する人物である。金閣は「たうたう空襲に焼かれなかつた」「今日からのちはもうその惧れがない」、そう思ういっぽう、「私」は「金閣と私との關係は絶たれたんだ」と思う。「「これで私と金閣とが同じ世界に住んでゐるといふ夢想が崩れた。またもとの、もとよりももつと望みのない事態がはじまる。美がそこにをり、私はこちらにゐるといふ事態」。「この世のつづくかぎり渝らぬ事態……」」[63]。敗戦はこうした「絶望の體驗」を「私」にもたらした、そんな折、大谷大学に進んだ「私」の前に現れた「私」と似た學生、それが柏木だった。

柏木は足に障害を負っていた。

「名は柏木といふことを私は知つてゐた。柏木の著しい特色は、可成強度の兩足の内翻足であつた。（中略）入學當初から、私が柏木に注目したのは、いはれのないことではない。彼の不具が私を安心させた」[64]

一九四五年二月十日の経験があった。

風邪を肺湿潤と「誤診」され「即日帰郷を命ぜられた」、その体験がトラウマとなっていた。だから、柏木の「不具が私を安心させた」という設定。これは腑に落ちる。だが、この柏木の造形には、もうひとつ、当時の三島が空気のように呼吸していたエトスの残滓が顔をのぞかせている。

空気——先に指摘した通り、『金閣寺』の下層にわだかまるゲーテの影が。

「ファウスト
ふん。君は探偵が道楽だと見える。
　メフィストフェレス
私は全知ではないが、大ぶいろんなことを知って居ますよ」[65]

ふたりを案内役と道連れとしたこの会話が『金閣寺』における柏木と「私」との間の距離感になっている。

以下、ファウストを引きずり回す、メフィストの科白——

「これから己が先生を乱暴な生活
平凡な俗事の中へ連れ込んで引き擦り廻し、
もがかせて、放さずに、こびり附かせて、
厭くことを知らない嗜欲の脣の前に、
旨い料理や旨い酒をみせびらかしてくれる」[66]

　そして、

「おや、あいつは片々の脚が短いようだぜ」[67]

第一部、ライプチヒなるアウエルバハの窖《あなぐら》の中、「薬罐頭の布袋腹」の大学生ジイベルによって、明かされる悪魔メフィストの弱み。

柏木は「私」を誑かし、そそのかす役だった。「辨當を喰ってゐる」時そばに寄ってきた「私」にむかって、柏木は、

「「吃れ！　吃れ！」と……二の句を繼げずにゐる私にむかつて、面白さうに言つた。

「君は、やつと安心して吃れる相手にぶつかつたんだ。さうだらう？　人間はみんなさうやつて相棒を探すもんさ。それはさうと、君はまだ童貞かい？」」[68]

ゲーテの『ファウスト』は悪魔メフィストと契約し人生のもろもろを経験しようとするファウストの遍歴の物語である。三島はいくつか入手可能だった飜訳本の中でも、まず間違いなく、鴎外訳に親しんでいただろう。だから本稿の引用も鴎外訳から取っている。ファウスト博士を振り回すメフィストと、「醫者」のような厳密さで「私」に答を迫る柏木のひとを引きずり回す人格とは、好一対をなしている。

それはまた、「私」とファウストの受動的人格とも、好一対である。

すでに見たように三島はみずからの「受動的人格」を羞じていた。「私」溝口養賢が三島である以上、かれが受動的に造形されたのは、この恥を雪ぐことに生の意味を見出していた三島の向後の行動からして、当然である。その性格を生涯歯嚙みして克服することに三島はこだわった。

のっけから柏木は「私」を支配しにかかる。「どうやら俺のやつて來たことは多分君にとつていちばん値打ちがあり、俺のやつて來たとほりにすれば、多分それが君にとつて一等いい道だと思はれたからだ。宗教家はさういふ風にして信者を嗅ぎだし、禁酒家はさういふ風にして同志を嗅ぎだすことを君も承知だらう」[69]

遺書まで書いていた。あの頃の日本人が皆そうだったように半ば死を覚悟していた。「生」と「死」の狭間でもがいていた二十歳の公威＝三島は、あの日、父に手を引かれ「ともかくも「死」ではないもの、何にまれ「死」ではないもののはうへと」[70]駈けに駈けた。

もし入隊検査に合格していたら姫路編成の第八十四師団第百九十九聯隊に所属するはずだった。この聯隊が「本土防衛」の掛け声のもと、本来派遣されるはずだった沖縄ではなく「相模湾及び駿河湾方面の確保と滅敵」を期して小田原市に進出し、その運命の導きに従って「全員生還」した史実については序章のなかで明らかにした。[71]

となると、こんな解釈はどうだろう。終戦後、花々しい作家的成果を収めつつまずは生きようと思った三島は、なお「タナトス」に囚われる中、みずからの内なる人間、分裂した自意識と懸命に折り合おうと務めていた、と。その綱引き（あるいは、アクロバット）の微妙な塩梅がこの時期の作家の生の主目的となっていた、と。そこから三島は跳躍を始めるが、それに浮力を与えたのが「身体(行為)」の発見、具体的にはボディビルの開始であったが、このせいでまず三島が手がけた小説『金閣寺』はそうした三島の自意識が自然、塗りこめられることになった、と。だから、この意味で、『金閣寺』は人間三島の(二つに分裂した)自意識を主調音とした、かれの自我が沈殿した小説である、と。

「「さうだらうな。君は童貞だ。ちつとも美しい童貞ぢやない。女にももてず、商賣女を買ふ勇氣もない。それだけのことだ。しかし君が、童貞同士附合ふつもりで俺と附合ふなら、まちがつてるぜ。俺がどうして童貞を脱却したか、話さうか？」

柏木は私の返事も待たずに話しだした」[72]……

自我

「今度は漢文だらう。つまらんぢやないか。そこらへ散歩に行かう」柏木の永い話を聞いたあと我に返った「私」はそう言われて、後に従う。そしてある感情に見舞われる。「柏木のまことに獨特な歩き方」を目にして「恥かしいといふのに近い感情」、「柏木と一緒に歩くのが恥かしい」という感情に。

そしてこう認識する、「柏木は私の恥の在處をはつきりと知らせた。同時に私を人生へ促したのである。……」[73]

まるで悪魔メフィストに人生を先導されるファウスト博士のように。

しかし――

これは不思議なことではないだろうか。これまで作家のさまざまな文章を読み、小説のプロットを分析しても第百九十九聯隊の運命に三島が思いを馳せたと思しい描写はないのである。三島の自我を塗りこめた『金閣寺』を読んでも。ただ一つ、『わが思春期』のなかに、「あとで聞くと、その隊は、みなフィリッピンへ連れていかれて、数多くの戦死者を出したそうであります」という一文が読み取れるばかりだ。[74]果して誰から聞いた話か、訝しく思うばかり……。

ところが――。ところが――。

少し検討の手を加えてみると、三島が第百九十九聯隊の運命を思いやったと思しい描写が『金閣寺』中に見出されるのである。「鶴川」である。

より具体的に述べると、「鶴川」の死である。

柏木に唆されて、しかしかれの連れてきた女との関係にしくじり「むしろ目の前の娘を、欲望の對象と考へることから遁れようとしてゐた」「私」は、「これを人生と考えるべき」と思い直して「生をわがものにする」ため「やうやく手を女の裾のはうへ辷らせた」[75]「そのとき金閣が現はれたのである」[76]――ここで描写はいきなり象徴性を増す。それは三島の裡で結晶化されたかれの本質、作家の自我に触れる文章だからだろう。金閣を「世界の隅々」「この世界の寸法をきつちりと充たすもの」と定義した後、その日の夜、届いた電報で、鶴川の死の知らせがもたらされた。

具体を抽象化し象徴化する三島の技量には目を瞠らされる。なぜなら、先に書いた通り、「金閣」とは、敗戦で亡骸となった旧陸軍なのだから。

そして「私は鶴川の亡骸も見ず、葬ひにも列ならず、どうして鶴川の死を自分の心にたしかめたらよいかと迷つた」[77]。既述の通り、三島は、敗戦間際に第百九十九聯隊の進出先からほど近くの海軍高座工廠に学徒動員されていた。しかし、間近で本土決戦の覚悟を固める戦友らの運命に思いを馳せることはなかった。本当には、第百九十九聯隊のその後を知らなかった。しかし「同期の桜」鶴川には死の休息を与えた。その意味で、鶴川の死は、第百九十九聯隊の兵士らの運命を思いやった三島なりの情緒であるだろう。

鶴川は三島の理想の人格であった。鶴川の中に兵士のあるべき姿としての「象徴性」を見ていた。「とまれ私の生には鶴川のやうな確乎たる象徴性が缺けてゐた。そのためにも私は彼を必要としたのだつた」[78]

鶴川を陽と見、「私」を陰と見る二項のせめぎ合いがここにも現れている。

自意識に、この自意識に、三島は苦しんでいた。

鶴川の死が事故死ではなく自殺だったと明かされるのは、それからほどなくのことである。

囚われの狂女

いっぽう、脱走兵と親しくなり、妊娠した有為子はファウストの愛人となってその子を身ごもったグレートヒェン（マルガレエテ）の現し身である。三島は有為子を「捕らはれの狂女」[79]と書いた。その有為子は、

「　　　マルガレエテ
わたくし母あ様を殺してしまって、
赤さんを水の中へ投げ込みましたの」[80]

という『「ファウスト」』、狂女マルガレエテの描写から導き出されたものである。――そう言ってよい。

偉大な神の死

三谷信はその著書『級友　三島由紀夫』のなかでこんな証言をしている。――「彼には明らかに国難に赴くという心はあった。けれどもそれは、一兵卒としてではなく、文筆の徒としてであった。

従って彼が何といおうと、即日帰郷は余程うれしかったに違いない。それと共に、皆に対し一寸恥ずかしいという気持も、ないわけではあるまい。だから「遺憾千萬」などといっている。しかしなお、抑えても抑えても抑え切れぬ微笑が、頬に浮かんでいたろう。また本業にもどれるぞという幸福感に燃えていたろう」[81]

「何よりも、当時の三島が、今でいう秘境の様な僻地での軍隊生活に耐えられたか否か疑問である」[82]

と三谷は続けて書くが、ここには二十歳の新進作家三島由紀夫の真実が際だっている。

小説『金閣寺』における金閣はこのように旧軍のメタファである。放火僧の「私」は三島その人。最初に「私」の友人となる鶴川は第百九十九聯隊の兵士、そして「私」をそそのかし人生へと導く柏木と「私」を翻弄する有為子は、ゲーテ『ファウスト』の変形《ヴァリエーション》またはその登場人物の変身《メタモルフォーゼ》であり、その訳者が鷗外だったことから三島の「鷗外好み」が投影された森鷗外の影である、と言ってよい。そして「金閣＝旧軍」は言うまでもなく「天皇」の軍隊であった。これが、大まかに言って、小説『金閣寺』という建造物の表象構造であり、その土台は「生と死とよみがえり」の葛藤に苛まれていた人間三島の「自我」そのもの——。

これが小説『金閣寺』の構造の全容と言っていい。

「……たしかに二・二六事件の挫折によって、何か偉大な神が死んだのだった。当時十一歳の少年であった私には、それはおぼろげに感じられただけだったが、二十歳の多感な年齢に敗戦に際会したとき、私はその折の神の死の怖ろしい残酷な実感が、十一歳の少年時代に直感したものと、どこかで密接につながっているらしいのを感じた」[83]そして「それを二・二六事件の陰画とすれば、少年時代から私のうちに育まれた陽画は、蹶起将校たちの英雄的形姿であった。その純一無垢、その果敢、その若さ、その死、すべてが神話的英雄の原形に叶っており、かれらの挫折と死とが、かれらを言葉の真の意味におけるヒーローにしていた」[84]

これは有名な話だが、三島は軍隊をセルフ・リスペクト（Self-respect）、セルフ・サクリファイス（Self-sacrifice）、セルフ・レスポンシビリティ（Self-responsibility）と定義していた。「セルフ・サクリファイスの最後の花は、いうまでもなく特攻隊でありました」[85]

だから軍は「滅び」へと傾斜していく自己愛、自己投影の投射幕としてあった。

一九六一年、三島は二・二六事件外伝とも言える『憂国』を書いた。一九六六年には『英霊の聲』を書きはっきりと「日本回帰」した。これらに戯曲『十日の菊』（六一年十二月発表）を加えて「二・二六事件三部作」というが、「日本回帰」するにあたり、三島が急速に——他でもない——二・二六事件の青年将校らに自己投影していったのは、そもそも〈旧軍＝天皇〉への傾斜感を抱えていた作家の心的メカニズムからして、必然であったろう。三島はこんなことも言っている。「私に言せれば、二・二六事件その他の皇道派が、根本的に改革しようとして、失敗したものでありますが、結局勝ちをしめた統制派というものが、一部いわゆる革新官僚と結びつき、しかもこの革新官僚は、左翼の前歴がある人が沢山あった。こういうものと軍のいわゆる統制派的なものと、そこに西欧派の理念としてのファッシズムが結びついて、まあ、昭和の軍国主義というものが、昭和十二年以降に初めて出てきたんだと外人に説明するんです」[86] そして「自由主義者も社会民主主義者も、いや、国家社会主義者ですら、「二・二六事件の否定」というところに、自分たちの免罪符を求めている」のに反して「二・二六事件を……私は躊躇なく肯定する……」と。[87]

生への駈け足

『金閣寺』の中に、次のような会話がある。


「そやかて、いづれ兵隊にとられて、戦死せんならんかもわからへん」

「あほ。こんな吃りが兵隊にとられたら、日本もおしまひやな」

私は、背筋を硬ばらせて、母を憎んでゐた。[88]

「吃り」が「兵隊にとられたら」「日本」も終わり、このセリフの裡にあるのはおのれのひ弱さを悔やむ三島の、まさに人生の先行きを左右しかねないコンプレックスであった。これは、己の弱みについて、作家が肚の奥からさらけ出した真率な懺悔でもあるだろう。

鶴川の死は、物語を、戦後へと誘っていく。鶴川は「前日の晩」「浅草の伯父の家へゆき、馴れぬ酒をご馳走になつ」て、「その帰るさ、驛の近くで横丁から突然あらはれたトラックにはね飛ばされて、頭蓋骨折で即死したのである」。「君は、未来のことに、何の不安も希望も持たへんのか？」と訊く「私」に「持ってないんだ、何も。だつて、持つてゐて何になるんだ」[89]と答えた鶴川が。

その後、惚けたように一年近くも喪に服していた。「學校の圖書館が……唯一の享楽の場所に」とあるが、それは一九四五年五月に学徒動員され、整備工として働くはずが健康不良を口実に肉体労働をまぬかれ、「図書館」の管理を任された二十歳の平岡公威の姿であるだろう。[90]

私は、三島を書く者として、『金閣寺』が私小説だと言っている訳ではない。そうではなく、これまで書いてきたように、『金閣寺』は「私」による告白体を採用した、その意味で作者の来し方（と、行く末）がそこここで呼応する、三島の人生の書であると言っているのだ。そして三島が「私」溝口を発見し、ドッペルゲンガーDoppelgangerでありメフィストである柏木と第百九十九聯隊の亡霊かつ自身の理想我鶴川を造形したとき、作者のプランには、まず間違いなく三島の戦後をしかと捉えていた立ち位置、「生きよう」という決意があった。だから『金閣寺』は三島の人生の決算書、その前半生の帳尻を生の側へと収めようと必死に足掻いて産み落とした、絶唱に等しい原初の叫び《プライマル・スクリーム》なのだと、そう言っているのだ。だからこそ「私は駈けた」（と三島は書いている）。「どれだけ休まずに私が駈けたかは想像の外である」[91]

「どこをどう通つたのかも憶えてゐない。おそらく私は拱北樓のかたはらから、北の裏門を出て、明王殿のそばをすぎ、笹や躑躅《ツツジ》の山道を駈けのぼつて、左大文字山の頂まで來たのだつた」[92]「私」は駈けに駈けた。「生きる」ために、懸命に、必死に。なぜなら三島はあの時も「駈けた」のだから、みずからの未来へ向かって、生きるために、懸命に、必死に。「門を一歩踏み出るや倅の手を取るようにして一目散に駈け出しました」と父、梓は書いている。「早いこと早いこと、実によく駈けました」

「どのくらいか今は覚えておりませんが、相当の長距離でした。しかもその間絶えず振り向きながらです。これはいつ後から兵隊さんが追い駈けて来て、「さっきのは間違いだった、取消しだ、立派な合格お目出度う」とどなってくるかもしれないので、それが恐くて恐くて仕方がなかったからです。「遁げ遁げ家康天下を取る」で、あのときの逃げ足の早さはテレビの脱獄囚にもひけをとらなかったと思います。（原文改行）やっと小川の土橋のところで二人（註・公威と父梓）は丸太に腰をかけて小休止をとりました。ハアハアする自分の息に気がつきました」[94]。あの日、二十歳の平岡公威が入隊検査を受け、「青二才の軍医」の手ごころで「即日帰郷」を命じられた直後の、父と子の映像である。『金閣寺』の生への駈け足はこのメモワールから取られた。

鶴川の喪に一年近くも服していた「私」――「少年時代から、人に理解されぬといふことが唯一の誇りになつて」いた「私」は深い内省にとらわれる。そして「何ら斟酌なく自分を明晰たらしめようとしてゐたが、それが自己を理解したいといふ衝動から来てゐたかどうか疑はしい」[95]という自己懐疑に沈みこむ。金閣の美がこの内省の合間合間に立ちはだかる。「金閣の美の與へる酩酊が私の一部分を不透明にしてをり、この酩酊は他のあらゆる酩酊を私から奪つてゐたので、それに對抗するためには、別に私の意思によつて明晰な部分（傍点引用者）を確保せねばならなかつた」[96]三島をめぐる言説のなかでも、明晰は、ひときわ話題とされて止まない、かれの人間を随一際だたせる特徴である。その「私」を跛で癒やし、言葉で拉し去るのが柏木であった。

小説『金閣寺』は語り手の「私」を視点人物に、左に柏木、右に鶴川を配した三角形の人間関係にその駆動力の多くを負っている。そして柏木はゲーテの影、鶴川は第百九十九聯隊の兵士であった。その意味で、この小説は、読めば解ることだが、どこかに弁証法的な塩梅を感じさせる造りになっている。

『金閣寺』の構造分析

『金閣寺』の構造を分析すること——それは金閣を「美」と極めて近しい幻像と見なす作者と、その分身である「私」、さらにそのドッペルゲンガーかつ「私」を従えるメフィスト「柏木」、また理想の日本兵「鶴川」をめぐる、戦後という状況の下での、三者三様の「生と死とよみがえり」のせめぎ合いへと落下していくことである。小説『金閣寺』を把握しようと務めるとき、私の脳裏には、そんな揺るぎない思いが、迫ってくる。しかし、何とか「人生に参与しようと」していた「私」は柏木に嗤われ、老師には無視され、たまたま鹿苑寺を訪れた禪海和尚に出会って初めて「残る限なく理解されたと感じ」て、認識を越えて、「行為の勇氣が新鮮に湧き立」[97]ってくる。「認識」ではなく「行為」が。「行為」の「勇気」が。そこをたゆたう「私」はみずからの希薄な「生」を探しあぐねて彷徨う修験者のようだ。その前に美そのものの金閣がうっそりと佇んでいる。しかし美ほど不分明なものがあろうか。美は「君臨していた！」、しかし美はつかみ所がなかった。「それは濃紺地の紙本に一字一字を的確に金泥で書きしるした、納經のやうに、無明の長夜に金泥で築かれた建築であつたが、美が金閣そのものであるのか、それとも美は金閣を包むこの虚無の夜と等質なものなのかわからなかつた」[98]

「おそらく美はそのどちらでもあつた。細部でもあり全體でもあり、金閣でもあり金閣を包む夜でもあつた」[99]

「一つ一つのここには存在しない(傍点三島)美の豫兆が、いはば金閣の主題をなした。さうした豫兆は、虚無の兆だつたのである」

「虚無がこの美の構造だつたのだ」[100]

金閣は三島のなかで「美」となり「人生の幻像」となったが、それは虚無の別名でもあった。「細部の美はそれ自體不安に充たされてゐた」[101]、それは「虚無の豫感に慄へてゐた」

虚無とは決して手にすることの出来なかった三島の人生である。そして三島はこう続けた、「それにしても金閣の美しさは絶える時がなかつた！　その美はつねにどこかしらで鳴り響いてゐた。耳鳴の痼疾を持つた人のやうに、いたるところで私は金閣の美が鳴りひびくのを聴き、それに馴れた」[102]

「私」は燐寸を擦った。一本目、二本目、三本目としくじったが、自分で差し挟んだ藁のありかを探し出すと、今度は二本の燐寸を「束《つか》ねて擦った」[103]

すると――

「火は藁の堆積の複雑な影をゑがき出し、その明るい枯野の色をうかべて、こまやかに四方へ傳はつた。つづいて起る煙のなかに火は身を隠した。しかし思はぬ遠くから蚊帳のみどりをふくらませて焔がのぼつた。あたりが俄に賑やかになつたやうな氣がした」[104]

こうして「私」が駈け出した先には「生きよう」という決意があった。それは、あの日の記憶の連想がもたらしたもの、それ自体だった。

註

1　宮崎正弘『三島由紀夫はいかにして日本回帰したのか』（清流出版）１５０頁

2　https://ja.wikipedia.org/wiki/相沢事件 (accessed March 22, 2019)

3　早坂隆『永田鉄山　昭和陸軍「運命の男」』（文春新書）146頁
4　同
5　同書、147頁
6　大谷敬二郎『二・二六事件の謎　昭和クーデターの内側』（光人社NF文庫）196頁
7　同書、62頁
8　同
9　関野克編『日本の美術2　No.153　金閣と銀閣』（至文堂）93頁
10　松本清張『昭和史発掘9』（文藝春秋）1頁
11　三島由紀夫『英霊の聲』（河出書房新社）250頁
12　黒崎貞明『恋闕　最期の二・二六事件』まえがき
13　三島由紀夫『決定版　三島由紀夫全集42』（新潮社）95頁
14　安藤武編『三島由紀夫「日録」』（未知谷）66頁
15　三谷信『級友　三島由紀夫』（中公文庫）15頁
16　三島由紀夫「私の遺書」『私の遍歴時代』（筑摩文庫）249頁
17　伊達宗克『裁判記録「三島由紀夫事件」』（講談社）94－95頁
18　安岡真「『太陽に乾杯』三島由紀夫の生の欲動——三島事件の心的機序の研究②」（東京国際大学論叢人間科学・複合領域研究　第2号）67頁
19　安岡真「ローマへ——聖セバスチャンのアイコノグラフィー——三島事件の心的機序の研究③」（東京国際大学論叢　人間科学・複合領域研究　第3号）85頁
20　安岡真「『太陽に乾杯』三島由紀夫の生の『欲動』——三島事件の心的機序の研究②」（東京国際大学論

叢　人間科学・複合領域研究　第2号）70頁
21 一九五〇年七月四日付朝日新聞
22 サンデー毎日一九五〇年七月十六日号
23 三島由紀夫『金閣寺』『豪華版　日本現代文學全集38　大岡昇平　三島由紀夫集』（講談社）310頁
24 同
25 同
26 サンデー毎日一九五〇年七月十六日号
27 三島『金閣寺』310頁
28 同書、311頁
29 一九五〇年七月四日付朝日新聞
30 「金閣寺」創作ノート（校訂　佐藤秀明）『三島由紀夫　没後三十年』（新潮11月臨時増刊、新潮社）87頁
31 同
32 安岡「『太陽に乾杯』三島由紀夫の生の『欲動』」70頁
33 三島『金閣寺』318頁
34 同書、317頁
35 同
36 三島由紀夫『わが思春期』（集英社）5頁
37 三島『金閣寺』319頁
38 同書、319頁
39 同

40 同
41 同
42 平野啓一郎『金閣寺』論「モノローグ」(講談社)所収
43 同書、18頁
44 井上隆史他編『混沌と抗戦』(水声社)49頁
45 三島『金閣寺』319頁
46 同
47 井上隆史他編『混沌と抗戦』50頁
48 三島『文化防衛論』60頁
49 三島『アポロの杯』131頁
50 三島『金閣寺』324頁
51 同
52 三島『作家論』(中央公論社)8−9頁
53 島崎博編『定本　三島由紀夫書誌』(薔薇十字社)によると、三島は秦豊吉訳の新潮社版『ファウスト』を所蔵していた。森鷗外訳『ファウスト』については、これを蔵書していたとの記録はないが、恐らく全集等で鷗外訳に親しみ、『金閣寺』執筆の際はこちらを参照していたものと思われる。秦豊吉訳は、コンパクトな文庫版のため、蔵書に加えていたのだろう。
54 三島『金閣寺』321頁
55 三島『作家論』8−9頁
56 ゲーテ、ヨハン・ヴォルフガング・フォン「ファウスト第一部」(森鷗外訳)、『森鷗外全集II』(ちくま文庫)

153頁
57 三島『金閣寺』323頁
58 同書、324頁
59 同書、332頁
60 同書、327頁
61 同
62 同書、332頁
63 同書、335頁
64 同書、347頁
65 ゲーテ、前掲書、112頁
66 同書、129－130頁
67 同書、152頁
68 三島『金閣寺』348頁
69 同
70 三島由紀夫『仮面の告白』（新潮文庫）113頁
71 安岡「三島事件の心的機序の研究――『仮面の告白』の虚偽を中心にして」を参照のこと。
72 三島『金閣寺』348頁
73 同書、352－353頁
74 同書、78頁
75 同書、361頁

76 同
77 同書、363頁
78 同書、364頁
79 同書、314頁
80 ゲーテ、前掲書、334頁
81 三谷、前掲書、50頁
82 同
83 三島『英霊の聲』250頁
84 同書、250－251頁
85 山本舜勝『三島由紀夫の絶叫』（パナジアン）71頁
86 同書、72頁
87 同書、115頁
88 三島『金閣寺』334頁
89 同書、338頁
90 安岡「三島事件の心的機序の研究――『仮面の告白』の虚偽を中心にして」を参照のこと。
91 三島『金閣寺』418頁
92 同
93 平岡梓『倅・三島由紀夫』（文春文庫）70頁
94 同
95 三島『金閣寺』365頁

96　同書、365－366頁
97　同書、412頁
98　同書、416頁
99　同
100　同
101　同
102　同
103　同
104　同書、418頁

最終章　『豊饒の海』について

崩壊

夜から引き摺り出されるかのような気分で寝台から抜け出した。冷たい冬の光が目の奥に飛びこんできた。辺りをひとわたり見渡すと、決意がむくむくとこみ上げてきた。時計は午前八時を指している。制服はすぐそこに畳んであった。部屋を満たす光を身体で受けとめて制服に腕を通し、制帽を被る。寒い朝だった。乾いた感触が膚をピリッとさせた。

一九七〇年十一月二十五日になっていた。天空は鈍く、気温は五度あまり。部屋はしんと冷えていた。鏡に映るおのれの制服姿に、三島は、じっと目をやった。向こうから公威が見つめ返してきた。その公威の目を三島は無表情に見つめ返した。さながら合わせ鏡のように、無数の目が永遠を目がけて重なった。

崩壊が、そこには映っていた。

今、三島を書く者として、その朝を想像し、ここへと歩みを進めてきた作家の精神の軌跡を思う時、まず私の心に浮かぶのが、この日の朝、三島の眼に映っていたであろう武人としてのおのれの姿を見つめ返す公威のその自画像である。三島の眼には崩壊が映っていた。だがそこには永遠を生きることへの憧憬もあった。

——自分をファナティックにできない人間はだめだよ、三島はある時、親友で評論家の村松剛にこう言ったという。[1] それと符合するように、みずからアイデアを出して会場の構成を決めた「三島由紀夫展」（東武百貨店、七〇年十一月十二日〜十七日）で、みずからの人生を四つの「河」に喩え、最後を「行動の河」と名づけている。そして、こう言った——いくら「文武両道」などと云ってみても、本当の文武両道が成立つのは、死の瞬間だけ、と。[2]

それは崩壊の瞬間のことであり、崩壊は永遠の生、再生への入り口でもあった。

小説家として、厳しい眼差しでおのれを眺めてきた。その態度がなまなかであった筈はない。だが三島は罅《ひび》割れた自我とでも呼ぶほかはない感性をその裡に飼い慣らしていた。「見る・見られる」ことに三島は特殊の意味を与えていたが、その理由は、観察すべき対象のなかに罅割れた自意識を有するみずからを映し出す何かを探り当てようとしたからだろう。そうして観察することによって、つかみ所のないイメージは初めて「実体」となって、三島を安堵させた。覗き見るという行為は、作家につきまとう、ある強迫をなしている。

前日の夜十時ごろ、父と母に最期の挨拶をするために、自邸の離れを訪れた。父・梓に一日に吸うタバコの本数をたしなめられたそのやり取りが、今生の別れを告げる最後の会話となった。[3]

「新潮」編集部の担当編集者に電話をし、「明日原稿を渡せる。十時半ころ来てくれ」と告げたのは二十四日の午後三時ころ。一九七〇年七月から連載されていた『豊饒の海』最終刊『天人五衰』の最終稿のことだが、編集者が翌朝十時四十分頃に三島邸を訪れたときには、三島はすでに家を出たあとだった。

――市ヶ谷の陸上自衛隊東部方面総監部へ行くために。

『豊饒の海』は言うまでもなく三島の遺作であり最高傑作である。その『豊饒の海』を私はこれまで通して二度、読んだ。一度目は遺作としての興味から、二度目はより深く味読したいという野心をもって。初めて読んだときは、率直に言って、解らなかった。むやみに晦渋でペダンチックな文体だな、と思っただけで、深く触れたとは言えなかった。しかし二度目に読んだときは、私は「事件」について調べ、主立った評伝にも目を通し、よりその世界観に寄り添って読んだせいだろう、心からの愕きをもってこの書と向き合うことになった。三島の精神が崩れていきながら、その先の永遠を見ている――そのことがこの小説には書かれている。これまでの三島経験から、この作家は一体に私小説的傾向が強いな、と考えていた。そして自身を語るその「語り」は、どこか「信用が置けない」とも感じていた。その「信用の置けなさ」の一端は、作家一流のダンディズム（自己愛と言ってもよい）にあるというのが私の見立てだが、それを羅針盤に三島理解を進めれば何かが現れるかも知れないと、私は三島という作家を読み込むにつれて、少しずつ、ほぼ直感的に、思うようになっていた。ダンディズムはある種のフォルマリズムを生む。形から破壊へ、そして再生へ。三島の剣道への打ち込み、一切合財が計算ずくのような生活態度、他者への厳正な視線等、その全てが、みずからの「フォーマル」を筋の通った「信念」に変えた作家の「生（と、死）」を支えている。三島の登場人物、特に『豊饒の海』の人物たちはそのように解釈しない限りは理解できまい。なぜなら、三島はみずからを細かく切り刻んでかれら登場人物たちを造形したからだ。この本には三島その人の「フォーマル」が溢れている。

『豊饒の海』を二度まで読んでみた私の感想――。今さら言うまでもないことだが、世界解釈というその一点で、この作品は小説家三島由紀夫随一の傑作であり、日本文学を真に世界文学の地平へと飛躍させた金字塔とも言える作家的達成の極みである、と思う。そのプロットは二十歳で死ぬなり次々と別の人格に生まれ変わる若者の転生譚と、その転生の有様を自身二十歳のときから老境に差しかかるまで一貫して眺めてきた法律家による、輪廻転生をめぐる認識と思索のタピスリー、そうひとまずは言っておく。

「眺める」、ここに作家三島由紀夫の秘密がある。

消尽

小説は最後、自己（と世界全体）が結局は消尽していく、存在しなかったという特異な世界認識に読者を誘うが、この極めて東洋的な結構は「金閣」の焼失から離陸した三島的世界観が極限まで発展した姿であると言ってよい。ちなみにいま「世界」と言ったがこれは三島が自己を没入（投影）させていた対象全部のことを指している。そこには——当然——三島本人も含まれる。

『豊饒の海』の筋立てを、以下まとめておくと——、

『豊饒の海』四部作の第一巻は『春の雪』と題され文芸誌「新潮」に一九六五年九月から六七年一月まで掲載された。「あれは私小説」、三島は『豊饒の海』をそう呼んだが、『春の雪』の主人公、松枝清顕と本多繁邦のふたりは、ともに十八歳、ともに學習院に通っているという設定で、その後の小説の展開から、ともに三島の分身（ドッペルゲンガー）と言ってよい。四部作の視点人物はあえて言えばいずれも三島その人であるが、特に清顕はその美しさにおいて際だっていた。「ほかの侍童と比べても、清顕の美しさは、どんなひいき目もなしに、際立ってゐた」[4]。いっぽうの本多は「清顕と本多は、同じ根から出た植物の、まつたく別のあらはれとしての花と葉であつた」とされる通り、ふたりは本質的にはidentical（双生児）である。ふたりはそもそも同一人物として、三島の中で、意識された。養賢を陰畫、鶴川を陽画とした『金閣寺』の人物配置が思い出される。その清顕の前に伯爵令嬢の綾倉聡子があらわれる。聡子は清顕の二つ上、雅に憧れた松枝侯爵がまだ幼かった清顕を綾倉家へ預け、識り合った。

　その聡子に治典王殿下との結婚話が持ち上がったのは聡子が二十歳のとき。恋に悩む娘らしく、態度を左右する聡子だったが、ある日清顕を前にしてこう告げる、「私がもし急にゐなくなつてしまつたとしたら」

このひと言に恐怖する清顕だったが、やがてその恐怖は「廣大な幸福」へと一転する。聡子が宮の求婚を断ったのだ。「それは聡子が清顕を愛してゐたからである」[5]（傍点三島）と、三島は傍点で清顕の心情を強調する。

罅

罅割れた自意識、と先に私は三島の内界についてそう書いたが、この傍点部分は、常に正と負を同時に眺めている三島の痼疾がそう言わせた――その文脈で理解されるべきである。三島の描写には、多くの場合、裏の意味が張り付いている。そしてそれはメタファーとしてではなく、語りの「信用の置けなさ」として読み手を戸惑わせる。描写の奥の巧まざる計略と言うか。その後清顕は聡子と逢瀬を重ね、聡子は妊娠する。が、その間も宮と聡子との縁談は進行していた。その結婚の勅許が下りたあと、破局がおとずれる。「子《やや》さんを始末遊ばすのでございますよ、一刻も早く」[6]。綾倉家の老女中、蓼科によって、聡子はそう告げられる。

『春の雪』は三島の女性理解が隅々まで行き渡った傑作である。読者も、三島が同性愛を取り沙汰されていたことは、ご承知であるだろう。いま私は、こうして三島を書いているわけだが、例えばこの『春の雪』一編を読んだだけでも、作家が真性の同性愛者であったとの説には与することが出来ない。聡子という女性の実態があまりにもありありと読み手に伝わってくるのだ。あるいは……？

ともあれ三島の性については、精神分析家の判断に任せるほかあるまい。さて聡子は堕胎し、出家、清顕の前からも姿を消す。そして清顕は有名なあのセリフ、「今、夢を見てゐた。又、會ふぜ。きつと會ふ。瀧の下で」という一言を残して、本多に見守られながら、二十歳で死ぬ。

清顕の転生者とおぼしい飯沼勲を中心に展開するのが第二巻『奔馬』である。本多繁邦は東京帝大を卒業後、高等文官試験に合格し、大阪地方裁判所に詰めていた。ある日のこと、大神《おおみわ》神社で催された剣道の試合で「眉が秀で、顔は浅黒く、固く結んだ唇の一線に、刃を横に含んだやうな感じがある」十九歳の少年、飯沼勲を知る。かつて清顕の書生だった飯沼茂之の息子で、その勲の左の脇腹に三つの小さな黒子があることに本多はふとしたことから気づく。この「脇腹の三つの小さな黒子」こそ『豊饒の海』では転生者の徴とされる。勲は右翼結社靖獻塾の塾頭を務める父の血を引き、特に明治の初め、尊攘を忘れ洋学一辺倒に雪崩れていく世を糺そうと蹶起した神風連に深く共鳴していた。自身の理想を訊かれ、昭和の神風連を興すことですと答える勲は、ほどなく同志を募り、新河財閥とその黒幕、蔵原武介の命を狙う。

勲を思想的に覚醒させた「神風連史話」という本が『奔馬』の背景幕をなし、それをバックボーンにして行動に転じていく勲の一挙手一投足が『奔馬』のタテ糸となっている。『春の雪』の清顕は恋愛に悩む世俗の人であったが、遂には単独で蹶起し、最期刀を腹に突き立てて死ぬ勲は行動の人である。

それら人物たちの「生と死」を眺め長寿を全うする本多は「認識」の人であると言える。「認識」

は三島お気に入りの二元論では「行動」の対概念であり、作家はこの「認識」を忌避すべきものと捉えていたフシがある。

「三島事件」とは何だったのか。これまで論じてきた通り私は「事件」を必ずしも「思想的行動」とは捉えていない。そうではなく、二十歳のとき入隊検査で「即日帰郷」を命じられ、そのことを検査を担当した「青二才の軍医」による「手ごころ」と理解した結果、自意識が罅割れて、それが増殖したことが後年の三島の「益荒男振り」を育てたと考えている。その心的機序について三島は完全に理解していた、というのが私の見立てだ。「天皇に栄誉大権を」だの「自衛隊を国軍に」だのと、後年の三島は勇ましい言説をくり返していたが、見るからに「タカ派的」なそれらスローガンも、だから眉唾と見なしている。もっとも死に当たって、三島がこれらスローガンのよって持つ「勢い」を必要としたことは事実だろう。『奔馬』はその意味で事件を考える上での重要な示唆を与えてくれる。『奔馬』は死の予行演習を作家みずからが作中で行った、興味深い作である。この点については詳述する。

「これから市ヶ谷会館にお出で願いたい」、旧知の雑誌記者と放送局記者に電話を入れた。午前十時六分。

仏教

第三巻の『暁の寺』で本多はタイのバンコックにいる。彼は四十七歳になっている。いまの本多からは死はきわめて遠い。代わりに本多は転生の神秘に憑かれ、その秘密を解く鍵を小乗仏教にもとめてこの研究に勤しんでいる。本多の研究によると小乗仏教は紀元前三世紀から紀元一世紀にかけて主にインドで完成し我《アートマン》を否定したことが、その最大の特色とされる。である以上、「我の来世への存続であるところの「霊魂」」も否定された。だが死後の霊魂がないとなると死はいっさいの無を意味するのだろうか。「死んで一切が無に帰するとすれば、悪業によって悪趣に堕ち、善業によって善趣に昇るのは、一体何者」なのか、その疑問が頭をもたげる。しかし印度仏教は業《カルマ》の思想を認めている。この矛盾を受けて、「仏教が否定した我の思想と、仏教が継授した業の思想との、かういふ矛盾撞着に苦しんで、各派に分かれて論争しながら、結局整然とした論理的帰結を得なかったのが、小乗仏教の三百年間だ」ったと、本多はそう理解する。

これを解決したのが大乗の唯識である。『暁の寺』はこの唯識をめぐる議論が延々くり返される思弁的な巻だが――そして三島の仏教理解は『豊饒の海』で「輪廻転生」を主動機《モティーフ》とするための（作中の本多がそうしているような）「俄仕込み」の類と私の目には映るが――二十歳の若者の生と死と、その転生を主題とする『豊饒の海』の根幹の思想でもあるので、慎重に扱う必要がある。

『豊饒の海』は、最後、奈良・月修寺門跡となった聡子の、「心々ですさかい」という一句で閉じられる。

「心」とは、唯識仏教にあっては「一切」を意味する。唯識は「すべては心の中にある、心を離れてはものは存在しない、心の外にはものはない」[7]と教える。三島はパルテノン神殿を前にして「崩壊と再生」を見、金閣の焼亡を見てその犯人の「自壊と復活」を幻視した。三島には崩壊した後の「再生＝甦り」の裡に「美」を見るという傾きがあった。一切は「心」のもたらしたものという唯識思想に「自己解釈」の完全な解を求めていたのか、私には答はないが、「心々」とは、みずから象徴たらんとした自身の心境または存在の在処について、作家が小説言語で表出した「自己表明」と言って良いとは思う。大乗を手がかりに転生を追究する本多の足どりは四部作に思索の底堅さを与え、ひいては物語に「トドメの一撃」を与える決定打となったことは認めなければならない。

『暁の寺』は第一部と第二部に分かれている。第一部、本多は旧知のシャム王子パッタナディド殿下の末娘、月光姫（ジン・ジャン）と識り合う。姫のシャム名はジャントラパーと言い「月光」を意味するが、これは英語のLuna（月の女神）からlunatic（狂った）に通じる。その名の通り、月光姫はやや奇矯な性格の持ち主である。

姫は清顕と勲の秘密を知っていた。姫はふたりの転生者ではないのか。本多は興味を覚えた。

転生する「南」

輪廻転生そのものを思弁する『暁の寺』は『豊饒の海』四部作の中核となる小説で、「南」という概念をトポスとして用いたこともあって、紀行文学としても出色の趣をそなえている。小説読みとしての私は、「南」というイメージにするどく惹かれる傾きがある。小説のトポスとして「南部」「南島」と来ると、その湿度の濃密、その風土の異様、その地平の熱波を想像して昂ぶってくる。それだけにフォークナーの『ヨクナパトーファ・サーガ』（ミシシッピ州）やポール・ボウルズのモロッコ譚（タンジール）はもとより、サマセット・モーム『月と六ペンス』（タヒチ）やE・M・フォースター『インドへの道』（チャンドラポア）、また中上健次の『野性の火炎樹』（ダバオ）など随分たくさんの「南部もの」を読んだ。なかでもこの『暁の寺』は、土地の気怠さや、それでいて研ぎ澄まされた精神性、言語の困難と不如意、南方の空気のつかみ所のなさ等「南の特異性」と言った点で、モームや中上を遙かに凌ぎ、フォースター、ボウルズに匹敵する、出色の紀行文学の達成であると思う。

　物語は、太平洋戦争のさなか関わりのある会社の世話でバンコックから印度の町ベナレスを訪れた本多の、言わば神秘体験を主軸に展開される。いま本多は、四部作の主題からして当然だが、時間の問題に頭を悩ませている。時間とは、「金の煩はしい装飾を施した額縁に納まる」「美しい小さな繪の連鎖」なのか、あるいは「水の底深く下りてゆく石段の眞珠」「黒地に施した螺鈿のやうに黒い小さな額にきらめく池水の刃紋の反映」その「刹那の繪すがた」[8]なのか。自分をめぐる時間がどうあるか、三島はこの時点でさまざまに思い巡らせていたのだろう、難解な比喩を織りまぜながら本多を悩ませている「時間」というテーゼと格闘している。三島は時間を生の連続ではなく、より精神的かつより自在な（自覚的な）ものとして捉えていた。

本多の観照――

「自分はいはば、今襖といふ襖の取り払われた大広間のやうな時間にゐると、本多には感じられた。あまりに廣く、あまりに自在なので、住みなれた「この世」の住家とも思へぬほどだ」[9]

「早いな」コロナが門扉のそばに停まった。迎えに来た楯の会隊員にそう言った。午前十時十三分。

ベナレスは三島にとって、南の国の異質さ、その超常ぶりを事細かに伝えるばかりではなく、広く自在な時間が流れ、目に彩な「異世界」を象徴する幻影のような場であった。――あらゆる形の不具がをり、侏儒が跳びはねてゐた。肉體は共通の符號を缺いた、未解決の古代の文字のやうに並んでゐた。[10]――ここには悲しみはなかつた。無情と見えるものはみな喜悦だつた。輪廻転生は信じられてゐるだけではなく、田の水が稲をはぐくみ、果樹が実を結ぶのと等しい、つねに目前にくりかへされる自然の事象にすぎなかった。[11]――本多はいつしか小乗仏教からはなれ、古今のさまざまな思想や教義の説くそれに探究の矛先を向けていく。そしてついには古代ギリシアのヘラクレイトスに到達する。「万物は流転する」で知られたこの哲学者は輪廻転生説をこう説いた――。

「生ける者も死せる者も
　また醒めたるも眠れるも、
若者も老者も一にして同じ、

これら変転するときはあれらのものとなり
あれら変転するときは再びこれらのものとなる」
「神は昼と夜、
神は冬と夏、
神は戦争と平和、
神は豊饒と飢餓、
ただ さまざまに變成《へんじゃう》するのみ」
「昼と夜とは一なり」
「善と悪とは一なり」
「円周上の終点と始点は一なり」[12]

円周上の終点と始点とがおなじであるなら、たとえその途上に波乱があり崩壊があり焼失があっても、やがて万物は流転し、變成し、甦るだろう。——パルテノン神殿が、金閣寺がそうだったように。

こうして輪廻をめぐる本多の思索は、清顕の転生者と思しきジン・ジャンへの偏執へと形を変え、その思いをテコに、インドの地で、ひとつの熱病としてかれを苛んでいく。あたかもこのインド的現実にあっては生まれ変わりがすなわち所与の事実ででもあるかのように。——インドの人はそれを知っているのではあるまいか、と本多は夢の中でまでそう省察し、本多は内心、恐怖する。地球の自転という事実が、決して五感ではそれと知られずに、科学的理性を媒介として辛うじて認識されるように、輪廻転生も亦、日常の感覚や知性だけではつかまえられず、何かたしかな、きわめて正確で体系的でもあり直感的でもあるような、そういう超理性を以てして、はじめて認識されるのではなかろうか。[13]

直感的と言い、超理性という地平にいま本多（すなわち、三島）はたどり着いた。現実を思弁のなかで捉え、空想の中で時間を恣意的にながめ、それを理性を超えた何かと直感する地平にたどり着いた本多（すなわち、三島）の「超理性的」な人生への観照は、私の目には、思弁的という以上にどうにも「痛々しい」ものに映るのだが。

しかし、本多の思考する「ヒンヅー教」と「佛教」の対比、そこから広がっていく輪廻をめぐる思索は、いかにも人や動物が集会《しゅうえ》する六道輪廻、曼荼羅の世界像のごとくであって、『暁の寺』を特殊な思想小説の高みに飛翔させていることも事実であろう。

唯識

本多が輪廻転生を理論づけるために拠り所としたのは「唯識」の思想であった。先述の通り、仏教（小乗仏教）は「我」を否定した。であるなら「輪廻転生」する「主体」とは果たして何者なのか、という自家撞着に仏教は永年直面することになった。仏教を興した釈迦は六年の修行の末「無我」にたどり着いた。「悟り」とされるものだが、そもそも釈迦の生地である古代インドは、さまざまな原始宗教、民間信仰が入り乱れ、主に太陽神（自然神）を崇拝していた、とされる。ひとびとは自然を畏れ、敬い、その思い（信仰）を言葉にした。その聖典である「ヴェーダ」の中心思想が輪廻説と因果応報、そしてそこからの解放（悟り）としての「解脱」であった。

輪廻説では、現世の行為（カルマ・業）の結果来世の宿命が決まる。行為が善いと楽が生じ（善因楽果）悪いと苦に苛まれる（悪因苦果）。古代インドの宗教観にあって輪廻は永遠のサイクルであり、業に基づく永遠の苦しみであって、だからそこからの解放である解脱が理想とされた。

すると人を苛む業の本体とはいったい何なのか。そう本多は思考するのだが、これを解決したのが、ジン・ジャンの故郷タイの南伝仏教の教える「思」すなわち「意志」であった。アビダルマ教学はこう説いている、「そこに一臺の車があるとすれば、車を構成する諸要素が、ただの物質的諸要素にすぎないにもかかわらず、これに乘つた人が人を轢いて逃げることによつて、罪の器となるやうに、心と意志が罪と業の原因をなすのであるから、われわれは本来無我である」[14]「しかるに「思」がこれに乘つて、貪、瞋、邪見、無貪、無瞋、正見の六業道を以て、輪廻転生を惹き起こす」[15]「「思」はこのやうに輪廻転生の原因であつても、主體ではない」[16]「主體はつひにわからずじまいである」と本多は思うが、これを手がかりに本多は解決策にたどり着く。唯識である。

仏教学者の横山紘一によると「思」とは次のようなもの――。

「「思」とは意志です。意志があってはじめて行為が成立します。意志なきところに行為は起こりません。思なきところには業はありません。だから、この「思」のありようが善か悪かによって、業が善か悪かが決まってきます。もしも悪い「思」であればそこに悪業が展開され（中略）、その業は阿羅耶識に種子を植えつけ、その種子が深層で知らず知らずのうちに生育して、また再び芽を吹いて表層心に上ってくるのです」[17]

唯識の言う八つの識のうち、表層にあるもののことを表層心と言う。『暁の寺』の叙述を借りると、「われわれはふつう、六感という精神作用を以て暮している。すなわち、眼、耳、鼻、舌、身、意の六識である」[18]。この六識のさらに下層にあるのが、末那識と阿羅耶識、とされる。唯識とは「唯、心だけがある」という意味で、一切は「唯識所変」つまり「心だけしか存在しない。自分の周りに展開するさまざまな現象は、すべて根本的心、阿羅耶識から生じたもの」[19]と説明される。『豊饒の海』最終巻『天人五衰』で、「すべてが半ば夢のように思われ」、すべてが「漆の盆の上に吐きかけた息の曇りがみるみる消え去ってゆくように失われてゆく」喪失の思いにとらわれた本多に、かつて清顕の子を孕み、いまは比丘尼となり奈良・月修寺門跡となった聡子が口にする科白、「それも心々ですさかい」というひと言は、この唯識の根本思想を三島なりに咀嚼した上で導きだされたものである。『豊饒の海』の輪廻転生はこの唯識を下敷きにしている。

「七生報国」という、蹶起にあたって額に巻いた鉢巻きの字面が思い出される。

「これを車に持っていって読め」三通の命令書と三万円の入った封筒を楯の会隊員に渡して、言った。午前十時十五分。

アーラヤと種子

ひとは業に苛まれており、それが識に働きかける。輪廻はその業の、生じては滅していく形のことと説明される。インドの学僧、世親（ヴァスバンドゥ）の著した「唯識三十頌」（西暦五世紀頃成立）は阿羅耶識を「恒転如暴流（恒に転ずること暴流《ぼる》の如し）」と教えているが、流れる水のように形を変えながら、転生し輪廻するのは、この阿羅耶識である。

「ゆっくり歩くのは余裕のバロメーターさ」――「ずいぶんゆっくり歩きましたね、先生」と訊かれて、そう答えた。関の孫六が車のドアに当たらないように、乗車した。午前十時十七分頃。

名前

本多は阿羅耶識を「存在世界のあらゆる種子《しゅうじ》を包蔵する識」と理解する。阿羅耶識の「アーラヤ」

とは蔵を意味するサンスクリット語のことである。さらに本多はこう思考する、「生は活動してゐる。阿羅耶識が動いてゐる。この識は総報の果體であり、一切の活動の結果である種子を蔵めてゐるから、われわれが生きてゐるといふことは、畢竟、阿羅耶識が活動してゐることにほかならぬ」「その識は瀧のやうに絶えることなく白い飛沫を散らして流れてゐる。つねに瀧は目前に見えるが、一瞬一瞬の水は同じではない。水はたえず相続転起して、流動し、繁吹を上げてゐるのである」[20]『春の雪』で清顕が「又、会うぜ。きっと会う、瀧の下で」と言った際の「瀧」といい、このたえず流動する「水」といい、書名にも取られている「海」といい、『豊饒の海』はところどころに「水」のモティーフが使われている。それは流転する水のイメージが輪廻する阿羅耶識の心象に通じることからくる連想であるだろう。三島は書名の由来について『春の雪』巻末に「月の海」のラテン名から取った、と書いているが、目くらましだろう。

ちなみに『豊饒の海』全編を通して輪廻転生の目撃者となる本多繁邦の名前の裏にある含意にお気づきだろうか？　――これも恐らく三島が自分の書斎でも見回して付けた、戯れのネーミングである。読み下せば、

本多クシテ邦繁ル

となる。

さらに松枝清顕 Matsugae Kiyoaki のイニシャルＭ・Ｋは三島・公威 Mishima Kimitake に通じる。要はふたりとも三島本人のドッペルゲンガーである。

覗き見る先の真実

第三巻『暁の寺』は第一部と第二部に分かれている。すなわち輪廻転生や唯識にまつわる思弁が展開される第一部と、本多が奇矯なジン・ジャンに振り回される第二部とに。なぜ本多はジン・ジャンにああも振り回されるのかというと、ここは三島の病跡にかかわるところでもあり、精神分析には門外漢の私からするとその分析は手に余るが、そこを承知であえて指摘するならば、三島の中に本来的にある自己（および他者）凝視の欲望、すなわち窃視症的性向と、離人症的傾向をジン・ジャンの存在が表象しているからにほかならない。

すでに書いたとおり、三島には「見る」こと、「見られる」ことに対するある種の強迫があった。一九六三年に書き下ろし長編として発表された作品に『午後の曳航』がある。『剣』と同時期に書かれた作品であり、三島のなかのマチズモが育ち始めた頃の思考が塗りこめられている点で興味深いが、それだけではない。三島が飼いならしていた「覗き見る」ことへの嗜好というか、覗き見ることによって対象に近づき、覗き見ることによって対象を支配し、覗き見ることによって、結果として（三島の思う）真実が露わになるという特異な思考の癖が明らかであるという点で、面白いのだ。

『午後の曳航』は母（黒田房子）とふたり横浜の山手に暮らす十三歳の少年登と、母子のあいだに侵入してきた二等航海士塚崎竜二の、あたかも『蠅の王』を思わせるような復讐譚である。

登の「母は登の部屋のドアに外側から鍵を」かける習慣があった。自意識の勝った少年である登は外から閉じこめられることに屈辱を感じて、ある日、ひとり留守番をしていたときのこと、「部屋中を丹念に調べ」る。そして「母の寝室に接した部分」にある「造りつけの大抽斗」のひとつから光が洩れていることに気がついた。

抽斗は登の体をそっくり飲みこむほどに大きく、覗き穴は母の寝室を眺めるには十分なほどに隙があった。

寝室の左の壁際には「アメリカから取り寄せたニュー・オルリーンズ風の輝かしい真鍮のトゥイン・ベッド」が、「右側の窓ぎわには楕円形の三面鏡」があり、そのそばに乱暴に投げ出された「靴下《ストッキング》」の「乱れた肌色の薄布」までがありありと見えた。

言うまでもなく登は、母の寝室を盗み見るのである。

「登は母が眠る前に、まだ寝苦しいほどの暑さではないのに、一度すっかり裸かになる癖があるのを知った」[21]

「あと三時間位で死ぬなんて考えられんな」、言うなり車内をジロリと見回した。午前十時十八分頃。

二等航海士の塚崎は「海の熱風」、「世界の港々の記憶の痕跡」を登にもたらし「彼と母、母と男、男と海、海と彼をつなぐ、のっぴきならない存在の環」、「宇宙的な聯関」を垣間見せてくれる、登の恍惚の対象、男の栄光の象徴であった。登は、母と塚崎の逢瀬を、壊すまいと決意する。成長のただ中にあって男性の理想を探し求める少年登と、その理想を体現した海の男塚崎とを見比べつつ、いずれそれが破綻すると匂わせながら緊張を煽る三島の筆は自由自在で、見事と言うほかない。しかし登の目にあらわになるのは母の性行為ではない。いや、描写そのものは逢ったばかりの、関係を結んだばかりの男と女の、じゃれ合うようなディテールが塗り込まれ、小説的エロスに満ちていて、見事なのだが、むしろ核となるのは登の竜二への片恋にも似た憧憬である。登は竜二を愛慕している。男が男を愛慕するように。

登は竜二の言葉のはしばしを捉えてその「罪科」を数え上げていた。唐突な描写だが、劇的緊張を高めて余りある。しかし——

竜二が母との結婚を決意し、登に握手を求めてきた時、それは一転する。海の栄光の象徴であり憧れの的だった竜二が、汚れた、下賤な、空っぽな世界に入ってくるとは……。

見られるジン・ジャン

三島のドラマトゥルギーにあって視線は常に重要である。それは、本多繁邦が四人の転生者を眺める『豊饒の海』の結構において、物語の大枠をなすまでに成熟したが、それだけではない。凝視した先に、先にも指摘したように、三島がそれと考える「真実」が露わになるという強迫《オブセッション》にも似た確信がうかがえると言う意味で、重要なのだ。その確信は『豊饒の海』でさらに強度を増す。物語のなかで本多は絶えずながめている。松枝清顕や飯沼勲だけではなく、『暁の寺』のジン・ジャンも。ジン・ジャンを索めて得られなかった本多だが、御殿場の別荘に彼女を呼ぶことにまんまと成功したのだ。

嘘のパーティーにつられてジン・ジャンは本多の御殿場の別荘をおとずれた。なぜ、本多がそうまでしてジン・ジャンの裸を見たいかというと、それは彼女の体のどこかに転生者であることを証す三つの黒子があることを、その目で確かめたかったからだ。本多にとって「見ることはすでに認識の領域」となっていた。「あの書棚の奥の光りの穴からジン・ジャンを覗くときには、すでにその瞬間から、ジン・ジャンは本多の認識の作った世界の住人になるであらう」[22]。本多に見られることによってジン・ジャンは本多に支配される。右の一文はそのことを示唆しているように読める。だが、その後に続く描写は味わい深い。「彼の目が見た途端に汚染されるジン・ジャンの世界には、決して本當に本多の見たいものは現前しない。戀は叶へられないのである。もし見なければ又、戀は永久に到達不可能だった」[23]。ここで三島は「覗き見る」本多を処罰している。そのように見える。

見ることによって真実があらわになる、その確信は、長年三島を囚えていた強迫だった。三島の父、梓は、公威が「幼少時代、よく隣家の塀の節穴を覗きに行きました」[24]と書いている。幼いころ公威は、祖母夏に囚われていた。遊び友達は少女ばかり、その遊びも少女遊びばかりさせられた。しかし塀の向こうの隣家では「同年輩ぐらいの男の子が、さかんに相撲や野球の真似をしたりして楽しんでいるのです」。[25] 幼い公威の覗き癖を梓は、こっそりと倅の旧悪を暴き立てるのを嬉しがっているような書きぶりで、こう書いている、「この自分とまったくの別世界で異種の乱暴な遊びが数々行われている不可思議事をなんとか理解しようと熱心に覗き込んでいたのか、それともこれに参加できない身の上を悲しみ、彼らに羨望嫉妬を感じていたのか」と。覗き癖はよほど常軌を越えたものであったのだろうか、「事件」の二、三年前、改めて公威とこのことを話した梓はお前の「幼年時代のこの種の覗き……も、加量、増大、変質され、……あるいは混濁され、……浄化され、今のお前の文学の小函に流れ込んでいっているはず」と話したという。果たして三島の答はイエスだった。「まったくその通りで、生まれ落ちてからのすべてのものが僕の文学の小函には入っております」。[26] そして続けて「然し自分はもう一つ、別に秘密の小函を作っているのです。でき上がったらお見せします」と付け加えて、実の父親さえ目くらませた三島は、さすが小説家であったと言える。ともあれ、幼少期の覗き癖を、みずからの作劇術として昇華させたあたり、見上げた作家根性であった。

さて三島が『豊饒の海』を書くにあたり下敷きとした唯識仏教にあって認識とは「心」のことであり、一切がそこに蔵される阿羅耶識によってもたらされるものであった。本多はまだこの時点で唯識論（阿羅耶識）に屈してはいないが、仏教の用語のなかをたゆたいつつも「心に戯れに死を思ひ、その甘美に酔ひしれながら、認識がそそのかす自殺の瞬間に、ひたすら見たいとねがつてゐたジン・ジャンの、誰にも見られてゐない、琥珀にかがやく無垢の裸體が、爛然たる月の出のやうに現はれ出る至福を夢」[27]見ていた。

その時がおとずれた。御殿場の別荘の壁にはあらかじめ覗き穴が開けてあった。その「覗き穴の隙間をあけるために、書棚から十冊の洋書を抜き出した」本多の好奇の目のなかに、「はなはだ複雑に組み合はされた肢體が」飛びこんできた。本多の隣人の慶子の赤く染めた足の指が「一本一本の指の股をひらいたり閉ざしたりして、まるで熱い鐵板を踏んだやうに」[28]踊っているその様が。そして――

同性愛

「慶子がややのしかかり気味に體をずらしたので、ジン・ジャンは、慶子の光る腿の間へさし入れてゐた首を、やや仰向き加減にした。おのづから乳房も見え、右腕は慶子の腰を抱き、左腕は慶子の腹をゆるやかに撫でてゐた。岸壁を舐める夜の小さな波音が斷續してゐた」[29]。「ジン・ジャンの腋はあらはになつた。左の乳首よりさらに左方、今まで腕に隠されてゐたところに、夕映えの残光を含んで暮れかかる空のやうな褐色の肌に、昴を思はせるきはめて小さな黒子が歴々とあらはれてゐた」[30]
果たしてジン・ジャンは本多の睨んだとおり転生者だった。崩壊の先に再生を幻視していた三島である。崩壊しなければ甦りも無いというのが、三島の強迫だった。ジン・ジャンの同性愛は本多が拠り所としていた世界を崩壊させたが、それは本多にとって、再生と同義であった。覗き穴の向こうであられもない姿を見せつけるジン・ジャンを本多は、これ以上ない自己正当化のひと言、「真摯」という言葉で言い表す。「本多は自分の戀の帰結がこんな裏切りに終わつたことに愕くことさへ忘れてゐた。それほどジン・ジャンのはじめて見る真摯は美しかつたのである」[31]

視線恐怖

覗き見る先に真実があらわになる、三島はそう確信していた。否、真実は覗き見ることによってしかあらわにならないと。それはむしろ強迫だった。これまで三島について書いてきた者として、私はほぼ確信をもって、三島には視線恐怖、いわゆる対人恐怖症があったと考えている。それを主題とした論文もあるようだが、ここは一つ、ある興味深い実例を挙げて例証としよう。ほかでもない、一九七〇年十一月二十五日の白昼、市ヶ谷駐屯地のあのバルコニーの上で、制服に身を包んだ三島が行ったあの演説である。「諸君らは武士だろう」、そう叫ぶ彼の視線の先にあったのは「空」だった。バルコニーの下から見上げる数百人の自衛隊員らと、三島は、ほぼ視線を合わせることはなかった。映像を見れば分かることだが、演説をしている三島の視線の先にあるのは十一月のひんやりと青く透きとおった「空」であった。三島は「テレビを、テレビ出演を嫌った」[32]と、当時三島がよく原稿を寄せていた平凡パンチの元編集者、椎根和は書いているが、それは、テレビカメラに写されることで自身の内面の真実が覗かれてしまうことへの本能的恐怖があったからだろう、と私は推察している。三島は視線を怖がっていた。そういう感覚、見られると萎縮するという感覚と、闘っていた。

では東大全共闘との、あの対決はどうだったのか、という声もあるだろう。だがあの場はまったくの演劇的空間であった。客席にはメディアが陣取り、教室のそこここには楯の会隊員らがこぞって控えていた。隊長にもしものことがあれば、ドッと雪崩れる心積もりで。演劇人三島が覚悟を決めやすい雰囲気に充ちていた。そして、こちらも映像を見る限りだが、三島はいわゆる「第四の壁」を打ち破って、観客である学生らと対峙することはなかった。つまり演劇的にも環境的にも、彼は護られていた。

例えば宮本亜門などもみずから認めている所であるが、演出家の中に視線恐怖を抱える例がまま見られることは、知られた話であろう。三島も同様である。

そういう鋭敏さと彼が心のどこか深いところで折り合おうとしていたからこそ、三島は「見る、見られる」ことに殊更に意味を持たせていたのではないか、と私は心中そう睨んでいる。同じ椎根の著書のなかで、篠山紀信の被写体になった際にはこう言っている、「……はだかを、見せるとか見られるという問題があるわけだが、これは〝美〟ということをぬきにしては、考えられないナ。美の特質は〝見られる〟ことにあるんだよ」[33]。かつてヴェルディのオペラを聴いた印象を書いて、「器楽よりも人間の肉声に、一層深く感動」すると述べた若き日の三島、「思うに、真に人間的な作品とは「見られたる」自然である」と書いた二十年前の三島[34]。作家の言う通り「見られた」ジン・ジャンは本多の「認識」の囚われ人となりその性の秘密は「真摯」という言葉によって賞賛された。視線の先に〝美〟(と真実)を探す三島の眼は、確かに「見られる」恐怖とあらがうこの作家特有の強迫のありかを映しだして、その存在の何かを端なくも語っている。

そういうことがあってから十五年後、本多は双生児の姉から、ジン・ジャンはコブラに腿を咬まれて死んだ、と聞かされる。二十歳になった春の死であった。

天皇の問題と日本

三島由紀夫は、なぜ、あの時、あの「振る舞い」に及ばなければならなかったのか。三島を書く者として私はその原因を作家の内部で複雑にせめぎ合っていた彼の複合心理に索め、それを読み解くことによって、心的な意味で、あの「事件」の本質に迫れるのではないか、と考えた。「三島事件」というと、一般に天皇に栄誉大権を担わせることによって自衛隊に「国軍」としての権威を与えようと起こした天皇主義者によるクーデター、とか、本を忘れて末に走った戦後日本に対する純粋右翼による死の痛罵＝諫死である、とか、アメリカの占領政策を容易にすべく布かれた戦後憲法への日本文化の側からの激烈なノーである、とか言われるが、三島をここまで書いてきた者として、私はいずれの説も採らない。三島は一九六七(昭和四十二)年十一月発行の「論争ジャーナル」で評論家の福田恆存と対談して、天皇と文化について決定的なことを言っている。曰く、「どうしても最終的に守るものは何かというと、天皇の問題。……いまの共産党は、「天皇制打倒」を引っ込めてから十年以上たつが、ひょっとすると天皇制下の共産主義を考えているんじゃないかと思う」。そして「これでもまだだめだ。天皇を守っていてもまだあぶない。そうすると何を守ればいいんだと。僕はね、結局文化だと思うんだ、本質的な問題は」[35]。またその一年後、一九六八（昭和四十三）年八月「中央公論」に発表した「文化防衛論」では、この主張をもう一歩進めて、こう言っている。曰く、「菊と刀の栄誉が最終的に帰一する根源が天皇なのであるから、軍事上の栄誉も亦、文化概念としての天皇から与えられなければならない。現行憲法下法理的に可能な方法だと思われるが、天皇に栄誉大権の実質を回復し、軍の儀仗を受けられることはもちろん、聯隊旗も直接下賜されなければならない」[36]。公威（三島）は二十歳だったあの日、一九四五年二月十日、即日帰郷を命じられ、この日を境に「天皇」と「軍隊」というふたつのコンプレックスを身の裡に抱え込むことになった。みずからを強烈に苛んできたこの観念の源を栄誉の絆でつないでおくこと、それを自身の手で実現すること、これが後年の三島の頭の中を占めるようになった。その暁には、他の誰でも無い、「天皇の軍隊」によって拒絶されたみずからが救われるから。「文化防衛論」は以下のような主張で結ばれている。「こうした栄誉大権的内容の復活は、政治概念としての天皇をではなく、文化概念としての天皇の復活を促すものでなくてはならぬ。文化の全体性を代表するこのような天皇のみが窮極の価値自体《ヴェルト・アン・ジッヒ》だからであり、天皇が否定され、あるいは全体主義の政治概念に包括されるときこそ、日本の又、日本文化の真の危機だから」[37]と。

ここで三島が「日本」と強く主張しているのは、ひとえに「日本」の「本姿」を文化人類学のタームを援用した「菊と刀」と捉え、その「日本」という文化共同体の「源泉」として「宮廷風の優雅」を措定し、それを形にした「日本文学の元素」として「和歌」を見渡すという、いま作家が到達したイデーの中心概念だからであり、その「美的価値」を「みやび」と捉えるという価値基準あってのことである。三島にあって「日本」とは「みやび」であり「みやび」とは宮廷文化であり、そしてその頂点にあるのは、彼を銀時計組へと格上げしてくれた、「天皇」であった。

そしてそのさらに一年後、一九六九年六月に刊行された「討論　三島由紀夫vs.東大全共闘――〈美と共同体と東大闘争〉」で三島はその思想をもっとも先鋭な形で発露した、「たとえば安田講堂で全学連の諸君がたてこもった時に、天皇という言葉を一言彼等が言えば、私は喜んで一緒にとじこもったであろうし、喜んで一緒にやったと思う」[38]。ここは最近封切られたドキュメンタリー映画で見た読者も多いだろう。

三島の「見る、見られる」を起点として、われわれは「天皇と軍隊」という作家固有のコンプレックスの源泉までたどり着いた。これが「事件」の背骨をなしている。

ヴォワイヤン

が、その一方でこんな思いもわき起こってくる。「見る、見られる」という着想を三島が自身の作劇術に組み込んだそのきっかけは、あるいは、若い頃に耽読した詩人ランボオの「ヴォワイヤン」から発想されたのでは、と言う推論である。ランボオは「見者の手紙」で詩人を「偉大な病者」と捉え、かれを「見者」と名づけて賞賛している。「酔いどれ船」のなかでみずからを「乗組員を失ってあらゆるものから解き放たれた」船、「海に漂う船そのもの」と見なし「未知の世界の壮大華麗な、怪異なイメージに酩酊する」ヴォワイヤン（見者）と書いた。そして、言語構造の主客を転倒させて、こう続けた。「私は考える、と言うのは誤りです。ひとが私を考える、と言うべきでしょう。洒落を言っている訳ではありませんが。私とは一個の他者なのです」[39]。我がひとに見られることによって他者となって世界を見渡す。それを自身の存在の問題として敷衍したのか、三島には確かに「こう見られたい」という願望があった。そしてその願望の奥深くに眠っていた特異な欲望（複合心理）のせいで、みずからを対象化し、みずからを抽象的・象徴的な存在に変異させたいと——心の深奥で——こいねがっていた。これを離人症と見なすべきなのかどうか。自らを象徴と化すためには自らを崩壊させなければならない。「太陽に乾杯」で書いたとおり、それが三島のコンプレックスだった。未知を踏破したいと願うランボオのヴォワイヤンは、こうして三島のなかで消化され、脱構築されて、自己崩壊の道筋となった、そう考えられる。

　先に引いた「討論」のなかで、右の問に対する答を三島自身が用意している。三島はこう言った、若い三島（つまり平岡公威）が学習院で昭和天皇と邂逅した例の卒業式でのことである。「というのはだね、ぼくらは戦争中に生まれた人間でね、こういうところに陛下が座っておられて、三時間全然微動もしない姿を見ている。とにかく三時間、木像のごとく全然微動もしない、卒業式で」。そしてこう続けた、「そういう天皇から私は時計をもらった。そういう個人的な恩顧があるんだな」[40]。ここを映画で見た読者も多いだろう。

この昭和天皇との邂逅の一コマを三島は「原イメージ」という言葉で説明している。儒教的権能でも政治的主体でもなく、個人と個人との交わりが自身の裡に深い印象を刻したという意味できわめてラポールに富んだ天皇観であると言える。ここから「栄誉大権」の具現者としての天皇、という結論に至るまでにはいくつもの行程を経ねばならなかったであろうが、そのルーツはこの通り、意外にたやすく辿ることが出来る。

「行動がイロニーを解決する」と、澁澤龍彦は言ったが、[41]そして澁澤はさすがにぬかりなく、括弧付きで（行動の代りに死といってもよい）と付け加えたが、それはいま三島が自らの身体を投げだそうとしている道筋の、道義の（あえて政治のとは言わない）刀で自縄自縛を絶つような行動それ自体と言ってよい。三島が神風連に関心を持ち、その事跡のある熊本を訪れたのは、「年譜」によると一九六六（昭和四十一）年八月二十七日のこと。前年の十一月に『春の雪』を脱稿してから九ヶ月ほど、いよいよ刀にモノを言わせる機運が満ちてきた。すなわち、これも「年譜」を読めば明らかなように、このころ三島は、映画『憂国』の撮影（六五年四月十五日撮入）、同試写（同五月十三日）、『太陽と鉄』の連載開始（同十一月）、『憂国』の仏ツール国際映画祭出品（六六年一月）、同日本での封切り（同四月十二日、於・新宿文化および日劇文化）、『英霊の聲』発表（同六月）と、いわゆる「二・二六事件三部作」（『憂国』『十日の菊』『英霊の聲』）の仕事を中心に回っていたのであり、剣道への傾斜もすさまじく、「天皇への忠義」「片思い」ということをしばしば口にするようになっていたからである。

『奔馬』が雑誌「新潮」に連載されたのは一九六七年二月から翌六八年八月までのこと。『豊饒の海』の第二巻で、「これを読めば本当の僕がわかってもらえる」と本人が言うほど当時の三島の内面がすっかり投影された作品として、第三巻の『暁の寺』とならんで、この時期の作家理解に重要である。

勲への欲望

――昭和七年、三十八歳になり大阪控訴院の左陪席になっていた本多繁邦の前に、剣道に秀でた少年が現れる。かつて清顕付の書生として松枝家に居候していた飯沼茂之の息子で、いま國學院大學豫科一年に通う勲である。本多の飯沼への記憶はおぼろだった。「飯沼はいつも背景の闇に沈んでゐる「気心が知れない」人物でしかなかつた」[42]。しかし息子の勲は――

「『豊饒の海』は終りつつありますが、「これが終つたら……」といふ言葉を、家族にも出版社にも、禁句にさせてゐます。小生にとつては、これが終ることが世界の終りにほかならないからです」[43]。かつての恩師、清水文雄に宛てて、三島はこう書いた。一九七〇年十一月十七日付。

勲は、自己投影を欲望する対象を事細かに描写する作家癖のあった三島によって、こう描写される、「眉が秀で、顔は浅黒く、固く結んだ唇の一線に、刃を横に含んだやうな感じがある。たしかに飯沼の面影を宿してはゐるが、あの濁った、重い、鬱した線を、ひとつひとつ明快に彫り直して、輕さと鋭さを加へたといふ趣がある」[44]「再び、この田の面の夕栄にかがよふ百合のかげから現はれた白鉢巻の若者を見て、彼の放心は絶頂に達した。疾走する自動車の砂塵の中に取り残された若者は、顔つきも肌の色もまるでちがつてゐるのに、その存在の形そのものが正しく清顕その人だつた」[45]「清顕はよみがへつた！」[46]

こうして転生者と目された勲は、右翼結社を主宰する父茂之に影響されて、一八七六（明治九）年に熊本で起こった神風連の乱に並々ならぬ関心を抱いていた。『奔馬』はちょうど血盟団事件（一九三二年二月三月）、五・一五事件（同五月）と立てつづけに起き、天皇親政による国家革新（昭和維新）を目論む運動が高揚していた一九三二（昭和七）年から三三（昭和八）年までを舞台としている。血盟団を率いた井上日召は一切衆生のための捨て石となるべく「一人一殺」のテロ集団を結成。五・一五事件で表舞台に躍り出た海軍青年将校らは犬養毅首相を銃撃、これを暗殺した。『奔馬』はこうした時代状況を背景幕に思想に殉じテロに傾倒していく勲の「行動」を掘り下げて行く。

勲は「神風連史話」という小冊子を愛読していた。この小冊子を勲から借りた本多が、それを読み進むという筋立てで神風連（敬神党）の乱のあらましが読者の前に示される。この勲を三島はジッと凝視している。何を考え、どう行動するのか、一瞬も逃さぬ厳しさで「見つめて」いる。何故かというと、それは勲が『豊饒の海』の底に流れる〝感情〟をもろに体現する人物だからであり、勲こそ三島の「鏡像」として作家を行動へと駆り立てる、あたかも彼の周囲の若者らと同類の存在だからである。およそ小説の底に感情が流れているとするなら、特にこの直後に事を起こす心算でいた三島にとって「感情生活」が思想と行動の底深くに――それと気取られないように――いよいよ烈しく流れていたとするなら、『豊饒の海』の感情はこの勲にこそその大本を拠っていると言ってよいだろう。だから三島は、それを体現する勲をジッと凝視している。昨年（二〇一九年）のこと、猛烈に熱い夏の盛りに、いまだ震災で崩れた熊本城再建途上の火の国を、私はあちこち歩き回り、神風連（志士らは敬神党と言った）の事跡をたずね、資料を集めた。神風連――といまは呼ぶが――の主謀者は太田黒伴男という。この人は一八五三（嘉永六）年、浦賀に黒船が来航したときは十八歳、藩命で江戸におり、うろたえる市中の様子に愕き尊攘の意を強くした。それまでも朱子学や陽明学を修めて誠実を尊び実行を事とする知行合一の信奉者となった、という。[47] 一八五八（安政五）年、帰藩したのち肥後勤王党とも繫がりのあった国学者、林桜園の原道館に入り、（ちなみに、もう一人の主謀者加屋《かや》齊堅《はるかた》も共に入門した）神道や攘夷論などを学ぶ。やがて頭角を現した。

「忠誠と直接行動」

明治の「御一新」は攘夷論者のみならず彼ら士族にとっても一大変事であった。明治政府は矢継ぎ早に洋化策（文明開化）を打ち出し、とりわけ武士（士族）の象徴である刀を公に帯びることを禁じた「廃刀令」（一八七六）は、階級的権威を否定するものであり、士族はこれに著しく不満を募らせた。太田黒や加屋のいた熊本では、藩立時習館をつぶして同じく藩立の洋学校づくりの話（一八七〇）がすすんでいた折から、[48]不平士族は、さながらポーの穽に落ちたかのように、焦りの色を濃くしていた。「尊皇攘夷」か「文明開化」か、熊本は沸騰していた。

『奔馬』が文芸誌「新潮」に連載された一九六七年から六八年にかけて、三島はさながら疾駆するように仕事という仕事をその日に向けて手際よく引き絞っていた。中山博道「切腹の作法」なる本を「週刊新潮」掲示板で探し求めたのは六七年九月のこと。（掲示板を読んだ人の好意で借りることが出来た。また、中康弘通『切腹』を所蔵していたことは篠山紀信『三島由紀夫の家』の書斎写真から確認できる）。楯の会の活動も日ましに熱を帯びていたが、中でもみずからの抽象化・象徴化へ没入しその手段として「死」と「崩壊」を見ていた三島にとって象徴的だったのが、澁澤龍彦責任編集の雑誌「血と薔薇」創刊号（六八年十一月一日）の口絵グラビア、「男の死」（撮影篠山紀信）の被写体になったことだった。その巻頭エッセイで三島はサディズムとマゾヒズムという二項対立をキーワードに「性」の政治性を論じているが、このエッセイの意義はともあれ、三島のやや衰弱した精神は何とも凡庸なタームで他者と、そして自己を、解釈するという穽に落ちこんでいるかに見える。要するに、箇条書きを多用した書きっぷりが、面白くないのだ。

サディズムを「支配と統制と破壊の意志」と見、マゾヒズムを「忠誠と直接行動と自己破壊の傾向」と分析するなど、この頃の三島を捉えていた情念がはしなくも表れているという点で、味はあるが、サド・マゾ・同性愛といったタームを駆使して「男性」「女性」を分類する手際が、いかにも「思いつき」めいている。

しかし同じ頃、戯曲『わが友ヒットラー』を擱筆（六八年十月十三日）している三島である。作家は単に多忙であったのかもしれない。

「命令書を読んだな、オレの命令は絶対だぞ」。午前十時半頃。

「三島は同じ事をやった」

太田黒伴男、加屋霽堅らが起ったのは一八七六（明治九）年十月二十四日深夜のことだった。蹶起にあたり志士らは彼等の信仰する神に事の可否を問うている。「宇気比《うけひ》」と呼ばれるもので、身を浄めた太田黒ひとりが皇大神宮の神殿に入り、残りの者らはいかなる神示が下るかを外でひそかに待っていた。ここを三島はこう書いた——、「本殿の内から、太田黒の柏手の音が闊々とひびいた」[49]「突然、屋根の上に音が裂けて、五位鷺の飛びすぎざま放つた叫びが落ちた。（改行）七人は顔を見合はせた。おのがじし戦慄を感じたことを知つたのである。（改行）やがて、神殿の裡の燈明が、立ち上がつた太田黒の影にかくれて、人々は拝殿へ戻って來る彼の足どりに吉兆を讀んだ。（改行）神が御嘉納になつたのを、太田黒は告げた。神明のお許しがあつた以上、一黨は正しく神軍になつた」[50]

太田黒伴男は新開大神宮の神官、加屋霽堅は熊本錦山神社(加藤神社、加藤清正を祀る)の神職であった。神風連の志士らの多くは神職にあった。[51]太田黒は「師の桜園が尊崇するところ深い新開大神宮に参籠して、至尊万歳、王政復古、夷狄退攘、皇威赫燿の祈願をつづけたが、それはおよそ天下の大事は容易に人力の能くするところでない、唯天地神明の応護によって始めて尊攘の大功を全うすることができるとの信念によったもの」[52]と、熊本出身の作家荒木精之は『神風連実記』に書いている。

ここを『奔馬』はこう書いた。

「月が落ちる。

要人私邸の打手である第一隊が先發する。午後十一時を廻ったころである。空は星に、草深い藤崎臺は露に充ちてゐる。ついで、太田黒、加屋が第二隊を率ゐて進發して、砲兵營へ向ふと同時に、第三隊は歩兵營をめざして出發した」[53]

激発があった。

熊本鎮台司令官の種田政明、同県令の安岡良亮《りょうすけ》らが殺害され、神風連各隊はその後鎮台のある熊本城を襲撃、兵営を一晩は制圧したものの、ただ神慮のみを頼りに日本刀だけで斬り込んだ一党の威力がもったのも翌朝までだった。加屋は銃撃され死亡、太田黒も胸を撃たれて、近くの民家に逃れた後、みずから側の者に介錯をうながした。
「時に自分はいまどちらをむいているか」と太田黒は訊ねた。「西へお向きでございます」と言われた太田黒はこう返したと『神風連実記』は伝えている、「聖天子東にましますのに、臣子の分としてどうして背後をお向けできよう。すぐ東に向け直し、わが首をうってくれ、ああ自分は生きて宸襟を安んじまつることが出来なかった。死して神となり必ず異賊をうち攘うて御皇恩にむくいたい」「しからば仰せのままに御介錯申します、御免」側の者は太田黒のさし出す首をうち落とした。[54]
「三島は同じ事をやった」、昨年、熊本・桜山神社内にある神風連資料館を訪れたとき、ひとくさり事変のあらましを解説してくれた同館の館長が、私の目をのぞき込んで、言った言葉である。

三島は書いている、「一黨はいかに戰備を整へたか?」——「晝夜を問はず天佑を祈願することが、彼らの最大の戰備であつた。一黨が住する各神社は同志の日拜に忙しかつた」「一黨の軍裝は如何であつたか？（改行）中には甲冑を被り、腹巻を著け、烏帽子直垂を用ひたものもあつたが、多くは常服短袴、腰に二刀を佩び、いづれも白布の鉢巻に白木綿の襷、白地の小片に「勝」の字を附した肩章を全員が著けてゐた」[55]と。
切り死にの思想。死の瞬間に永遠を覗き込み、その後象徴へと昇華する暴流のなかにあった三島にとって、これほど陶然とさせられる一瞬は無かった。

第百九十九聯隊の亡霊

勲は堀という陸軍歩兵中尉を紹介されて関わりを持とうとしていた。「中尉は一體どんな人なんだらうか」と仲間に訊かれて、「きつと僕たちを「死なせてくれる」人だと思ふよ」と勲は返すが、『奔馬』はこの通り「死」へと昇華していこうとする二十歳の若者の覚悟と、その裏返しとして湧き水のようにこんこんと溢れる「喜悦」が書かれてある。すでに書いた通り若い三島（公威）は二十歳のとき入隊検査で「即日帰郷」を命じられた。その聯隊、姫路編成の第八十四師団第百九十九聯隊は「フィリッピンで多数の死傷者」を出したと、三島は終生、信じていた。それは作家の巧まざる「虚偽」であった。しかし「死」と「崩壊」を裡に孕んでいた三島にあって、この「虚偽」はいずれ既成事実と化し、その「生と死」、その存在のありようを深いところで規定した。三島が二十歳の勲をジッと見つめているのは、みずからの存在を仮託した勲がどう行動するか、こそが三島の行動の正当性を後支えするからに違いあるまい。三島は勲に死んで欲しかった。まさに死の欲動と闘っていたみずからが幻視していたように、作法にそって、死んで欲しかった。

なぜなら勲が作法にそって死ななければ、天皇の赤子としてフィリッピンで命を落とした（と三島の信じる）あの聯隊の若者たちに申し開きが出来ないではないか。ここに小説『奔馬』の主動機がある。そう言ってよい。こうして勲は堀中尉との仲を深めていく。麻布の三聯隊に中尉を訪ねたときのこと、「聯隊は夏の日にかがやいてゐた」。そして「營門から見渡されるあたりは、右方に有名な近代兵舍のビルが目立つだけだが、營庭の木叢の果てに、遠く埃が舞ひ立ち、どこかから厩の匂ひが漂つてくる點では、その廣大な地所自體が、まるごと聖別されて名誉と砂塵の空へ引き上げられてゐる、あの陸軍といふものをよく示してゐた」[56]と、自己を投影しうる対象は事細かに描写する例の癖を見せて、こう書いた。

その陸軍の兵士らを「太陽の指」が動かしていた。「このやうに自在に兵たちを操る指の、中尉はいはば孤独な代理人にすぎなかつた。その號令の大音聲も、さう思ふときには虚しくきこえた。盤上の駒を動かす巨大な不可視の指、その指の根源こそ頭上の太陽、存分に死を含んだ赫奕たる太陽にあつた」「あれこそは天皇だつた」[57]

シナリオ

三島をここまで書いてきた者として、私は、この『奔馬』こそ「事件」を解く鍵をふんだんに湛えた、その心的機序を推しはかる教科書に等しい一冊であると理解している。勲に寄せる三島の情念、その勲が抱え込んだ感情、情況としての昭和維新、そして勲をとりまく登場人物たち……どれを取っても一言で言えば「事件」の「物語性」、その演劇的結構を等しくしているのだ。これを構想していた六六年から六七年にかけて、『憂国』を書き剣道に打ちこんでいた三島は、日ごとに「自衛隊」——旧陸軍の現し身——への思いを強くしていた。久留米の陸上自衛隊幹部候補生学校隊付としてついに第一回目の体験入隊を果たしたのが、『奔馬』が「新潮」に掲載された直後の、六七年四月十二日のこと。その事実を考えると、三島は『奔馬』の執筆によって結果的に「事件」を生々しいものとして構想し、結果そのことが「事件」の導火線（シナリオ）の役を果たした。そう見て、あながち間違いではあるまい。

お前の理想は何かと問われて、「昭和の神風連を興すことです」と勲は答え、それに興味を覚えた堀中尉は、洞院宮治典王殿下を勲に合わせる仲立ちをする。治典王殿下は『春の雪』で綾倉聡子と婚約した人物である。この宮が『奔馬』では勲を切腹へと導く役割を果たす。さて、三島の天皇へ寄せる忠義を理解する重要な挿話として、福田恆存と交わした有名な「握り飯」談義がある。「握り飯の熱いのを握って、天皇陛下にむりやり差し上げるのが、忠義だと思う」と言う三島に、福田が「召し上がらなかったらどうする」と問う。「お解りでしょう。（笑）」と三島は笑って、「でも、僕は、君主というものの悲劇はそれだと思う。覚悟しない君主というのは君主じゃないと思う」[58]

コロナは神宮外苑を一周二周と廻った。学習院初等科校舎手前で一旦、停車した。「俺の子供も現在この時間にここに来て授業をうけている最中なんだよ」。午前十時四十分頃。

『奔馬』のその部分、勲のセリフを、少し長いが、重要であるので全文引用する。

「はい。忠義とは、私には、自分の手が火傷をするほど熱い飯を握って、ただ陛下に差上げたい一心で握り飯を作って、御前に捧げることだと思ひます。その結果、もし陛下が御空腹でなく、すげなくお返しになつたり、あるひは、「こんな不味いものを喰えるか」と仰言って、こちらの顔へ握り飯をぶつけられるようなことがあつた場合も、顔に飯粒をつけたまま退下《たいげ》して、ありがたくただちに腹を切らねばなりません。又もし、陛下が御空腹であつて、よろこんでその握り飯を召し上がっても、直ちに退って、ありがたく腹を切らねばなりません。何故なら、草莽《さうまう》の手を以て直に握った飯を、大御食《おほみけ》として奉った罪は萬死に値ひするからです。では、握り飯を作つて献上せずに、そのまま自分の手もとに置いたらどうなりませうか。飯はやがて腐るに決つてゐます。これも忠義ではありませうが、私はこれを勇なき忠義と呼びます。勇氣ある忠義とは、死をかへりみず、その一心に作つた握り飯を献上することであります」[59]

この握り飯と切腹の譬えは少々の解釈を必要とする。なぜなら、私の知る限り、日本の歴史上、天皇にみずからの熱誠を拒絶されたことをもって切腹した「草莽」がいたという話は聞いたことがないからだ。いま私の手元に中康弘通『切腹《悲愴美の世界》』という——三島も所蔵していた——一著がある。「切腹の作法」や「少年切腹死」といった凄惨なエピソードを多数収めた異形の書だが、この中にも——「天皇が殉死を禁じ」たという話はあっても——天皇が進んで切腹に関わりを持ったという挿話は出て来ない。「個人的恩顧」「原イメージ」と三島は言った。昭和天皇に対して、ごく個人的な恩義を覚えていた。つまり作家は銀時計組だった。精巧舎の銀時計は三島にとってシンボルとなっていた――両面価値的だったが。

こうした三島の個人史的な天皇への片恋を思うと、戦場で敗残し、あるいは主君に殉じてその後を追うといった本来の「切腹」と、ここで言う「握り飯」とは本来関わりのない、作家の情念が語らせた架空の説であると解釈するほかないだろう。そして、その精神的ルーツは「即日帰郷」を命ぜられたあの日の経験にあった――それは、間違いなく。これは三島が天皇へ寄せる一方的な片思い、個人史にもとづくラポールが勲の口を借りて表に出たセリフであった。なぜなら、勲は三島であるから。

ちなみに、先に引いた福田恆存との対談が行われたのは、六七年十月頃。『奔馬』の連載は同二月にスタートしている。三島が「シナリオ」を書き始めたのは、先述の通り、この時期と見て間違いない。

鏡像

「聖明が蔽はれてゐるこのやうな世に生きてゐながら、何もせずに生き永らへてゐるといふことがまづ第一の罪であります」[61]「罪と知りつつ、さうするのか」と宮に問われて勲は、こう答える。その後の勲の思考は単なる登場人物の意識の流れを超え、「事件」へと雪崩れていく作家の心の襞を語っているようで、面白い。勲は「ドル買に憂身をやつす新河財閥」の黒幕、蔵原武介をテロの標的とする。時の首相や財閥の要人を国家回天の生け贄にするという発想は、井上日召の「血盟団事件」を思わせる。「あいつ一人を殺れば日本はよくなる」[62]。勲が「昭和の神風連」を興そうと目論むのは、神風連が敵とした熊本鎮臺兵の「背後にあつたものは、軍閥の芽だつた」から、と作中では説明される。この軍閥の芽云々は三島の創作だが、その思いに囚われた勲は、日本刀だけで戦った神風連をあくまでテロリズムの理想と仰ぎ見、「自分一人の考へる光榮に達するため」「罪自體をも愛」する方向へと傾斜していく。

洞院宮はそんな勲を面白がって、勲との対話に興じる。そして「勲はなほこの教義問答に昂奮してゐた。相手が皇族でいらせられ、その皇族に向かつて率直きはまる御返事を申上げるといふことが、宮のすぐ背後の、この世のものならぬ光りに向かつて、思ひのたけを悉く開陳したやうな心地へ誘ひ入れられる。宮のどんな御下問にも、勲がただちにお答へできたのは、これこそふだんから心の中で練り上げ鍛へ抜いてきた思想だからであつた」[63]

――「なるほどかういふ若い者が出て來たか」

と宮は中尉を顧みて、感に堪えたやうに仰せられた。自分は一つの見本として眺められてゐると勲は思つた。すると、自分を、宮の御目に映つてゐる一つの典型に早く作り上げてしまひたいといふ、うづくやうな衝動を感じた。そのためには死ななければならないのである」[64]――

あくまで勲は、三島の内奥を映し出す作中人物（三島の鏡像）として「死ななければならな」かった。崩壊の象徴にならなければならなかった——再生を期して。ここに三島の天皇へ寄せる思いの悲劇がある。その悲しみは、勲の「死」への思いと撚り合わせられて、作家の存在を、あの日の経験から照らし出している。

消尽の先にある「美」

思えば「又、會ふぜ、きつと會ふ、瀧の下で」と言って世を去った清顕であった。あの雪晴れの朝、本多の目には「清顕その人の肖像」が見えていた。「輝かしい、永遠不變の、美しい粒子のやうな無意志の作用」を含んだ清顕の肖像が。あの時——大正二年の春まだき——一九歳だった本多は、清顕との議論で、「歴史と人間の意志との關はり合ひの皮肉は、意志を持つた者がことごとく挫折して、「歴史に關與するものは、ただ一つ、輝かしい、永遠不變の、美しい粒子のやうな無意志の作用」だけに終わる」[65]と熱心に論じた。その時本多の眼に映っていたのは清顕の輝かんばかりの美貌であった。意志のない清顕は「美しかった」。本多は、後年裁判官になって、「もともと死すべきであつた人間の運命を手助け」する。大正時代に青春を送った「意志を持った人間」である本多にとって、自己を消尽させてしまった清顕は、目に眩しく映った。「一方、現代の周邊をつぶさに見廻しても、清顕といふ一人の青年、あの情熱、あの死、あの美しい生涯が與へた影響は、どこにも残つてゐない。あの死の結果、何かが動かされ何かが變つたといふ證跡はどこにもない」[66]。そう思う本多は、しかし清顕の死を強い無常観を以て眺めている訳ではない。自己消尽への欲求が我にもありながら、いまだいたずらに生を永らえていることへの、感興をもてあそんでいる。あたかも「寫眞の陽畫」である鶴川を、「寫眞の陰畫」である「私」がある種の憧憬をもって眺めていた、あの『金閣寺』の放火僧溝口養賢のように。清顕は本多にとって、無意志の存在であり、だからこそ「美」であった。それはあたかも『金閣寺』の鶴川が「鉛から黄金を作り出す錬金術師」であったように、「寫眞の陰畫」であった「私」に対して「その陽畫」であったように。鶴川はだからこそ、意志をすっかり欠いていながらも、歴史に關與していた。——戦場で散った（意志の剥奪された）若者のかくあるべき象徴として。三島が「美」と言うとき、特に小説の中でと言うことだが、多かれ少なかれそれは「戦争で夭折した二十歳の青年」のイメージとオーヴァーラップすることは、三島を良く読む者であればひとしく同意するところであろう。本多の死生観をめぐる『奔馬』でも難解なこの箇所は、右のように若くして世を去った（意志を欠く）清顕への憧憬、と読めば得心がいくのではないか。自己消尽欲求を持った人物が、だから「美」となり、「歴史に關與する」。それがいつからか三島という人間のレゾンデートルとなっていたから。もっとも、その認識を手にするのが当の本人ではなくそれを「見つめる」本多であるところが、すでに書いたように三島の「見者」たる所以であり、三島の小説技巧のなせる業なのだが。

「歴史に關與する」こと、それによって「美」に到達すること――しかもみずからの意志によらず――三島がいま内奥に育て上げてきたこの世界観が『奔馬』という小説を縦横につらぬく存在の背骨になっている。例えば、父茂之の勧めで「佛教ぎらひの篤胤派」、梁川の眞杉海堂の錬成會に勲が厄介になったときのこと、「荒魂《あらみたま》が強《きつ》すぎる。修行して和魂《にぎみたま》を招き入れなくては、道を誤る」と勲を評する海堂に、本多は内心、反駁する。「云はうやうない莫迦らしさに襲はれた。この人たちは、肉體を見ずに、魂だけを見てゐる。現實には一人の不羈な少年が、叱られて激昂しただけのありきたりな事柄だが、この人たちはそれを心靈の世界の怖ろしい力の發動のやうに見てゐるのである」[67]。一方、勲は海堂の叱責にもっと冷静であった。「海堂先生の叱責に怒つたのではない。叱責のあひだに、耐へがたい一つの想念が育つてきて、自分が到達しようとしてゐる美と純粋の玻璃の器が、すでに地に落ちて粉々になつてゐるのに、自分はことさらそれを認めまいとしてゐるのだといふ考えの擒《とりこ》になつた」[68]。「美と純粋」をキーワードにして、「魂・精神＝意志」ではなく「肉體・身体＝行動」としてそこにある勲は、『アポロの杯』の「肉体の危険」と「精神の危険」に引き裂かれた若い三島の内面の対立を引き受けて、生命賛美の果ての崩壊の予兆を湛えて、ここにいた。体内に蓄えられた「悪」が行為の純粋な正義と差し違えて死ぬ。美と純粋の玻璃の器を手にするには行為に到達しなければならない。その考えが勲を熱狂させた。

もちろん三島を。

「フィリッピンで多数の死傷者を出した」第百九十九聯隊の兵士たちがその目には映っていただろう。

市ヶ谷の東部方面総監部玄関前にコロナがすべり込んだ。午前十時五十八分。[69]

テロ

いよいよ、勲のテロリズムが実行に移される日が来た。勲は「計畫書を草の上にひろげた」）――「本計畫の目的は、帝都の治安を攪亂し、戒厳令を施行せしめて、以て維新政府の樹立を扶くるにあり」[70]……

「われらはもとより維新の捨石にして、最小限の人員を以て最大限の效果を發揮し、これに呼應して全國一せいに起つ同志あるを信じ、檄文を飛行機より撒布して、洞院宮殿下への大命降下の事實ありたるを宣傳し、宣傳をしてやがて事實たらしめんとするものなり。戒厳令施行を以てわれらの任務は終り、成否に不拘、翌拂曉にいたるまでにいさぎよく一同割腹自決するを本旨とす」[71]

「……

第三隊（日本銀行占領放火）

堀陸軍歩兵中尉の指揮により、變電所爆碎後自轉車を以て馳せ集まる十二名に二名（高橋・井上）を加へ、十四名を以て決行。

別働隊

志賀中尉操縦の飛行機より照明弾と共に檄文撒布」[72]

『奔馬』を執筆している最中、三島の身辺にはひとつの動きがあった。一九六七（昭和四十二）年の暮れ自衛隊の知人に紹介されて、陸上自衛隊調査学校情報教育課長であった山本舜勝と知り合ったのだ。その頃三島は「祖国防衛隊は何故必要か」というパンフレットを作って、自衛隊で内覧させたりしていたが、これが山本の目に触れた。あたかも「若者の反乱」の時代で、左派勢力が力を得、各所で反体制を叫ぶ学生らが直接行動を繰りひろげている時だった。三島はこの動きを刮目してながめていた。左翼学生らのアジテーションは、三島の眼に、容共で国民精神を弛緩させるものと映った。「祖国防衛隊は何故必要か」はこうした情勢に対する危機意識の反映だった。

「戦後、平和になれ、国民精神が弛緩する一方で、平和を守れ、と呼号する革命運動が擡頭した。だがそれとは別に、一九六〇年の安保闘争は、青年層の一部に「日本はこれでいいのか」という深刻な反省をもたらし、日本の歴史と伝統をあらためて研究し直す真摯な一群を生み出すに至った。それをうけて、われわれは言論活動による国の尊厳の回復を図る準備を進め、今、漸くこの計画にまで到達した」[73]

楯の会の前身、祖国防衛隊構想である。

この情勢認識は山本も共通していた。腹の裡に、間接侵略に対する民間防衛を抱えていた山本である。一度三島に会わなければならないと思うに至る。赤坂のビル地下にある割烹で、ほかの自衛隊幹部をふくめて山本が三島と会ったのは六七年十二月末のこと。「書くことと行動することとは大変な違いだと思いますが、文士であるあなたは、書くことに専念すべきではありませんか」
そう問う山本に対して三島は、
「もう書くことは捨てました。ノーベル賞なんかには、これっぱかりの興味もありませんよ」[74]と言った。もう一度書くが、これが六七年末のこと。『奔馬』の取材・執筆・連載を続けており、三島をめぐる物語は佳境に入っていた。

益田兼利東部方面総監が、かねての約束の通り、総監室で一行を出迎えた。午前十一時五分。

蔵原を殺る、勲はそれを同志の井筒に譲った。警護のもっとも厳しい蔵原を井筒に譲ったのは、「輕信で豪擔なこの明るい若者に」友情があったからで、そのことを口実にした。しかし、感激する井筒の横で、勲は「何か心の中で、自分がはじめて何ものかから「逃げた」と感じた。[75]「逃げた」、そう三島は書いた。

葬儀

決行は十二月三日、夜十時と決まった。同志の相良に、勲はこの蹶起の心得をこう説いた。「これは清浄無垢な戰争なんだ。白い百合の花のやうないくさで、後世の人が「百合戰争」と呼ぶことができるやうに、鬼頭さんから頒けてもらつた三枝祭《さいぐさのまつり》の百合の一片《ひら》づつを、みんなにわけて、出陣のときには必ず胸ポケットの底にひそませるやうにしたい。きつと狭井《さゐ》神社の荒魂の御加護があるだらう。……」[76]

　死がロマンティックに扱われている。死がロマンティシズムの発露というか、三島が自身の存在の中核としていた「美でありたい」という強迫、これを映し込める柔弱な箇所におずおずと触れていると言うか。ロマンティックに死を爛熟させていった結果、そこに「崩壊」が顔を覗かせると見るかたむきは、すでに「詩を書く少年」の頃から明らかだった。右の一節は「神風連は清教徒である」と説いた玄洋社系のジャーナリスト、福本日南の主張、あるいは「そこには露ばかりの利害打算も成敗利純もなく、清浄無心、無垢献身があるばかり」[77]と書いた荒木精之の言にも通じる、三島なりの蜂起（テロ）への思いがある。「白い百合の花」はテロの美化された隠喩であり、蹶起をあたかも憂国の至純とつなげて浄化しようとした自己正当化の理論であるが——あるいは大正ロマン風味の田園的美意識めいた心情か——この描写の底にあるのは、三島が拠り所としていた価値観がどうしようもなく稚気をおびているという事実、これである。湿った枯葉の山にある猫の食べ残した鼠、煙ども、広大な孤空、碧い絵絹とイメージが徐々に開いて、枯葉の落ち合ふ音に耳を止め、そこに灰色の挽歌を聞いた十二歳の少年公威の生理が、一人一殺を掲げて昭和維新のテロをいま起こそうかという二十歳の勲の熱誠にまっすぐに響き、「白い百合の花」に結晶した。いずれも行き着く先は「葬儀」である。生が赫奕たる太陽のもとで爛熟し、生の欲動と死の欲動がせめぎ合った刹那、崩壊（＝象徴化）へとなだれ込んでいく。これは若い三島が世界旅行の際、たどり着いた心性そのものであった。そこに「明るさ」があるとしたら、それはまさに「滅びの姿」であるだろう。

堀中尉が蹶起から降りることになった。急に満洲に飛ばされることになったのだ。「決行を繰り上げてくれれば、喜んで参加しよう」と中尉は言うが、それは、自分はともに行動することは出来ないという中尉の意思の表れだった。決行の繰り上げ、「それは無理です」と勲はすぐさま答え、答えるなりすぐさま内心でこう感じた。「その答に敗北がなくて、何か自分がさう答へることによつて、急にもつとひろい、もつと自由な場所へ、思ひがけなく滑り出た感じがした」[78]と。俺と志賀中尉の名前は行動計畫から抹消しろ、と言う堀中尉の言葉に、勲は「はい。さうします」と答えた。が、そう答えながら、「勲は以前、剣道部の熱心な部員であつたころ、たまたま道場を訪れた名高い剣道家の福地八段に稽古をつけてもらつ」た時のことを思い出した。八段の「水のやうな構へに壓せられて、しやにむに撃ちかかつたところを外されて、思はず退いた瞬間に、面金の奥から静かな嗄れ聲で、かう言はれたことがあつた」のだ。
「引いてはいかん。そこに何か仕事があるでせう」[79]
「本物です……関の孫六を軍刀づくりに直したものです」――「本物ですか」益田総監にそう訊か

れて、言った。午前十一時十分。

世界分割支配

読者は先に私がこう書いたことを記憶しているだろうか、『奔馬』執筆が作家を「事件」へと駆り立てる導火線（シナリオ）の役割を果たしたと。この作品の構想・執筆をきっかけに三島の頭の中に大きな絵が消えつ浮かびつし始めた。三島は、自衛隊で教官まで務めた戦術家山本の知己を得て、その後、烈しさを増す「若者の反乱」を眺めて恐懼し、これを仮想敵に見立てて、これから日本の本姿を守るための祖国防衛隊構想を具体化させていく。

とりわけ瞠目していたのは反代々木系の活動家（新左翼）の動きであった。一方の山本はと言うと、自衛隊調査学校の教官として、日本の行く末を憂慮していた。山本は、三島と面識を得た当時、世界は「米中戦争にもつながりかねない緊張を高めていた……中国の動きいかんでは、昭和四十五年に迫った第二次安保改定に向けての反体制勢力の闘争に重大な影響が及ぼされ、日本国内に危険な事態を引き起こす恐れも大きくなっていた」[80]と見ていた。

「仮に、文化大革命の中で親ソ派が主導権を回復し、中ソが一体になるようなことにでもなれば、アメリカのベトナム戦争への高まる批判も糾合して、共産勢力の対日武力侵攻さえあり得る、と私（山本）は読んでいた」。さらに「起こり得る最悪の事態を考慮すれば、自衛隊は治安出動の覚悟をすべきである、と私は考えていた」[81]

自衛隊内に山本という理解者を得たことによって三島は千万力を掌におさめた気分だったろう。頭のなかを駈けめぐる「計画」がどこか荒唐無稽であることは分かっていた。何より「認識家」を自認する三島であった。もとより一流の作家でもある。「計画」をためつすがめつする中で、そこに遺漏がないと気がつかないほど、愚かではなかっただろう。だが事件には謀議が必要である。三島の周りには志をひとつにする同志が、すでに百人規模で、集っていた。目を太平洋の向こうに転じると、ジョンソン大統領のアメリカはベトナムの地で泥沼化する戦闘に塗炭の苦しみを味わっていた。その反動で「反体制派」の運動は日ましに活発になっていた。反戦平和や徴兵忌避は反乱に身を投じた若者たちの、まさに身につまされる実感の中核をなしていた。今でこそ歴史の小箱におさめられた感はあるが、当時は、体制にノーを突きつけることこそが人びとを団結させ、「正義」を実現させる唯一の方途とされた。

かれら「反体制派」は国際主義を標榜していたが、これは視点を変えれば、対立する米ソ両超大国を軸とした世界構造、すなわち「世界分割支配」を固定化させるという懸念を呼ぶことにもなった。「ベトナム」は米ソの代理戦争であり、これにノーを突きつけるとなると、結局漁夫の利を得るのは中ソである。この「世界分割支配」は、第二次世界大戦の終結につながった会談が行われた地から「ヤルタ・ポツダム体制」と呼ばれる。戦後日本のありようを決定づけたシステムである。「民族派」はこれを目の敵にした。

日本学生同盟（日学同）が結成されたのも、そんな大状況に焦慮してのことだった。左派勢力に支配された大学の正常化と、その背後で見え隠れする「YP体制」に鉄槌を下すこと、これを組織目標にして右派勢力の結集を図っていた。その中心となったのは早稲田大学で、最初は全学ストや学内暴力を嫌気する学生が起った形だが、やがて生長の家等の保守勢力が流れ込み、早学連（早稲田大学学生連盟）が結成されたのが六六年二月のこと（当時は、有志会と言った）。これを母体として一九六六（昭和四一）年十月、日学同が誕生する。この頃、皇国史観で知られる平泉澄《きよし》の門下生が主宰する「論争ジャーナル」が保守派言論人を次々に起用して存在感を見せており、これと日学同の機関紙「日本学生新聞」が、あたかも併走するかのように、右派の言論をリードしていた。「楯の会」の中心メンバーの、ここが草刈場となる。

三島は「論争ジャーナル」発刊第二号の表紙を飾った。

日学同

そのメンバー同士の人間模様は、本書の主題からいって大した意味はないので、深追いはしないが、日学同の周辺人士と「論争ジャーナル」のスタッフらは言わば共通の敵を前にして結束を誓い合った小児連合のごとくで、それだけに純粋であり、一途な気持で反革命を旗印にした。

彼らは、またメンターを必要としてもいた。

三島はすでに六六年にはこれら人士と関わりが出来、この頃の若者らの多くがそうだったように、日本の将来について、状況をどう打破すべきかについて、あれこれ議論を戦わせていた。だから、三島が自衛隊への体験入隊の合間合間にかれらと交わり、訓練について隊内生活について、自慢げに吹聴したのも、当然だった。

日学同のある元活動家の話――。「除隊と入隊のインターバルにはわれわれはかならず呼ばれまして、訓練の模様や隊内生活の様子など細かに聞かされました。これがまた本人は自慢げに話します。俺は山岳訓練で蛇の丸焼きを食ったとか、レインジャー訓練で谷から谷まで綱渡りしたとか。……そういうことを得意げにいろいろ話してくれました。三島先生は当時四十二歳で、私とは一八、九の年の差がありましたけれども、こんな話をするときの三島由紀夫はまるで子供のように、無邪気に明るくはしゃいでいました」[82]。「楯の会」の初代学生長を務めた人である。

結成

一九六八年十月五日、「楯の会」が正式に結成される。すでに同年八月に『奔馬』の連載は終了。居並ぶ記者らを前に、虎ノ門の国立教育会館で、発表した。先の初代学生長の話によると、「機動隊によっては克服できないような状況になったとき、自衛隊が治安出動するまでの空白の間、その呼び水となるために民間の組織が何らかの形で表に出る必要があるだろう。しかも、それはかなり専門的な軍事知識を持った民間の組織、任意のグループでなければならない、その任を我々が担おう。これが楯の会の前身であった「祖国防衛隊」構想の基本的な考え方でした」[83]

三島は——「楯の会」の面々は——どこまで本気だったのか。いま私は改めてそう思わざるを得ない。「会」の組織目標について、またその隊員募集に際して「社会人は仕事があるので、中核には学生を充てた」という人選等について思うと、当時の三島について回った「文士のお遊び」という嗤笑を、また〝冒険〟〝入隊〟〝帰郷〟と、週刊誌がその動向を伝えるにあたりわざわざ括弧を付したその用字法を思うと、それがそのまま世間の視線であったと、そこは認めなければならない。いま三島を書く私も、当時はその文学に畏怖をおぼえるには未熟に過ぎたが、それでも軍服をりゅうと着こなして武人を気取る作家の形《なり》がどこか無理をしているように映っていた。忍者の恰好をして大喜びする西洋人、喩えて言うならそんな感じか……。それを「ピエロ」と呼ぶのは口さがない年少者が口で蹈鞴《たたら》を踏んだようなものだが……。

初代学生長を務めた元活動家の弁——。「もともと楯の会が、体験入隊を実施しようとした目的は、少なくとも一個小隊を指揮できる民間将校を養成することでした。小隊とは軍隊の中で部隊として行動できる最小の単位で、おおよそ三十人で構成されます。楯の会の一人の会員が少なくとも三十人の一個小隊を指揮できる能力を取得すること。それが体験入隊の大きな目的だったのです」[84]

学生あがりにプロの兵士を指揮できるのか、もし本気であったとしたら、状況への焦りという以上に、精神が鈍磨していたのか。そう思うのである。……

「ありません」本書を書くための下取材で、公威が旧陸軍の入隊検査を受けた兵庫県小野市にある旧富合村高岡廠舎（今、陸上自衛隊青野ヶ原駐屯地）を訪れた際である。「いまでも自衛隊では「三島事件」について、座学で取りあげることはありますか」という私の問に、駐屯地を案内してくれた広報班長は、キッパリと、こう言い切った。こちらが気圧されるほどの語調であった。ひょっとして、隊にもぐり込んだ民間人が「事件」におよんだという事実が、触れようにも触れられない「腫れ物」となっているからか。またはそもそも「事件」が「荒唐無稽」、「問題外」とされているからか。広報班長は、勢いよく二度、その言葉をくり返した。

結局、三島の気魄に圧された山本は協力を申し出る。「またお会いしたい。何か訓練面で、お役に立てることもあると思います」[85]。山本ははくようにそう申し出た。

＊＊＊

堀中尉と志賀中尉の二人は蹶起計画から身を引いた。隠れ家で勲の帰りを待っていた同志らは報告を聞くなり「水が急に退いたやうな」落胆につつまれた。だが、自らの意志をすっ飛ばして「行動」に走ろうとする若者らはあくまでも「純粋」であった。指揮官と檄文をばら撒く飛行機は失ったが、最後の拠り所は残った。「よし。われわれには日本刀がある」――誰かが言った――「昭和の神風連も、最後の據り所は日本刀だといふことで、首尾一貫する。攻撃計畫は縮小し、攻撃精神は倍加しよう。……」[86]

「日本刀と日本精神だけでやるといふのは、暴擧なんぢやないかな。精神主義過多はね、警戒すべき行動だと思ふんだよ」別の誰かが言うと勲は低い声ではじめてこう返した。

「暴擧だよ。それに決まつてゐる。神風連も暴擧だつた」[87]

益田総監が応接用椅子に三島らを手招きした。腰掛けた三島が声を掛けた。総監に殺到する合図だった。「ハンカチを」。午前十一時十五分頃。

評価

一九七〇年十一月二十五日、正午を少し回ったあたり、作家（と、あえて書く）三島由紀夫と楯の会隊員五人が陸上自衛隊市ヶ谷駐屯地に侵入（言葉が見つからないが、「乱入」ではあるまい）、出迎えた益田兼利総監を監禁し、自衛隊員一千人あまりを総監室バルコニー下に集合させ、檄文を撒布、野次を浴びせられる中アジ演説を終えると、三島を含む二名が切腹自害した通称「三島事件」は、発生するなり日本中、世界中をまさに驚愕させた。

いま試みに、事件翌日の朝日新聞を読むと、「理解越すハラキリ　国粋的実力行動を警戒」（米ホワイトハウス）、「右翼台頭への兆候　北方領土との関連心配」（モスクワの日本問題専門家）、「平和日本のイメージ失墜」（ソウル外交筋）、「偏狭な自己中心主義」（シンガポール南洋大学教授）……等々、事件直後から各国各層がこれを注視し、猛スピードで情報の収集と分析を始めたことが分かる。それ以降に出版された評論・関連本はまさに枚挙に遑《いとま》ない。「三島事件」とは果たして何だったのか。私はすでに書いた通り、三島が「事件」を起こした当時、おさまりの悪い十四歳という年齢を迎えていた。二度と戻りたいとは思わない、それでいて幸福と言うほかはない、十四歳だった。子供の体臭を身に纏いながら、その匂いを厭っていた。しかし「事件」はそんな私の身体に流れ込み、メスを入れ、何か生臭い異臭をそこに押しこんだのだった。言わば十四歳の私を「事件」は一瞬にして「状況」へと連れ去ったのだ。私は夕刊を手にし、ニュースを見、情報を咀嚼した。そして、「軍服を着たピエロ」とばかり思っていた彼、（そんな言葉は知らなかったが）「遅れてきた青年」とばかり思っていた彼が、実は推し量れないほど巨大な思いに内心うちひしがれていたという事実、それを目の前に突きつけられた、そのことに愕いた。子供の沈鬱な日常、その生《なま》の心の前にあらわれた、初めての他者、それが三島だった。当時十四歳だった私は、おそらく産まれて初めて、「他者」の心を「ホレ」と目の前にさし出されたのだ。

三島が起こした「事件」は、発生当初から、日本文学や政治状況を超えて、その真実を探ろうとする動きを猛スピードで呼び覚ました。戦後日本でも指折りの作家であったことは、私にも解っていた。だからいま「プラウダ」の「完全な武士道のオキテにのっとって切腹自殺」という一文を読み、「ニューヨーク・タイムズ」の「その作品がしばしば死と血と自殺を登場させ、これを性的愉悦と結びつけた」という説を聞いても、どうもうなづけない。「他者」なる三島と私との遭遇、その侵蝕を、どうにも語ってこないのだ。

私が本書を書いている時点──事件から半世紀──でもなお世間の関心は強い。その解釈をめぐっては様々な説が飛び交って、人びとは未だ「事件」には身を乗りだしているように見える。日本文学の歴史のなかでも、短編中編長編とあらゆる尺の小説を物し、詩、戯曲、能、歌舞伎の台本と、ほぼ全ての文学表現を思いのままに操った、しかもどのジャンルでも一流の業績を上げてきた、稀に見る才人。

三島は、私にとっては、暗澹とした妖気をたたえた刃であった。文学という不穏な領分に爛々と輝くつかみようのない熱狂だった。十四歳の少年であった私は、その翌日から、暗鬱とした苦痛をこらえながら、みずからの「傷」を癒やすために、──そのためだけに──崩壊へと歩み往く「他者」がいる、そんな世界を覗き見る羽目になった。後付けの理屈だろうか。だが「遅れてきた青年」でも「軍服を着たピエロ」でもなかった三島は、私には、「完全なる他者」として、評価と解釈をするどく要求する存在として、そこにあった。「事件」は、私の肩の上に置かれたのだ。

『青の時代』

その私が初めて手に取った三島本は確か『青の時代』だったと記憶している。文学の翻訳をこころざして、海外、国内の小説を手当たり次第に読み漁っている時だった。そんな時に手に取った本は、解る人は解るだろうが、読み終える先から内容などは消え去ってしまう。ストーリーも作家性も跡形もなくなって、読んでいるうちから、気持ちはつぎに読む本に移っている。そうして読み手の頭の中に残るのは「文学」なる抽象だけである。今思うと、積み重なったそういう抽象的イメージでないかぎり、翻訳という私のこころざした「文芸」には生きない、使い物になる技量の糧にはならない——と言えるので、その私の読書術はまずは正鵠を射ていた、と思うが、この『青の時代』は違った。戦後、俗に言う「アプレゲール犯罪」というのが流行る。そして、東大生某が企てた「光クラブ事件」、この金融犯罪はその走りとして人びとの注目を集めた、と言うことだが、三島のこの本は新種の犯罪者を生んだ戦後の「拝金的」ムード、デカダンの雰囲気……戦後という時代が新しい人間たちを産み出して確かに脱皮していこうとする、その狭間の空気を濃密に漂わせて、ピカソめいた書名も手伝って、読み手の心に残ったのだ。その後『美しい星』『音楽』などを読み進めた。およそ小説を読んで、物語性や作家性と言った逃げではなく、言葉の真の意味での「才能」を感じさせた小説家は、ひとり三島だけだった。もちろんそれを「天才」と言ってもいい。勉強中の私は舌を巻いた。

だが、一方では、こんな疑問がよぎってもいた。ウェルメイドなのだが作り物のようでもあり、あたかも「設計図」に従って物語を進めていく、その文体その寸分狂いのなさが、どこか人間に触れる文学の肌触りとしては、怜悧に過ぎると。女は女であり、軍人はどこまでも軍人なのだが、どうにも「血肉」が乏しいのではないか、と。

無論、三島の起こした事件はすでに過去形のことで、翻訳という回路から小説を探っていた私は、否も応もなく、三島の「死」と三島の「作品」とを一繋がりのものとして見ていた。ひとの人生には「成功」もなければ「失敗」もない、ただどう「生き」どう「終えたか」という生と死の歩みのみがあるばかりと言ったような意味で言うなら、小説家・劇作家・批評家として指折りの仕事をして見せた三島は、実に「良く生きた」と言えよう。

『青の時代』の「序」で三島はこう言った、「僕の書きたいのは贋物の行動の小説なんだ」と。「まじめな贋物の英雄譚なんだ。人は行動するごとく認識すべきであっても、認識するごとく行動すべきではないとすれば、わが主人公は認識の私生児だね」と。

認識の私生児。ひとしきり三島を読んできた私は、いつからか、こう思うようになっていた。——三島は「世界」を掴み損ねたんじゃなかろうか、と。

いつか私は三島を忘れていた。思いもよらず翻訳の世界が、私を忙しくさせたと言うこともあった。私が売れっ子になったと言う意味ではない。むしろ一人前になるための作業に忙殺されたと言ったほうが正解だが、もうひとつ。読書を通じて広がった世界が三島の文学を超えて私を広い荒野に連れ去った、そんな感じ。あの頃はまったくよく読んだのだった。

その後、翻訳から遠のき私は批評を書き始める。それがある時、三島を「ライヴァル」と持ち上げていた中上健次の評論を物すべく、仕事に没頭していた私の中に、ある刹那、卒然と、その名が蘇ったのだ。同業者を滅多に褒めることのなかった中上が、やけに三島にだけは点が甘かったので。――「具体的に、ああいう具合に突然、同志を募って、君たちに本当の日本の国を守る気概があるのか、と叫んだとしても、それでばらばらと三島の側におりてくる者はいないということは分かっていたと思うんです。それを分かっていながら、やっぱりやる、つまりそのズレを縫い合わせてしまうということはあったと思うんです。そのことが、まあ今も奇妙な衝撃みたいなものとして残り続けているとは思うんですけどね」[88]――「考えれば三島由紀夫は、このようなドッペルゲンゲル風な作品を多作している」――「……古典的な比喩、古典的な構成は、三島由紀夫が、自己の孤独と共に育て上げた、私と他者を楽々と往還する魔術のひとつなのである。その魔術の見事さには目を見張るしかない」[89]

三島という人間の、どこかつかみ所の無い、しかし触れるとハッとするような不可思議な実存と、そしてその余りに永すぎる不在。

「事件」を書いてみよう、私は心決めた。

血の榮光と死への嫉妬

堀中尉はこう言って逃げを打った。「無理だと思つたら、中止しろ。いいか、俺は計畫全體の粗漏なこと、參加人員の少なすぎること、從つて戒嚴令發布などの效果は思ひもよらぬこと、時期尚早なこと、……當初から若干疑問に感じてゐたことが、ますます動かしがたいものになつたといふ氣がする」[90]

しかし「暴擧だよ。……神風連も暴擧だつた」と言って完遂を宣言したその計画が、急転直下、勲ら一党の一斉検挙で頓挫してしまうのは、考えて見れば穴だらけの小児病的な密議のなせる技だったと言うほかはない。一人一殺の計画は警察に、その父によって、密告されたのだ。このくだりは三島という作家、そして平岡公威という人間を読むに当たっても重要なので、少し追ってみると……。

——勲を売った父、飯沼茂之は「さうしなければ、倅は生きてはゐませんでした」。つまり息子を密告したのは父の情愛が募る余りだったと説明される。表向きの理由としては、それでよい。だが三島はこのシークエンスを茂之のその説明で締めくくることはしなかった。本多は、「これで一生、息子は喰ふには困りませんよ。永久に昭和神風連の飯沼勲といふ名で、世間からこはもてしますからね」という茂之の言葉に唖然とし、かつ首をひねる。勲の弁護をすすんで引き受けた本多である。となると勲を救ったのは、父なのか、本多なのか。自分の好意が蹂躙されたような気になったからだが、しかし真実は違う。茂之を見る本多の目に映ったのは「獨酌をいそがしくしてゐるその（茂之の、筆者註）毛深い指さきの慄へ」だった。本多はそれをこう解釈する。――本多は飯沼が決して口にしない或る感情、おそらく彼の密告のもつとも深い動機であつたもの、すなはち、息子が今まさに實現するかもしれなかつた血の榮光と壮烈な死に對する、抑へ切れぬ嫉妬を讀んでゐたからである」[91]

「血の榮光と壮烈な死」への嫉妬。父の息子に対する嫉妬と三島は書いた。このように本多に解釈させた人間心理への異様に深い洞察と、それを「壮烈な死への嫉妬」と書く三島の死生観。自覚していたかどうかはともあれ、死を「嫉妬」として作中人物に語らせる三島の人間の仕組み、その「実存」を思わざるを得ないのだ。

すでに言ったが、『奔馬』の勲は三島その人である。

『奔馬』は、「事件」のシナリオと考えて差し支えない。

勲は、すでに引いたように自らの行動を「暴挙」と理解していた。

そして、未遂に終わった「血の榮光と壮烈な死」を、茂之も一右翼として憧れていたと、本多は認識した。

本多は三島である。

この連環のなかに「死」を「憧憬」して止まない三島という人間の自我の罅割れがはっきりと見える。

私が「事件」を必ずしも「政治的」なプロパガンダとは見ないのは、こうした理由による。

日本文学研究家で『午後の曳航』の訳者でもあるジョン・ネイスンは『新版・三島由紀夫――あ

る評伝――』の中でこんなエピソードを紹介している。事件の翌日、平岡家へ弔問に訪れたある客が、白薔薇の花束を手に遺影を見上げているのを認めた母倭文重が、うしろからこう声を掛けたという。
「お祝いには赤い薔薇を持って来て下さればようございましたのに。公威がいつもしたかったことをしましたのは、これが初めてなんでございますよ。喜んであげて下さいませな」[92]（傍点引用者）
「公威《こうい》さん、さようなら」出棺に際して、こう公威に声を掛けた母倭文重の言葉である。反語とは言え、その意味は重い。
「諸君は武士だろう。諸君は武士だろう」バルコニーに立った三島は二度、大声を上げた。十二時少し前。

演説

三島はバルコニーに立った。額には「七生報国」の鉢巻きを締めている。関の孫六の抜き身は総監室に置いてあった。十分ほど前に、楯の会隊員二名が要求項目の書かれた垂れ幕二枚を垂らし「檄文」をばら撒いていた。十一月のひんやりとした空気の中、急遽バルコニー下に集められた自衛隊員らは、昼食もそこそこ、好奇と冷笑の入り交じった目で、真上のカーキ色の制服姿の男を見上げている。見ること、見られることに強いコンプレックスを抱いていた三島だった。おそらく、人生でもかつて経験したことの無いほど、昂揚している。「即日帰郷」を命じられたあの日。あの日から二十五年が経っていた。あの日のみずからの姿が、平岡公威が、反転して今、ジッと三島を見つめている。その目の前には「空」が広がっていた。鋭敏なその耳に、みずからの口から出た言葉が飛びこんできた。

「……日本は、経済的繁栄にうつつを抜かして、すでに精神的空白状態に陥って……」

「……日本の根本が歪んでいるんだ。それは自殺行為だ。日本の根本の歪みに気がつかない。それからだ、この日本の歪みをただすのが自衛隊だ」

「……去年の10月の21日には何が起こったか。去年の10月の21日には何が起こったか。去年の10月21日には、新宿で反戦デーのデモが行われて、これは完全に警察力で制圧されたんだ。おれはあれを見た日に、それはいかんぞ、これで憲法は改正されない、と慨嘆したんだ」

「……静聴せーい！　静かにせい！　そのためにわれわれは、自衛隊に教えを乞うたんだ。静聴せいといっているのがわからんのか！」

「……もうこれで憲法改正のチャンスはない！　自衛隊が國軍になる日はない！」

「……建軍の本義はない！　それを私は最もなげいていたんだ。自衛隊にとって建軍の本義とはなんだ」

「……日本を守るとはなんだ。日本を守るとは、天皇を中心とする歴史と文化の伝統を守ることである」

「……おまえら聞けェ、聞けェ！　よく聞け、聞け、聞け、聞けい！　よく聞け、よく聞け、よく聞けい、静聴せい！」

「……男一匹が、命をかけて諸君に訴えてるんだぞ。いいか、それがだ、いま日本人がだ、ここでもってたちあがらなければ、自衛隊がたちあがらなきゃ、……諸君は永久にだねえ、ただアメリカの軍隊になってしまうんだぞ」

「……アメリカだってソ連だって、シビリアン・コントロールに……シビリアン・コントロールに毒されてんだ」

「……俺は四年待ったんだよ。俺は四年待ったんだ。自衛隊が立ち上がる日を」

もう読者は、ここで三島の言う「四年」の意味が、お解りだろう。

「……最後の三十分に、最後の三十分に……」

「諸君は武士だろう。諸君は武士だろう」

三島は大声を張り上げた。

「……武士ならばだ、自分を否定する憲法を、どうして守るんだ。どうして……自分らを否定する憲法というものにペコペコするんだ」

いまこうして三島を書いている私は、もうかれこれ二十年以上、大学で教鞭を執っているのだが、このように聴衆がカオス化してしまうのは、煎じつめれば、登壇者が聴衆の「目」を見ていないからにほかならない。遺憾ながら、アジテーターとしての三島の才能は、彼の書いたドイツの独裁者と比べて、はなはだ劣後していたと言わざるを得ない。寝食を共にした自衛隊員の目にこの三島の永遠は映っていなかった。

三島は焦り始めた。

「諸君てものは永久に救われんのだぞ。諸君は永久にだね。今の憲法は政治的謀略に……」

「諸君が合憲だかによそおっているが、自衛隊は違憲なんだよ。自衛隊は違憲なんだよ。自衛隊は違憲なんだ。きさまたちも違憲だ。ついに自衛隊というものは、憲法をまもる軍隊になったのだということに、どうして気がつかんのだ。どうしてそこに諸君は気がつかんのだ！」

「俺は……待ちに待ってたんだ。……憲法のために、日本を骨なしにした憲法のために、人を骨なしにした憲法に従ってきた。という、ことを知らないのか。諸君の中に、一人でも俺といっしょに立つ奴はいないのか」

「一人もいないんだな」

その時が迫ってきた。

「武というものはだ、刀というものはなんだ。自分の使命……それでも武士かァ！　それでも武士かァ！　まだ諸君は憲法改正のために立ちあがらないと、みきわめがついた。

「これで、俺の自衛隊に対する夢はなくなったんだ。

「それではここで、おれは天皇陛下万歳を叫ぶ。

「天皇陛下万歳！　万歳！　万歳！」（三島の「檄」は安藤武『三島由紀夫「日録」』より引用した）

エピローグ

音楽

リヒアルト・シュトラウスが作曲した作品28「ティル・オイレンシュピーゲル」は、フランツ・リストがその名を付けた「交響詩」（標題音楽の一）の中でも傑作の誉れ高く、絵画的でありながら文学的、また絶対音楽のごとく純粋に「音」だけを追っても深い充足感を得られるとして、かのフルトヴェングラーなどはウィーンフィルを率いて一度（一九五四）、ベルリンフィルを率いて四度（一九三〇、四三、五四年が二日連続）、録音した。このうち一九三〇年、ドイツ・グラモフォン傘下のポリドール・レコードからSP盤リリースされたウィルヘルム・フルトヴェングラー指揮ベルリン・フィルハーモニー管弦楽団（三島の用語では交響管絃團）演奏の、リヒアルト・シュトラウス作「ティル・オイレンシュピーゲル」こそ『奔馬』で洞院宮治典王殿下の耳を楽しませた演奏にほかならない。いま私は、このポリドール版SPレコード二枚組のうち一枚と、ウィーンフィル演奏のLP盤を所有しているが、いずれも三島の書くごとく「何か愉しい」雰囲気に溢れた、それでいて躍動感たっぷりの名演奏であると思う。特にポリドール版SPの重厚さはまたとない。三島の音楽については、長年私にとっては謎の霧につつまれていた。果たして三島はまともに音楽を聴いたことがあるのかどうか、その文章を読んでも評伝にあたっても、いまひとつ確信を持てないでいた。いま年譜を見ても恩師（清水文雄）へ宛てた手紙を読んでも、歌舞伎等古典芸能には親しんではいても、進んでレコードを聴き音楽会へ行ったという話は、まったく伝わってこない。彼の周辺に音楽が無かったわけではない。年譜によると三歳の時、「祖母夏子の病室で、母・倭文重を相手に二時間ほど蓄音機をかけっぱなしにして遊ぶ」という記述があり、レコード（SP盤）のかけ方は知っていた。だが西洋音楽を積極的に聴いたという話はない。

三島にとって不幸だったのは、彼の通う學習院が、戦時下での音楽教育を禁じていたことだ。

以下、一九四三年九月に公威にわたされた學習院高等科文科乙組一学期の成績通知表を見ると――「完全受験生数三八、席次一、平均評点・甲、道義科・上、古典科（甲）上、（乙）上、歴史科（東洋史）上、経国科・上、哲理科・上、自然科・上、外国語科第一（甲）上、（乙）上、外国語科第二・上、体練科（体育）中上、（教練）上、第一演習・上、授業日数一〇六、欠席日数三（忌）、式日其ノほか回数三、欠席回数一」[93]

成績は体育を除きオール５であるが、音楽の授業だけは無いことが分かる。

三島が少年時代を送った昭和初期は、言わば悪時代で、一九四一年三月に国民学校令が公布され四七年に学制改革の結果これが廃止されるまで、殊に戦中、国民学校は軍国主義教育のメッカであった。音楽の授業はあったようだが、西洋音階をいろはに置き換えるなど、尋常な教育ではなかった。

三島の通った學習院は、宮内省直下の華族の学校であったからか、時局をことさら重んじたためか、芸術には距離を置いていた。たまに学友らが集まって、レコード鑑賞会など開いていたようだが。

そうした教育の賜か、バッハなどを愛好する学友を横目に、三島は「音楽の話には常に生返事であった」と級友の三谷信は書いているが、その三島がある時、笑いながら何遍も、シュトラウスの交響詩をくさしたという話は、三島の音楽をめぐるエピソードとして、笑みを誘う。「何時かリヒアルト・シュトラウスの交響詩のティル・オイレンシュピーゲルを聴いたらしく、「あれはまるで気違《ママ》いの音楽だ」と愉快そうに笑いながら何遍も話した」[94]と。それは時代から推して一九三〇年ベルリンフィル演奏によるポリドールのSP盤だったろう。よほどフルトヴェングラーの演奏が記憶に残ったのか、それともレコードが心地良かったのか、この曲を後年洞院宮治典王殿下に聴かせた三島は、皮肉では無く、趣味の良い耳を育ててはいたのだった。

さて、これは偶然かも知れないが、「ティル・オイレンシュピーゲル」はロンド形式で書かれている。輪舞形式とも呼ばれるもので、例えばベートーヴェンの名曲「エリーゼのために」のように主旋律が演奏中何度となくくり返される。このあたりも、生と死の往還、輪廻転生が主題の『豊饒の海』にわずか二曲のみ登場する音楽――もう一つはコルトー録音によるショパンの「夜想曲」――としては、相応しい。

宮はシュトラウスを聴き終えると、東京に長距離電話をかけた。別當を呼び「勲たち青年の盡忠を天聽に達し」、天皇より「優渥なお言葉」を賜るべく、まず辨護士を探させたのだ。しかし天皇親政をもくろむ勲らの企ては思いのほか烈しく中枢に嫌悪されていた。勲の第一の目標は「宮様の内閣を作り出す」ことにあり、弁護を引き受けた本多によると「殿下のお名前を明示したビラをひそかに刷つてゐたのが發見された」。これが宮を激怒させた。

――「それは大權私議ぢやないか。とんでもないことだ。畏れ多いことだ」

宮はますます聲を大になさつたけれども、御聲の裏には戦慄が粒立ってゐた。本多は静かに、宮のお心をたしかめるやうに、かうお尋ねした。(中略)

「失禮なお尋ねでございますが、軍部にはさういふお考への片鱗でもございましたでせうか」

「いや、軍は一切關係してをらん。軍と関係づけるなどとんでもないことだ。それは民間の書生の妄想から出たことに決つてをる」

宮が憤然と客の鼻先に扉をとざして、軍を庇はれるのを本多は見た。彼のもつとも深い希望は砕けた。

「あんな優秀な青年でも、そんな莫迦なことを考へるのか。これはまことに落膽した。……」[95]

『奔馬』の執筆と並行して「事件」を構想し始めた三島だった。しかし宮に勲の「蹶起」を「そんな莫迦なこと」と言わせるぬかりなさも、三島の作劇は有していた。

お分かりだろう。バルコニーに立ちはだかった三島には自衛隊員にクーデターをうながそうという野心など毛頭なかった。それは「暴挙」、「大権私議」、「妄想」であると理解していた。あるいはと、期待した瞬間もあったかも知れない。だが大勢を前に登壇した経験を持つ者なら誰でも予想が付くことだが、第一声を発したその瞬間から、みずからが「聴衆」に受け入れられていないことを、毫も望まれていないことを――電撃的に――理解した。だから「空」に向かって檄を飛ばした。そうするほかは無かった。そうも言える……。

一度目は悲劇として、二度目は笑劇として、とマルクスは書いた。この日三島が演じていたのは一世一代の大笑劇だった。


市ヶ谷十三舎の獨房に送られた勲はいま「獨房の思想」とでも呼ぶほかは無い純粋な想いに夢中になっていた。自分は「裏切られた」。だが、そのことをあえて考えることは避けていた。代わりに裏切りよりも本質的な「惡」である「血盟」について考えた。「志を同じくする者が全く同じ世界を見、生の多様性に反逆し、個體の肉體の自然な壁を精神を以て打ち破り、……肉體がなしあたはぬことを精神を以て成就すること」、これこそ「人間の到達しうるもつとも純粋な惡」、「血盟」である、と考えた。「やすやすと自分の精神に他人の精神を加算すること」[96]。それが勲にとって「血盟」だった。獨房の人となった勲は、より一途な思いで「蹶起」を見ていた。「血盟」と「惡」について、かつ「悪」以上に「人類的なものやはらかな語彙に属して」いる「協力や協同」について、思考を純化し始めた。「血盟」はより「純粋」である。だから人間性を裏切るが、「純粋をあがなはうとする血盟が、ふたたびそれ自體の裏切りを呼ぶのは、世にも自然の成行だつた」。こうして考えを進めて、勲は、こう結句する。「かれらはそもそも人間性を尊敬したことがなかつた」[97]

勲が失踪した。昭和八年十二月二十九日、皇太子（現、明人上皇。十二月二十三生まれ）の命名の儀が執り行われる日のことだった。獄中で大鹽平八郎の学問に触れ、陽明學の知行合一の教えの下、飢える民を救おうと兵を挙げたその行為に感動し、「身の死するを恐れず、ただ心の死するを恐るるなり」という一句に心を刺された勲が、恋人槙子の偽証に動揺し、第一審判決で「被告人ニ対スル刑ヲ免除スル」という判決を得た後、靖獻塾の佐和の前から姿を消した。

その足で銀座へ急いだ。「菊一文字で短刀一口と同じ白鞘の小刀一本」を手に入れた。

「しかたがなかったんだ」。総監室につかつか戻るなり、だれにともなく、つぶやいた。午後十二時十分。

音楽は終わった

聖セバスチャン……、パルテノン神殿……、金閣寺……。滅びと崩壊の後におとずれる転生をこいねがっていた。五体のどこかを欠いた彫像に深く感動し空を指さして説教する古の聖人の絵を見て心動かされた。聖セバスチャンを見て自涜したのも生の中に死を孕むセバスチャンの姿をその目で眺めて、――本能的に――みずからをそこに投影させたいと欲望したからだった。「首と左腕と右腕の下膊が失われた……母のヴィナス」像の中に「見る者を恍惚とさせずには置かない……美」を認めたのは、そこに生と死の象徴化・抽象化をみとめたからだった。砕け散った物が統合されていくその繰りかえしに輪廻転生を見、その先に美を幻視する、その好み、傾きは、ついに三島をこの場へと拉し去った。

陸上自衛隊市ヶ谷駐屯地、東部方面総監部、二階総監室へ。

「世界」が、少年の体臭をまとったわれわれの前に、ひた押しに迫ってきた。

學習院初等科からの同級生、三谷信は、羽左衛門の名調子のレコードを公威から聴かされたことがあったと回想している。「彼も一応満足そうであった」。音楽、少なくとも西洋音楽の最大の特徴は始まりに終わりが含まれていること、これである。かつてシャンソン歌手と親しく付き合いながらもみずからは音痴のせいで音楽とは終生、縁の無かった三島、戦時中に通った学校のせいで音楽教育を受ける機会すら恵まれなかった三島は、いま、ここで、自身の音楽を、腹の底から歌っていた。

三島は歌い終わった。

——「海だ。舟で逃げたにちがひない」

といふ聲がきこえた。[98]

制服をはだけ、腹をさすると、正座した。

註

1　村松剛『三島由紀夫の世界』（新潮文庫）574頁
2　安藤武『三島由紀夫「日録」』（未知谷）406頁
3　平岡梓『倅・三島由紀夫』（文藝春秋）16頁
4　三島由紀夫『春の雪』（三島『豊饒の海』第一巻、新潮社）10頁
5　同書、37頁
6　同書、259頁
7　横山紘一『唯識の思想』（講談社学術文庫）12頁
8　三島由紀夫『暁の寺』（三島『豊饒の海』第三巻、新潮社）51頁
9　同書、52頁
10　同書、63頁
11　同書、70頁
12　同書、110―111頁

郵便はがき

料金受取人払郵便

福岡中央局
承認

1

差出有効期間
2022年2月28日まで

810-8790

157

（受取人）
福岡市中央区渡辺通二―三―二四
ダイレイ第5ビル5階

石風社

読者カード係行

注文書◆ このハガキでご注文下されば、小社出版物が迅速に入手できます。（送料は不要です）

書名	定価	部数

＊郵便振替用紙を同封しますので、送金手数料は不要です。

ご愛読ありがとうございます

＊お書き戴いたご意見は今後の出版の参考に致します。

三島事件その心的基層

ふりがな ご氏名	（　　歳） （お仕事　　　）
〒 ご住所	☎　（　　）

●お求めの書店名

●お求めのきっかけ

●本書についてのご感想、今後の小社出版物についてのご希望、その他

月　　日

13　同書、72頁
14　同書、121頁
15　同
16　同
17　横山、前掲書、105－106頁
18　三島、前掲書、122－123頁
19　横山、前掲書、12頁
20　三島、前掲書、123頁
21　三島由紀夫『午後の曳航』（新潮文庫）10頁
22　三島、『暁の寺』306頁
23　同書、306頁
24　平岡梓、前掲書、58頁
25　同書、58頁
26　同
27　三島、前掲書、307頁
28　同書、328頁
29　同書、329頁
30　同書、330頁
31　同書　329頁。「事件」で三島と行動を共にした楯の会の隊員某によると、三島は銀座の画材店「月光荘」地下の会員制クラブ「サロン・ド・クレール」で隊員の相談などに乗っていた――と、西法太郎はその著書『三島由紀夫事件50年目の証言——警察と自衛隊は何を知っていたか』で明らかにしている。ジン・ジャンの命名はこの「月光荘」から取られたとも考えられるが、それも「太陽」と「月」の二項対立が三島の琴線に触れたからだろう。

32 椎根和『平凡パンチの三島由紀夫』（新潮文庫）37頁
33 同書、140頁
34 三島由紀夫『アポロの杯』（新潮文庫）131頁
35 三島由紀夫『源泉の感情　三島由紀夫対談集』（河出書房新社）129頁
36 三島由紀夫『文化防衛論』（新潮社）59頁
37 同書、60頁
38 三島由紀夫『討論　三島由紀夫vs.東大全共闘〈美と共同体と東大闘争〉』（新潮社）64頁
39 https://ja.wikipedia.org/wiki/アルチュール・ランボー
40 三島由紀夫、前掲書、110頁。西前掲書はまた『清水文雄「戦中日記」』と『昭和天皇実録』の記述を基に、三島の學習院の卒業式に天皇の臨席はなかったと主張している。が、事の真偽はともあれ、「銀時計」を直々に賜ったのは昭和天皇であると当の三島が信じ込んでいる以上、天皇と三島の〝心的距離〟に違いがあったと考える理由はない。
41 澁澤龍彦『三島由紀夫おぼえがき』（中公文庫）93頁
42 三島由紀夫『奔馬』（三島『豊饒の海』第二巻、新潮社）25頁
43 三島由紀夫『師・清水文雄への手紙』（新潮社）171頁
44 三島『奔馬』26頁
45 同書、38－39頁

46 同書、41頁
47 荒木精之『神風連実記』(新人物往来社)83頁
48 同書、64頁
49 三島由紀夫『奔馬』73頁
50 同書、75頁
51 明治政府が不平士族を神職に就けたのは、彼らを手懐けるための方便、懐柔策であった。
52 荒木、前掲書、85頁
53 三島、前掲書、79頁
54 荒木、前掲書、158頁
55 三島、前掲書、77頁
56 同書、138－139頁
57 同書、141頁
58 三島由紀夫『源泉の感情』146頁
59 三島、前掲書、175頁
60 天皇に殉じた例としては、一九一二年九月十三日、明治天皇大喪の礼の当日に切腹した乃木希典が有名であるが、当時軍事参技官で學習院長であった乃木を「草莽」と呼ぶことは出来ない。
61 三島、前掲書、176頁
62 同書、137頁
63 同書、176頁
64 同書、177頁

65 同書、199－200頁
66 同書、201頁
67 同書、229頁
68 同書、232頁
69 国会議事堂で天皇臨席のもと第六十四回臨時国会が開会されたのはその前日。ニアミスだった。
70 三島、前掲書、240頁
71 同書、240頁
72 同書、242頁
73 山本舜勝『三島由紀夫　憂悶の祖国防衛賦』（日本文芸社）53頁
74 同書、68頁
75 三島、前掲書、243頁
76 同書、247頁
77 荒木、前掲書、2頁
78 三島、前掲書、262頁
79 同書、265頁
80 山本舜勝『自衛隊『影の部隊』』（講談社）54頁
81 同書、54頁
82 持丸博　佐藤松男『証言　三島由紀夫・福田恆存　たった一度の対決』（文藝春秋）87－88頁
83 同書、88頁
84 同書、98頁

85　山本、前掲書、57頁
86　三島、前掲書、268頁
87　同書、269頁
88　中上健次『火の文学』（角川文庫）12頁。西前掲書によると三島は七〇年九月九日、銀座の西洋料理店で、ともに蹶起した楯の会隊員に対し、「自衛隊員中に行動を共にするものがでることは不可能だろう、いずれにしても、自分は死ななければならない」と述べたという。
89　『中上健次全集15』（集英社）615－616頁
90　三島、前掲書、263頁
91　同書、300頁
92　ジョン・ネイスン『新版・三島由紀夫――ある評伝』（新潮社）338頁
93　『決定版　三島由紀夫全集42』（新潮社）77頁
94　三谷信『級友三島由紀夫』（中公文庫）24頁
95　三島、前掲書、311－312頁
96　同書、319頁
97　同書、319頁
98　同書、402頁

三島由紀夫——記憶と時間　あとがきに代えて

かりに三島をめぐる時間がわれわれのそれと少しく異なっていたとしよう。三島は小説家であった、それもきわめて優れた小説家であったから、なにも市井のわれわれと引きくらべて、その時間が短かったとか、長かったとか、うんぬんするのは、作品のなかで無限の時間をたなごころにした作家を評する言葉としては、すでに的はずれかもしれない。彼の残した作品の裡で、三島は、彼の言う「永遠の生」を生きた。——それは十分に。

言うまでもなく、小説の登場人物らは作者の与えた時間の中をたゆたうものだが、私がこれまでたくさんの小説作品に付き合ってきた経験から、「時間」そのものを主題にした物語というと、いくつかのSFを除いては、ほとんど『豊饒の海』を認めるばかりでは無いか、と思う。小説作法上、時間とは、絶対の基準と言って良いほど作者を縛るものである。『豊饒の海』が成長小説ではないことからして、右の事実だけでも、三島が到達した地点がわれわれの想像をはるかに超えて思弁的であったと、そう思うほかはない。もっとも、到達点は思弁的であっても、時間を主題にした小説を書き上げたその時点で、三島は——本論の主張とは矛盾するようだが——全能の感覚をもってこの作品と向き合っていたのではないか、と私には思える。

その最後の作品『天人五衰』は、死を前にした肉の衰えの意味である。しかしここで三島は、どのつまり肉ばかりかみずからの存在すら消尽させるという大業をつかった。清顕など「もともとあらしやらなかつたのと違ひますか」と門跡に言わせた刹那、聞いた本多の世界は底が抜けた。本論でも明らかにした通り、清顕も本多も三島その人であるから、小説技法としてこれほど愕くべき結末は、かつて無かっただろう、と思う。本論では十分に論ずるゆとりが無かったが、『天人五衰』の終わりの数頁は、三島の良い読み手にとっては、虚無的というより遙かに倒錯的な、われわれ読む者を突き落とす深い穽となっている。

存在というものを縛る時間を作中でたなごころにする、その作劇に達したとき、三島の生は完結し、その存在は、最高の瞬間、全能感につつまれた。清顕も、勲も、ジン・ジャンも「ゐなかった」、それればかりか「この私ですら」「ゐなかった」という……。推理小説に「トドメの一撃」というのがあるが、この結びは、推理小説やら普通小説やらの腑分けを超えて文学の領野をはなはだしく押し広げたと言うほかはない。

その三島に「遠乗会」と言う短編がある。主人公の葛城夫人は息子の正史が自転車泥棒をして得た金で或る女に贈り物をするという事件に見舞われ、裏で手を回して、息子を不起訴にしてもらう。正史もその女――大田原房子――もある乗馬倶楽部に属していた。夫人は、息子宛に届いた遠乗会の案内状を前に、「単純な好奇心」から、房子をひと目見るために、申込の電話をかける……。なぜ、いま、この「あとがき」で三島二十五歳のときの短編を取りあげるかと言うと、人間の存在とはしょせん人の記憶に留まるかどうかという『豊饒の海』が差し出した結末を、この短編が先取りしているからだ。——「ほぼ三十年前に」「当時大尉であった由利氏の求婚を拒んだ」夫人の、いま遠乗会に参加したその目の前で、馬を見事にあやつるあの乗り手は、自分がかつて斥けたあの由利大尉ではないか。

由利氏はいま由利将軍となり、ひとかどの出世を果たしていた。

もちろん将軍は夫人のことなどすっかり忘れていた。この短編の結末は人生の〝苦味〟と言ったものをわれわれに伝えるが、その苦さを良しとする三島の筆は、巡りめぐって、門跡の記憶から清顕も勲も「この私（＝本多）」すらも消し去るという奇抜な成長を遂げることになった。実存とは、記憶も時間も超越した瞬間の生の燃焼のことだが、存在の希薄さをついにはモチーフとしたこの物語の溶暗のすがたは、三島の生（と死）とも響き合って、どこか錯雑とした思いをわれわれに残す。

『豊饒の海』第四巻『天人五衰』は、「どうしてこう抽象的にやせちゃうのか」（佐伯彰一）だの、「いらだたしさがやはりある」「読んでいて非常につらい」（村松剛）だのと言った批難に晒されている。これはご承知の通り。だが、清顕を二十歳で葬り、勲には自刃させ、その転生者として異国の「姫」——つまり両性具有性（アンドロギュノス）——をその主人公に与えた三島の作劇は、この第四巻において、二十歳の青年安永透を「贋物」と断じついには「失明」させるという、つまり「処罰される主人公」と言った最高度の自己批評を作中に表出するにいたった。みずからを処罰し、ついには記憶からも消し去る。こうして閉じられた『豊饒の海』の円環は、私の目には、二十歳だった自分自身からの窮極の懺悔だったようにも映るのだ。なぜなら、すべての中心人物は、三島であるから。七十六歳になった本多が最後、アベックの覗き見行為で失脚する理由は、これまで見てきた本書の文脈からして、ほぼ自明であるだろう。

こうして三島の人生と、そして作家が残した数々の作品において、「記憶」と「時間」はこの通り作家理解の鍵概念であるように思う。本書の一連の議論が、これからの三島の読みに何かひとつでも示唆するものがあれば、著者としては、望外の喜びである。

執筆にあたっては、たくさんの方々のお世話になった。それらの方々には――一々お名前を挙げることは控えるが――この場をお借りして、感謝の意を表したい。

また本書の、第一章、第二章、第三章は、私の勤務校である東京国際大学論叢に掲載された文章に若干、手を加えた。第四章と最終章は、本書のために書き下ろした。とくに最終章を書き上げるにあたり、勤務校よりサバティカル（国内研修）を頂戴したことは、執筆に勇気と力を与えてくれた。関係者にはあらためて感謝したい。

最後に、本書出版にあたっては、石風社　福元社主に、一方ならぬお力添えを頂いた。氏のご尽力がなければ、本書をめぐる様子はずいぶんと違ったものになっていたことは間違いない。どうもありがとうございました。

二〇二〇年十月　著者

参考文献（あいうえお順）

安藤武『三島由紀夫の生涯』夏目書房、一九九八年
いいだ・もも『三島由紀夫　その死とその世界』都市出版社、一九七〇年
石原慎太郎『石原慎太郎対話集　酒盃と真剣』参玄社、一九七三年
石原慎太郎『三島由紀夫の日蝕』新潮社、一九九一年
井上隆史『いま読む！　名著「もう一つの日本」を求めて　三島由紀夫『豊饒の海』を読み直す』現代書館、二〇一八年
猪瀬直樹『ペルソナ　三島由紀夫伝』文藝春秋、一九九五年
宇神幸男『三島由紀夫vs.音楽』現代書館、二〇二〇年
内海健『金閣を焼かなければならぬ　林養賢と三島由紀夫』河出書房新社、二〇二〇年
大谷敬二郎『二・二六事件　流血の四日間』図書出版、一九七三年
加藤周一「三島由紀夫－仮面の戦後派」『日本人の死生観　下』岩波新書、一九七七年
加藤周一他『日本人の死生観　上下』岩波新書、一九七七年
梶谷哲男『パトグラフィ双書⑦三島由紀夫　芸術と病理』金剛出版新社、昭和四十六年
軽部茂則『インパール　ある従軍医の手記』徳間書店、一九七九年
佐渡谷重信『三島由紀夫における西洋』東京書籍、昭和五十六年
「試行」第三二号（吉本隆明責任編集）試行社、一九七一年
司馬遼太郎『世に棲む日々』文春文庫、二〇〇三年

参考文献

澁澤龍彦『三島由紀夫おぼえがき』中公文庫、一九八六年
水津謙二『三島由紀夫の悲劇　病跡学的考察』都市出版社、一九七一年
杉原祐介・剛介『三島由紀夫と自衛隊　秘められた友情と信頼』並木書房、一九九七年
杉山隆男『兵士に告ぐ』小学館文庫、二〇一四年
杉山隆男『兵士に聞け』新潮文庫、二〇一三年
杉山隆男『「兵士」になれなかった三島由紀夫』小学館文庫、二〇一〇年
鈴木亜繪美『火群のゆくへ　元楯の会会員たちの心の軌跡』田村司監修、柏艪舎、二〇〇五年
戦時下の小田原地方を記録する会　編『市民が語る小田原地方の戦争』、二〇〇〇年
徳岡孝夫『五衰の人　三島由紀夫私記』文春文庫、二〇一五年
中村彰彦『烈士と呼ばれる男　森田必勝の物語』文藝春秋、二〇〇三年
西法太郎『三島由紀夫事件50年目の証言――警察と自衛隊は何を知っていたか』新潮社、二〇二〇年
日本学生新聞社編『回想の三島由紀夫』行政通信社、一九七一年
野坂昭如『赫奕たる逆光』文藝春秋、昭和六十二年
林房雄、三島由紀夫『対話・日本人論』夏目書房、一九六六年
福島次郎『三島由紀夫――剣と寒紅』文藝春秋、平成十年
藤井治夫『自衛隊クーデター戦略』三一書房、一九七四年
松本清張『昭和史発掘　9』文藝春秋、一九七八年
松本徹編著『年表作家読本　三島由紀夫』河出書房新社、一九九〇年
松藤竹二郎『三島由紀夫　残された手帳』毎日ワンズ、二〇〇七年
持丸博、佐藤松男『三島由紀夫・福田恒存　たった一度の対決』文藝春秋、二〇一〇年

三島由紀夫、東大全学共闘会議駒場共闘焚祭委員会（代表　木村修）『討論　31　三島由紀夫vs.全共闘〈美と共同体と東大闘争〉』新潮社、一九六九年
三島由紀夫『真夏の死――自選短編集――』新潮文庫、昭和四十五年
三島由紀夫『若きサムライのために』日本教文社、一九六九年
三島由紀夫『三島由紀夫語録』鷹書房、一九七五年
三島由紀夫『金閣寺』新潮文庫、二〇〇三年
三島由紀夫『荒野より』中央公論社、昭和四十二年
三島由紀夫『癩王のテラス』中央公論社、一九六九年
『三島由紀夫研究③三島由紀夫・仮面の告白』鼎書房、二〇〇六年
『三島由紀夫研究⑥三島由紀夫・金閣寺』鼎書房、二〇〇八年
水上勉『金閣炎上』新潮社、昭和五十四年
宮崎正弘『三島由紀夫「以後」』並木書房、一九九九年
宮崎正弘『三島由紀夫の現場』並木書房、二〇〇六年
村上建夫『君たちには分からない「楯の会」で見た三島由紀夫』新潮社、二〇一一年
山崎正夫『三島由紀夫における男色と天皇制』グラフィック社、一九七八年
山本舜勝『自衛隊「影の部隊」――三島由紀夫を殺した真実の告白』講談社、二〇〇一年
ラディゲ、レイモン『ドルジェル伯の舞踏会・肉体の悪魔』江口清訳、三笠文庫、一九五二年
＊発行年は奥付の表記をそのまま使用した。

安岡　真（やすおか　まこと）

翻訳家・文芸評論家。1956年、神奈川県生まれ。法政大学社会学部卒業。トルーマン州立大学大学院社会学研究科社会科教育学課程修了。社会学修士。現在、東京国際大学人間社会学部准教授。専門は比較文学、アメリカ大衆文化論。著書に『中上健次の「ジャズ」』（水声社）、訳書に『無限都市ニューヨーク伝』（文藝春秋）他

三島事件その心的基層

二〇二〇年十一月二十五日初版第一刷発行

著　者　安岡　真
発行者　福元満治
発行所　石　風　社
福岡市中央区渡辺通二―三―二十四
電　話〇九二（七一四）四八三八
ＦＡＸ〇九二（七二五）三四四〇
印刷・製本　シナノパブリッシングプレス

ISBN978-4-88344-298-0　C0095

＊表示価格は本体価格。定価は本体価格＋税です。

中村 哲

医者、用水路を拓く

＊農村農業工学会著作賞受賞

養老孟司氏ほか絶讃。「百の診療所より一本の用水路を」。百年に一度といわれる大旱魃《かんばつ》と戦乱に見舞われたアフガニスタン農村の復興のため、全長二五・五キロに及ぶ灌漑《かんがい》用水路を建設する一日本人医師の苦闘と実践の記録 **【8刷】１８００円**

中村 哲

医者 井戸を掘る アフガン旱魃《かんばつ》との闘い

＊日本ジャーナリスト会議賞受賞

「とにかく生きておれ！ 病気は後で治す」。百年に一度といわれる最悪の大旱魃が襲ったアフガニスタンで、現地住民、そして日本の青年たちとともに千の井戸をもって挑んだ医師の緊急レポート **【13刷】１８００円**

中村 哲

ペシャワールにて 癩《らい》そしてアフガン難民

数百万人のアフガン難民が流入するパキスタン・ペシャワールの地で、ハンセン病患者と難民の診療に従事する日本人医者が、高度消費社会に生きる私たち日本人に向けて放った痛烈なメッセージ **【8刷】１８００円**

中村 哲

ダラエ・ヌールへの道 アフガン難民とともに

一人の日本人医師が、現地との軋轢、日本人ボランティアの挫折、自らの内面の検証等、血の噴き出す苦闘を通して、ニッポンとは何か、「国際化」とは何かを根底的に問い直す渾身のメッセージ **【6刷】２０００円**

中村 哲

医は国境を越えて

＊アジア太平洋賞特別賞受賞

貧困・戦争・民族の対立・近代化——世界のあらゆる矛盾が噴き出す文明の十字路で、ハンセン病の治療と、峻険な山岳地帯の無医村診療を、十五年にわたって続ける一人の日本人医師の苦闘の記録 **【9刷】２０００円**

中村 哲

辺境で診《み》る 辺境から見る

「ペシャワール、この地名が世界認識を根底から変えるほどの意味を帯びて私たちに迫ってきたのは、中村哲の本によってである」（芹沢俊介氏）。戦乱のアフガニスタンで、世の虚構に抗して黙々と活動を続ける医師の思考と実践の軌跡 **【6刷】１８００円**

三毛《サンマウ》
妹尾加代 訳
サハラの歳月

その時、スペインの植民地・西サハラは、モロッコとモーリタニアに挟撃され、独立の苦悩に喘いでいた――台湾・中国で一千万部を超え、数億の読者を熱狂させた破天荒・感涙のサハラの輝きと闇。アメリカ、イギリス、イタリアなどでも翻訳出版　2300円

石牟礼道子
［完全版］石牟礼道子全詩集

時空を超え、生類との境界（あわい）を超え、石牟礼道子の吐息が聴こえる――。二〇〇二年度芸術選奨文部科学大臣賞受賞『はにかみの国』大幅増補。遺稿「ノート」より新たに発掘された作品を加え、全一一七篇を収録する四四四頁の大冊　3500円

浅野美和子
野村望東尼 姫島流刑記
「夢かぞへ」と「ひめしまにき」を読む

筑前勤王党21人が自刃・斬罪に処せられた慶応元年の乙丑の獄。歌人野村望東尼も連座。糸島半島沖の姫島に流刑となる。平野国臣ら勤王の志士と交流を持ち、高杉晋作を匿ったことでも知られる勤王歌人・野村望東尼の直筆稿本を翻刻し注釈を加えた流刑日記　3800円

阿部謹也
ヨーロッパを読む

「死者の社会史」、「笛吹き男は何故差別されたか」から「世間論」まで、ヨーロッパにおける近代の成立を鋭く解明しながら、世間的日常と近代的個に分裂して生きる日本知識人の問題に迫る、阿部史学の刺激的エッセンス　【3刷】3500円

臼井隆一郎
アウシュヴィッツのコーヒー

「戦争が総力戦の段階に入った歴史的時点で（略）一杯のコーヒーさえ飲めれば世界などどうなっても構わぬと考えていた人間が、どのような世界に入り込んで苦しむことになるかの典型例をドイツ史が示していると思われる」（「はじめに」より）　【2刷】2500円

渡辺京二
細部にやどる夢　私と西洋文学

少年の日々、退屈極まりなかった世界文学の名作古典が、なぜ、今読めるのか。小説を読む至福と作法について明晰自在に語る評論集。〈目次〉世界文学再訪／トゥルゲーネフ今昔／『エイミー・フォスター』考／書物という宇宙他　1500円

＊読者の皆様へ　小社出版物が店頭にない場合は「地方・小出版流通センター扱」か「日販扱」とご指定の上最寄りの書店にご注文下さい。なお、お急ぎの場合は直接小社宛ご注文下されば、代金後払いにてご送本致します（送料は不要です）。

＊表示価格は本体価格。定価は本体価格＋税です。

ジェローム・グループマン
医者は現場でどう考えるか
美沢惠子 訳

「間違える医者」と「間違えぬ医者」の思考はどこが異なるのだろうか。臨床現場での具体例をあげながら医師の思考プロセスを探索する医療ルポルタージュ。診断エラーをいかに回避するか――患者と医者にとって喫緊の課題を、医師が追求する
【7刷】2800円

宮内勝典
南風《なんぷう》
第16回文藝賞受賞

夕暮れ時になると、その男は裸形になって港の町を時計回りに駆け抜けた。辺境の噴火湾（山川湾）が、小宇宙となって、ひとの世の死と生を映しだす――著者幻の処女作が四十年ぶりに甦る
1500円

宮崎静夫
十五歳の義勇軍　満州・シベリアの七年

阿蘇の山村を出たひとりの少年がいた――。十五歳で満蒙開拓青少年義勇軍に志願、十七歳で関東軍に志願、敗戦そして四年間のシベリア抑留という過酷な体験を経て帰国、炭焼きや土工をしつつ、絵描きを志した一画家の自伝的エッセイ集
2000円

松浦豊敏
越南《えつなん》ルート

華北からインドシナ半島まで四千キロを行軍した冬部隊一兵卒の、戦中戦後を巡る自伝的小説集。戦争を生きた人間の思念が深く静かに鳴り響く、戦争文学の知られざる傑作。別れ／越南ルート／青瓦の家／マン棒とり
1800円

斉藤泰嘉
佐藤慶太郎伝　東京府美術館を建てた石炭の神様

日本のカーネギーを目指し、日本初の美術館を建て、戦局濃い中「美しい生活とは何か」を希求し続けた九州若松の石炭商の清冽な生涯。「なあに、自分一代で得た金は世の中んために差し出さにゃ」。佐藤新生活館は現在の山の上ホテルに
【2刷】2500円

農中茂徳
三池炭鉱　宮原社宅の少年

昭和30年代の大牟田の光と影。炭鉱社宅での日々を少年の眼を通して生き生きと描く。「宮原社宅で育った自分史が、そのまますぐれて希少な地域史となり、三池争議をはさむ激動の社会史の側面をもっている」（東京学芸大学名誉教授 小林文人）
【3刷】1800円

＊読者の皆様へ　小社出版物が店頭にない場合は「地方・小出版流通センター扱」か「日販扱」とご指定の上最寄りの書店にご注文下さい。なお、お急ぎの場合は直接小社宛ご注文下されば、代金後払いにてご送本致します（送料は不要です）。